KB202423

대책 없이 해피엔딩

김연수 김중혁
대꾸 에세이

대책 없이
그냥
해피엔딩

조삼모사의 원숭이들처럼,
매우 기뻐하며

초등학교 6학년 때의 일이다. 전두환 정권의, 소위 3S 정책의 일환으로 프로야구가 막 개막됐다. 그때, 나는 '삼성 성리'를 울부짖는 열렬한 삼성 라이온스 어린이팬클럽 회원이었다. 늘 푸른색 모자에 푸른색 점퍼에 푸른색 가방만 들고 다녔다. 비슷하게 프로야구에 미친 아이들과 나의 차이점이라면, 그애들이 운동장에서 열심히 캐치볼을 하는 동안 나는 혼자서 TV 중계를 보며 야구 경기를 기록했다는 사실이었다. 야구를 좋아하긴 했지만 직접 야구를 하는 건 별로였다. 단체경기는 내 취향이 아니었다. 뭘 끼적이고 통계를 작성해서 향후 상황을 분석하는 건 내 취향에 맞았다. 하지만 내 주위에는 그런 걸 좋아하는 친구가 한 명도 없었다.

　그러던 어느 날, 좀 어벙벙하게 생긴 애가 우리 반 교실로 나를 찾아왔다. 6년 동안 같은 초등학교를 다녔지만, 한 번도 같은 반이 되어본 일이 없었던 애였다. 중간에 다리를 놓아준 친구의 부름에 따라서 복도에 나가 그 어벙벙하게 생긴 애를 만났다. 얘기인즉슨 자신도 프로야구 경기를 기록하고 있는데 그 전 날 무슨 일이 있어서 한 경기를 기록하지 못했다는 것. 해서 낙담하던 차에 다른 반에 자기처럼 야구경기를 기록하는 애가 있다는 소식을 듣고 기록지를 빌릴 수 있을까 해서 찾아온 것이라고 했다. 그 말을 들었을 때의 야릇한 심사가 지금도 기억난다. 세상에 나만 좋아하는 여자애인 줄 알았는데, 경쟁자가 있다는 것을 알았을 때의 심정 같은 것이랄까. 나는 나만의 것이 아니라면 별로 흥미가 없고, 그래서 경쟁이라는 말 자체도 그다지 좋아하지 않는데, 그건 아마도 양자리이기 때문이리라. (나중에 알고 보니 그 어벙벙한 애도 양자리. 서로 경쟁자처럼 보이는 걸 우리가 얼마나 싫어하는지는 이로써 불문가지.)

어쨌거나 줄까 말까, 이런 고민 따위를 하게 만들다니 당장 기록하는 걸때려칠까 말까, 망설이는데 동네 상점 아들인 그애가 기록지를 빌려주면 야구카드를 주겠노라고 제안했다. 당시에 야구카드는 브라보콘의 껍데기를 벗겨내거나 초코파이 한 상자를 뜯어내면 나오는 것뿐이었다. 그나마 무작위로 나왔기 때문에 돈이 있다고 해서 인기 메이저리거의 카드를 구할 수 있는 건 아니었다. 생긴 건 어벙벙한 애가 상점 아들의 위치를 십분활용해서 초코파이를 사는 애들에게 한 장씩 나눠줘야만 하는 야구카드를 통째로 빼돌리고는 그런 식으로 활용하고 있었다. 그것도 한두 장 주겠다는 게 아니라 수십 장씩 통째로. 미치지 않고서야…… 그런 제안을 거절할 리가. 나는 머나먼 공익보다 눈앞의 사익에 혹하는 사람인데 그건 아마도 양자리하고는 아무런 관련도 없겠지. 김중혁과 나 사이에 무슨 우정

같은 게 있어서, 그 우정의 연혁을 따져보자면 그게 시초의 일이 되겠다. 말하자면, 우리는 기브 앤 테이크가 아니면 절대로 성립되지 않았을 관계였다.

지난 2008년 겨울, 〈씨네21〉에서 새 편집장으로 일하게 된 고경태 씨가 김중혁과 내가 둘이서 번갈아가며 쓰는 칼럼을 제안했을 때, 보통은 선남선녀가 서로 주고받아야 보기도 좋고 쓰기도 신날 그런 칼럼을 왜 하필이면 일찍이 어벙벙하게 생겼던 친구와 내가 해야만 하는가는 의문이 채 들기도 전에, 혼자서 쓰는 게 아니라 그쪽 한 번, 나 한 번이라는 그 사실만은 만족스럽다는 생각이 들었다. 그렇게 해서 김중혁보다 한 자라도 더 쓰는 일은 없을 것이라고 다짐하면서 동네 극장에서 아는 사람이 만든 영화 한 편을 보고 와 '나의 친구 그의 영화'라는 칼럼이라기보다는 '붓 가는 대로 쓴다'는 장르적 취지에 부합하는 수필을 쓰기 시작했는데, 이제 책을 읽어보면 그 다짐이 얼마나 허망하게 지켜지지 못했는가는 다들 알게 될 것이다. 다음 칼럼 예고나 전편 요약이나 그래프 등으로 원고 분량을 때우려는 김중혁의 노력은 눈물겹기까지 하다. 하지만 이 책 어딘가에도 나와 있다시피 눈에 보이는 것까지가 그의 진정성이다. 눈물겨운 노력이라고 왜 진정성이 될 수 없겠는가……마는, 어쨌든 책의 무게중심이 한쪽으로(내쪽으로?) 확 기울어진다는 건 부정할 수 없는 사실이다.

하지만 초딩 6학년도 아니고 우리 나이 이제 마흔, 불혹에 이르렀다. 1년에 걸친 연재를 모두 끝마치고 이제 책을 펴내는 이 시점에 이르니, 누가 더 많이 썼느냐 따위는 중요한 게 아니라는 생각이 든다. 김중혁의 글은 양보다 질이 우선한다는 식의, 그런 어불성설의 궤변을 늘어놓을 배짱은 내겐 없다. 다만 이 한 권의 책 자체가 중요하다는 말을 하고 싶은 것이다. 기브 앤 테이크의 냉혹한 역사를 기억하자면, 우리 사이(라니 손발이 다 오글거린다만) 같은 것도 우정이라는 사실을 깨닫는 데는 거의 30년의 시간이 필요했다. 마찬가지로 인생에서 가장 중요한 건 시간이었다. 어벙벙하게 생긴 6반 친구를 약간 올려다볼 때(그때도 김중혁은 나보다 키가 컸다), 나는 이런 미래를 전혀 예상하지 못했다. 그 친구는 국민은행 김천지점쯤에서 주판알이나 튕기고 있으면 딱 좋을 것 같았고, 나 역시 캐주얼 옷가게를 차려서 제과점 말아먹은 막내아들 같은 게 될 가능성이 훨씬 더 많아 보였다. 하지만 시간이 흐르고 나니 우리는 이렇게 함께 책을 펴내는 공동 필자가 되기도 하는 것이다. 그러니 인생은 무조건 오래 살고 볼 일이다.

그게 인생이라면, 또 야구기록이라면 문제가 좀 다르겠지만, 영화에 대해서라면 사실 나는 김중혁보다 잘 알지 못한다. 잘 알지도 못하면서 잘 보지도 않는다. 영화는 정말 성가신 장르다. 내 눈에 영화는 단체경기처럼 보인다. 영화 때문에 다른 사람들과 부대끼느니 차라리 혼자서 책과 씨름하는 게 낫다는 게 내 생각이다. 해서 연재가 끝난 뒤부터 지금까지 내가 본 영화는 존경하옵는 홍상수 감독의 〈하하하〉뿐이다. 그나마도 홍 감독의 지인들과 함께 기술시사 때 본 영화다. 내가 매년 홍상수 감독의 영화를 그해 최고의 영화로 꼽는 데는 다 이유가 있는 법이다. (물론 작품성 때문이지요. 핫핫핫:) 그런 주제에 국내 최고의 영화잡지인 〈씨네21〉에 영화 칼럼을 연재할 용기를 내게 된 건 영화도 하나의 예술이라면 그 역시 김중혁과 나 사이의 기이할 정도로 오래 이어진 우정과 같은, 처음에는 사소하게 보이지만 시간이 흐르면서 점점 중요해지는 인생의 일들을 다룰 것이라는

믿음 때문이었다. 감독의 필모그래피도, 주연배우의 대표작도 모른다고 해
도 그런 일들에 대해서라면 할 말은 있겠다고 생각했다.

그 결과 2009년 두 사람이 1년에 걸쳐서 번갈아 쓴 영화관람기가 이렇
게 한 권의 책으로 탄생했다. 아시다시피 2009년은 한국인이라면 두 번
다시 잊지 못할 격동의 1년이었고, 그 나날의 흔적들도 1년 동안 상영됐
던 영화들과 함께 고스란히 이 책에 남게 됐다. 그 영화들을 보던 1년 동
안, 우리는 참 많이 웃고 울었다. 이따금 우리 인생의 일들이 벌어질 때 그
러듯이. 웃고, 또 울었다. 적어도 나는. 이 책에 실린 한 글의 제목처럼 그
1년의 하루하루는 '모두가 다른 나날들'이었다. 그렇게 저마다 다른 나날
들을 살아오면서도 우리는 자신이 일생, 즉 하나의 삶을 살았다고 말한다.
우리의 인생이란 그런 것이다. 저마다 다르고, 결국에는 모두 하나다. 여기
에 실린 글들도 저마다 다른 글들이지만, 어떤 의미에서는 모두 하나라고
할 수 있다. 개개의 영화에 대해서 글을 썼지만, 결국 우리는 자신과 삶을
이해하는 문제에 대해서 글을 쓴 것이라고 생각한다. 영화의 문외한들이
영화에 대해서 이렇게 길게 주절댈 수 있었던 것도 영화 역시 자신과 삶을
이해하기 위해서 보는 것이라는 믿음이 있어서였다.

마지막으로 연재할 당시 〈씨네21〉의 편집장이었던 고경태 씨에게 고마
움을 전해야만 할 것이다. 그가 아니었더라면 이 책에 실린 글들은 세상에
존재할 수 없었을 것이다. 그는 마치 우리가 이 글들을 쓸 수밖에 없는 운
명이라도 된다는 듯이 원고를 청탁했다. 연재를 시작하기 전, 어떤 비장한
마음으로 앞으로는 산문을 쓰지 않고 소설에만 주력하겠으니 이 연재도
불가하겠다는 통보를 일방적으로 그에게 보낸 적이 있었다. 그랬더니 "이

번 개편의 핵심이 두 분의 칼럼인데 재고해주시기를 바란다"는 취지의 답장이 날아왔다. 우리 글이 개편의 핵심이라니…… 도대체 어떤 개편을 하시기에. ㅠㅠ. 누군가 "당신들 글이 핵심이야"라고 말해주는 사람이 있을 때, 그게 진실인지 아닌지를 따져보는 치들이야말로 제일 덜 떨어진 인간들일 것이다. 우린 다 떨어진 인간들이기 때문에 그 말에 매우 기뻐하며 다시 연재를 준비했다. 고사 조삼모사에 나오는 원숭이들처럼. 그 말에 매우 기뻐하며. 말하자면, 우리에게 이 책은 그런 의미다. 오랜 친구와 함께 쓴 책이 나오게 돼 매우 기쁘다.

두 사람을 대신해서 김연수가 쓰다

김연수가
김중혁에게

2009.01.15

스페인 말라가에 갔다. 왜 거기에 갔는지는 한동안 미스터리였다. 어느 날, 누군가가 말라가에 대해 말했다. 안달루시아의 항구 도시라고 했다. 구글 어스로 위치를 확인한 뒤, 스페인 셋집을 중개하는 인터넷 사이트에서 아파트를 발견했다. 지중해까지 걸어서 5분. 그 다음 날, 나는 계약금을 송금하고 있었다. 이 모든 일은 스페인으로 떠나기 사흘 전에 일어났다. 송금한 뒤부터 나는 떠들어대기 시작했다. "말라가는 말이야, 피카소의 고향으로 평생 뜨거운 태양에 대한 꿈을 버리지 못한 북유럽 사람들이 모여드는 코스타 델 솔의 중심지이자……" 중얼중얼. 살다보면 터무니없이 많은 돈을 어처구니없는 곳에 쓰게 되면 인생이 바뀐다는 걸 알게 된다. 내 말이 믿기지 않으면 일단 빚을 내서 요트를 한 대 사보길 바란다. 요트 정도는 되어야만 한다. 그러면 당신은 평생 바다를 동경했었다고 떠들어댈 것이다.

마드리드에서 고속전철을 타고 가는 동안, 나는 정말 오랜만에 천지신명께 기도했다. 저는 말라가가 굉장히 좋은 곳이라는 걸 믿습니다. 제가 구한 아파트에서 지중해를 볼 수 있으리라는 걸 믿습니다. 집주인은 몸매가 늘씬한 독신 여자라는 걸 믿습니다. 그렇게 도착한 말라가에서 택시 운전사는 남들은 운동 삼아 달리는 해변 길을 10분 남짓 운전한 끝에 20유로라는 요금으로 나를 환영했다. 역시 최고의 휴양지라 바가지가 심하군. 나는 웃으면서 5유로를 깎았다. 택시에서 내렸더니 키 큰 야자수가 자라는 정원이 딸린 3층짜리 빌라였다. 주인은, 어쨌든 스페인 여자였다. 그녀는 므흣한 미소를 짓는 나를 빌라 뒤쪽으로 안내했다. 거기에 내가 한국에서 구한 아파트가 있었다. 그 아파트는 뜨거운 지중해의 햇살을 받아서 더욱 선명해진 빌라 그림자 안에서 한 발자국도 벗어나지 못했다. 낮이나 밤이나. 여름에는 참 시원하겠군. 그 그림자를 보면서 나는 집세를 주인 아줌마에게 건넸다. 때는 바야흐로 11월.

집세까지 줬으니 짐을 다 풀었다. 그 아파트는 곧 명작의 산실이 될 게 분명해 보였다. 나는 정 못 참겠으면 사용하라던 전기난로를 켠 뒤, 침대의 이불까지 들고 와 온몸에 친친 감고 인터넷에 접속했다. 아직 해도 안 떨어진 시각이었는데, 마음껏 쓸 수 있다던 인터넷은 접속 불가였다. 주인에게 물어봤더니 자기도 이유를 모르겠단다. 오히려 잘됐다. 책이나 실컷 읽자. 일주일이 지나지 않아 나는 이불을 뒤집어쓴 채 가져온 책을 다 읽었다. 어찌나 추웠던지 명작의 산실은커녕 있던 명작도 얼어 죽을 판이었다. 이번에는 영화를 봤다. 일생 동안 내가 본 영화는 그리 많지 않으며, 나는 본 영화들만 다시 본다. 먼저 홍상수 감독의 영화들. 감회가 새로웠다. 배우들, 얼마나 고생했을까. 이 얘기는 다음에. 그리고 〈델마와 루이스〉와 〈브레드레스〉와 〈그랑블루〉 등등. 보고 또 봤다. 결국 얼마간 돈을 떼이며 끝내 인터넷이 연결되지 않았던 그 아파트에서 나와 이베리아반도의 싱글 룸과 여러 명이 같이 묵는 도미토리를 전전할 때까지.

마침 그때 〈씨네21〉에서 연재 제의가 들어왔다. 얼떨결에 나는 그만 "영화라면 제가 좀 봤는데……"라고 대답하고 말았다. '지중해 옆이라기에는 날씨가 너무 추운데다가 인터넷이 연결되지 않아서'라는 말을 그만 빼먹었다. 내가 말라가까지 가게 된 이유는 결국 〈씨네21〉에 글을 쓰기 위해서였을까. 이건 달러 빚을 내서 요트를 산 것이나 마찬가지다. 체력은 빌릴 수 없어도 머리를 빌릴 수 있으니 이럴 경우를 대비해서 영화에 대해 문의할 친구를 마련해놓았는데, 그 친구도 같이 연재한단다. 아놔.

김중혁이
김연수에게

2009.01.15

스웨덴 스톡홀름에 왔다. 왜 여기에 와 있는지, (나도) 지금까지 미스터리다. 어느 날, 누군가가 스톡홀름에 대해 말했다. 노벨상의 도시라고 했다. 하하하, 언젠가는 나도 노벨 문학상을 받을 테니까 미리 가보는 것도 좋겠네, 하하하, 스웨덴 한림원 사람들과 인사도 좀 하고, 하하하. (좌중 침묵) 이런 실없는 소리까지 해가며 스톡홀름에 왔다. 스톡홀름으로 간다는 얘기를 들은 주위 사람들이 한마디씩 충고를 해주었다. "맙소사, 한겨울에 스톡홀름에 간다고? 말리고 싶다." "거긴 겨울이 되면 오후 4시에 해가 떨어져. 아주 캄캄해지지." "볼 거라곤 아마 공원묘지밖에 없을 거야." 등등. 그들의 걱정

어린 충고에 나는 이렇게 대답했다. "내가 원하는 게 바로 그거야. 난 더운 것보다는 추운 게 좋고, 햇빛 알레르기가 있으니 일찍 해가 지는 게 좋고, 좀비소설을 준비하고 있으니 공원묘지는 꼭 가봐야 해"라고. 충고한 사람들은 고개를 내저었다. 고개를 내저었던 그 사람들 심정을 이제 이해한다. 해가 일찍 진다는 게 이렇게 힘든 일인 줄 몰랐다.

내 몸에서 자랑할 만한 게 딱 하나 있는데, 바로 시력이다. 나의 시력은 줄곧 좌우 2.0이었으며 지금도 좌우 1.2 이상을 기록한다. 책을 읽고 쓰는 직업을 가진 사람 중에 이렇게 뛰어난 시력은 흔치 않다(책을 읽고 쓰는 직업을 가진 사람 중에 이렇게 책을 많이 읽지 않고 많이 쓰지 않는 사람도 흔치 않을 거다, 라는 비난을 하는 사람도 있지만 어쨌거나). 타고난 복 중에 하나라고 생각한다. 그러나 북유럽에 와서 내 시력이 평생 최대의 위기를 겪고 있다. 이곳은 모든 게 뿌옇다. 물체는 흐릿하고, 풍경은 희미하며, 하늘은 칙칙하다. 어딜 봐도 명쾌하고 쨍한 풍경이 없다. 가끔 파란 하늘이 등장하면 나는 계속 하늘만 바라본다. 이런 곳에서 태어난 사람들은 어릴 때부터 놀라운 시력을 유지할 수 있는지 모르겠지만—에스키모들은 시력이 5.0이라던가—나는 눈이 점점 흐릿해진다. 낮이야 그렇다 치고 문제는 긴 긴 밤이다. 이곳 사람들은 절약정신도 어찌나 뛰어난지 모든 불빛이 희미하다. '어머, 저희 집 풍경을 보여드릴까요? 저희는 이렇게 살아요' 광고를 하나 싶을 정도로 그 밝은 형광등이나 백열등을 다 켜놓고 사는 한국의 아파트 풍경이 그리울 정도다. 밤이 기니까 전력을 아끼려는 건지, 모든 게 희미해서 그 정도 불빛으로도 불편함이 없는 건지 알 수 없지만 내 눈은 더욱 침침해져간다.

'짐도 많은데 책은 왜 들고 가? 읽고 싶은 게 있으면 내가 쓰지 뭐, 하하하'라고 소리치며 책 한 권 들고 왔는데 그건 진작에 다 읽었고, 소설을 쓰기 위한 참고용으로 들고 온 영화를 보기 시작했다. 아무리 좀비소설을 쓰고 있는 작가라지만 어쩌자고 이런 영화들만 들고 온 건지 〈살아 있는 시체들의 밤〉〈데빌스 리젝트〉〈스턱〉〈28주 후…〉〈새벽의 황당한 저주〉〈나는 좀비와 함께 걸었다〉 등등 어느 작품 하나 빠지지 않고 면면이 어둑하고 칙칙하다. 어둠 속에서 그런 영화들을 바라보다가 문득 정신을 차리면 여기가 어딘지, 한국인지 스웨덴인지, 천국인지 지옥인지, 정신을 차릴 수가 없었다. 화면도 어두웠지만 화면 바깥도 만만치 않게 어두웠다.

마침 그때 〈씨네21〉에서 연재 제의가 들어왔다. 얼떨결에 나는 그만 '영화라면 제가 좀 봤죠'라고 대답하고 말았다. '주로 사람들 죽는 영화로만'이라는 말은 빼먹었다. 말하기에도 무서웠다. 내가 스톡홀름에 온 이유는 〈씨네21〉에 글을 쓰기 위해서였을까. 시력을 잃는 대신 원고료를 받는 것일까. 시력은 되살릴 수 없어도 안경은 맞출 수 있으니 우리 함께 눈 버리며 영화 보자, 친구여, 아뇨.

내가
눈여겨본 건
엉덩이가
아니야

2009.01.22

〈쌍화점〉은 정말 좋은 영화였다. 하고 싶은 말은 결국 이거다. 못 만난 지 꽤 오래됐지만, 혹시 만나면 유하 선배라고 부르지 말고 감독님이라고 불러야겠다는 생각마저 들었다. 하지만 영화를 다 본 뒤에 생각이 바뀌었다. 그냥 계속 유하 선배라고 불러야겠다. 변덕이 죽 끓듯 하는 건 우리 집안의 도도한 가풍이다. 이 영화에서 내가 가장 눈여겨본 건 동성애를 둘러싼, 몇백 년에 걸친 논란의 종지부를 찍는 듯한 그 멋진 엉덩이가 절대로, 결코, 진짜 아니었다.

그보다 나는 '좌시중'이 흥미로웠다. 아이를 낳을 수 없는 왕의 처지를 이용해서 새로운 왕을 옹립하려던 신하. 그런데 그 이름이 왜 하필이면 '좌시중'이란 말이냐? 듣자마자 당연히 현실의 누군가가 생각났고, 영화 내용과 결부되면서 연이어 지난해 인터넷에서 본 동인만화가 떠올랐다. 그 동인만화에는 두 명의 남자주인공이 등장했는데, 한 사람의 이름은 결국 호위무사들인 건룡위에게 살해당하기 직전, '좌시중'의 입에서 흘러나왔다. 그는 왕의 '만수'무강을 기원한다고 했다(다른 한 명의 이름은 MB였다). 자유연상이 여기에 이르고 보니, 미친 듯이, 심지어 자신을 죽이려고 찾아온 판국에도 홍림이만 걱정하는 왕의 모습을 보니 과연 지금의 경제팀이 교체될 수 있을까 하는 의구심이 들었다.

그래, 어쩌면 모든 건 바로 거기서, 그러니까 과도한 애정에서 비롯한 것인지도 모르지. 그렇게 혼자 결론내렸는데, 집에 와서 인터넷을 뒤져보니 '좌시중'은 실제로 존재했던 관직이었다. 원래 이름은 '문하좌시중'. 사전에는 "고려시대에 도첨의사사와 도첨의부에 둔 종일품 벼슬. 공민왕 12년1363에 첨의좌시중을 고친 것으로, 뒤에 다시 문하시중으로 고쳤다"라고 나와 있다.

'좌시중'이 왜 왕의 시중을 들지 않고 역모를 꾀했는가는 나도 모르겠다. 세상에는 다양한 종류의 '시중'들이 있으니까. 나는 여전히 이 이름만이 흥미롭다. 역사를 다룬 작품에서 실제 존재하는 관직명을 사용하는 건 최소한의 규약이다. 자료 안에서 상상하겠다는 것. '좌시중'이란 이름을 듣고 다른 누군가를 떠올리는 건 나처럼 생각 많은 사람의 일일 뿐이다.

그런 점에서 지금까지 내가 본 역사영화들은 다들 꽤 친절해서 문제였다. 관객이 더 의문을 가질 필요가 없도록 디테일과 서사를 먹기 좋게 잘 잘라서 입에 떠넣어줬다고나 할까. 요즘 영화는 관객이 조금만 힘들 것 같으면 역사적 디테일도 바꿔버린다. 그래서 특정한 시기에 불가능한 디테일도 마구 등장하는데, 문제는 이렇게 되면 이야기의 결말이 안드로메다에 가게 되는 경우도 생긴다는 점이다. 결국 역사에서 시작해서 SF판타지가 된다는 소리다. 역사극의 가장 문제적인 지점은 주인공이 자신을 둘러싼 인습을 비웃으며 지나치게 발랄해질 때다. 이 지점에서 주인공이 실제로 뭔가를 초월하는지, 아니면 제대로 재현하지 않은 걸 감추기 위해 진부한 서사로 퇴행하는 것인지는 잘 파악하기 힘들지만, 원칙은 그렇다. 격렬하게 현실을 풍자하지 않으면서도 불가능한 디테일을 사용했다면, 그건 서사적 곤경을 손쉽게 해결하려는 의도에서 나왔을 확률이 높다. 그런 점에서 '좌시중'이 왕의 시중을 들지 않은 것이 좋았다.

마찬가지로 효수된 왕후의 머리가 내 눈길을 끌었다. 요즘 효수에 관심이 많다. 막 효수됐을 때, 효수된 머리는 과연 어떤 표정을 지을까? 고통에 찡그린 표정일까, 아니면 영화에서처럼 평온한 표정일까? 내걸면 며칠 만에, 어느 부위부터 썩기 시작할까? 얼마간 이런 생각을 하면서 살다보면 효수된 머리만 봐도 자시에 홍림을 만난 왕비마마처럼 마음이 부풀어 오른다(지금부터 스포일러가 시작되니까, 읽고 싶지 않다면 아랫부분을 찢어서 버리시길).

서사적으로 봤을 때, 그건 왕비의 진짜 효수된 머리여야만 했다. 홍림은 웬만해서는 왕을 죽일 수 없는 사람이기 때문에 복수할 동기를 부여하려면 왕비가 실제로 죽어야만 했으니까. 하지만 여기서 문제는 발생한다. 과연 왕이 왕후의 머리를 잘라서 성문 앞에 전시하는 일이 가능할까? 그건 불가능한 디테일로 보인다. 그렇기 때문인지 영화에서는 그게 왕비의 머리가 아니라는 게 곧 밝혀진다. 말하자면 홍림의 동기는 오해에서 비롯한 셈이었다. 오해에서 비롯한 동기는 서사를 어디로 이끌어갈 것인가? 이 경우, 홍림의 선배라면 로미오를 들 수 있겠다. 〈로미오와 줄리엣〉의 서사를 결말로 이끄는 것 역시 오해니까. 이뤄질 수 없는 사랑의 주인공인 홍림도 로미오의 전철을 밟을 것인가? 이럴 때, 나는 손에 땀을 쥔다.

그러나 마지막 최종적 이별장면에서 〈쌍화점〉은 〈로미오와 줄리엣〉이 아니라는 사실이 밝혀지면서 나는 성문 앞에 걸린 머리가 왜 가짜여야만 했는지 완벽하게 이해했다. 그게 진짜였다면 〈쌍화점〉의 주인공은 홍림과 왕후였겠지만, 그게 가짜라면 주인공은 왕과 홍림이 된다. 왕비의 머리를 효수해서 전시할 수 있느냐 없느냐는 사소한 문제지만, 이건 사실상 서사의 거의 모든 것을 결정한다. 이별 장면에서 홍림의 가슴에 칼을 꽂은 왕은 "한 번이라도 나를 사랑한 적이 있느냐?"고 묻는데, 이에 홍림은 한 번도 사랑한 적이 없다고 대답한다. 이때, 홍림은 그 머리가 왕후의 머리가 아니라는 걸 모르고 있다. 여기까지는 통속적인 비극으로 보인다. 하지만 이윽고 왕의 가슴에 칼을 꽂은 홍림이 죽은 줄 알았던 왕후를 볼 때부터 이야기는 급변하기 시작한다.

'아이러니'라는 오래된 문학적 개념이 내 머리끝에서 뭉게뭉게 피어오른 건 여기서부터였다. 아이러니를 통해 〈쌍화점〉은 통속으로는 도저히 도달할 수 없는 카타르시스에 이른다. 왜냐하면 우리도 한 번쯤은 이런 아이러니를 경험하기 때문이다. 언제? 사랑이 끝난 뒤. 늘 언어는 사랑보다 늦게 도착한다. 우리는 무지한 채로 사랑하고, 이별한 뒤에야 똑똑해진다. 이 지체가 아이러니를 발생시킨다. 왕과 홍림만 이 아이러니를 경험했다는 점에서 홍림에게 왕비와의 사랑은 아직 끝나지 않았거나, 그건 '연모가 아니었다'. 이 모든 게 효수된 머리에서 시작하는 셈이다.

〈쌍화점〉은 이별의 미장센을 보여준다. 그건 영화적이라기보다 시적이다. 그래서 나는 계속 유하 선배라고 불러야겠다. 사랑은 아이러니를 발생시키면서 끝나게 마련이다. 사랑은 어떻게 끝이 나는가? 비유하자면, 서로의 심장에 칼을 찌른 채 "한 번도 너를 사랑한 적이 없다"고 말한 뒤 피범벅이 되어 쓰러진 두 사람이 죽어가면서(사랑이 끝나면 실제로 뭔가가 죽는다!) 뭔가를 말하려고 하는, 하지만 끝내 말하지 못하는 장면으로 끝이 날 것이다. 이런 장면이 시적인 장면이다.

지난해 동인만화에서 본 그 지독한 사랑은 어떤 결말을 맞이할까? 그게 진짜 사랑이었다면 아이러니를 발생시키겠지. 쓰라리겠지. 그러거나 말거나 그건 당사자들의 생각이고, 다른 사람들에게 그건 희소식일 것이다. 그들의 롤 모델 부시를 보면 알 수 있다. 이즈음 나는 부시가 좋아지기 시작했다. 임기 말이라 그런지 요즘 부시는 행사 뛰느라 정신이 없다. 뉴스를 보니까 어느 행사에서 부시가 이렇게 말했다. "웰컴 투 마이 행잉."(내 교수형에 오신 걸 환영합니다) 반가웠다. 요즘 효수, 교수형 따위에 관심이 많아서가 아니었다. 그런데 웬걸, 거긴 부시의 초상화를 벽에 거는 행사장이었다. 이런 자학 개그라니. 내 일만 아니라면, 어떤 종류의 종말은 보는 것만으로도 카타르시스를 느끼게 하는 모양이다. 서로 피투성이가 될지언정 그 동인만화의 두 주인공도 이제 좀 헤어졌으면 좋겠다. 아무리 고통스럽다고 해도 두 사람이 헤어지는 걸 지켜보면서 관객이 즐거워한다면 그건 비극이 아니라 희극이다.

한국 최초
(어쩌면 아시아 최초),
영화 〈렛미인〉의
촬영지를
다녀오다

2009.02.05

나의 친구 김연수와 그의 영화를 함께 이야기하고, 그의 친구인 내
가 나의 영화를 그와 함께 이야기하는 (어쩐지 무척 복잡한 사이인 듯),
'나의 친구 그의 영화(〈씨네21〉 연재 당시의 칼럼 제목)'는 글의 성격이
성격인지라 김연수에게 첫 번째 원고를 미리 받았다. 그는 '정말 좋
은 영화' 〈雙花店〉에 대해 썼다. 나도 보고 싶다, 〈雙花店〉. 그렇게
재미있다는 〈雙花店〉. 그런데 나의 친구 김연수는 내게 폭력을 행사
했다. 그는 글의 한가운데에 이렇게 썼다. '지금부터 스포일러가 시
작되니까 읽고 싶지 않다면 아랫부분을 찢어서 버리시길.' 〈씨네21〉
을 읽는 사람이야 그렇다 쳐도—그래도 책을 찢으라니요, 아랫부분

을 찢어서 버리시라니요, 가로로 책을 찢기가 얼마나 힘든 줄 알고
나 하는 소리요—원고를 다 읽고 답문을 써내려가야 하는 나는 어
떻게 하란 말인가. 극장 앞에서 무방비 상태로 서 있는 사람들에게
"절름발이가 범인"이라거나, "브루스 윌리스가 유령"이라고 소리 지
르는 것과 무엇이 다르단 말인가. 나는 무방비 상태로 글을 읽다가
〈쌍화점〉의 결말을 보고야 말았다. 첫 번째 글부터 이런 식이라면,
나도 고분고분 당하고 있지만은 않을 것이다. 모든 글을 스포일러로
도배해버리고 말겠다.

한국을 떠난 지 어언 2개월이 지났고, 그동안 한국에서는 수많은
영화들이 개봉했다. 돌아가면 볼 영화가 많다는 사실이 뿌듯하기도
하다. 한국에서는 극장을 자주 찾았는데, 스웨덴에서는 영화 볼 엄
두를 내지 못했다. 영화 관람료가 비싸다. 싸다고 해도 한글자막이
없다. 자막이 필요없는 할리우드 영화를 볼 수도 있었지만—〈007
퀀텀 오브 솔러스〉나 〈마다가스카2〉 같은—먼 북방의 나라에까지
와서 할리우드 영화를 보는 것도 어쩐지 어울려 보이지 않았다. 스
웨덴에서 유학 중인 분과 진한 커피를 마시다가 영화 이야기가 나
왔다. 내가 말했다.

"어제 묘지공원에 갔다가 그레타 가르보 묘지에 인사하고 왔어요."
"그레타 가르보가 거기 묻혔던가요?"

"네. 묻힌 사람 중에 유명인은 (얼굴도 잘 기억나지 않지만) 그레타 가르보뿐이던걸요. 무덤 앞에 꽃 한 송이 없더군요. (인기가 없어서 그런가) 겨울이라서 그런가. 스웨덴 출신 영화인이 별로 없죠?"

"왜요, 잉마르 베리만이 있죠."

"아, 잉마르 베리만! (이름만 들어봤지 영화는 본 게 없군요)"

"최근 개봉한 〈렛미인〉도 인기라던데요?"

"아, 〈렛미인〉! (그건 봤어요)"

"〈렛미인〉 촬영지가 멀지 않은데, 내일 가보실래요?"

그렇게 해서 영화 〈렛미인〉의 촬영지 블라케베리Blackeberg로 출발하게 됐다. 계획은 야심찼다. (내가 무슨 영화 전문 기자인가) 머릿속에 제목이 떠올랐다.

영화 〈렛미인〉의 쓸쓸한 화면을 사진 속에 담아오고, 두 주인공의 절절한 사랑을 글에 담아낸다면 한 편의 아름다운 기사가 될 것이라는 착각이 들었다. 그러나 가는 도중 세 가지 의문이 생겼다. 첫째, 과연 사람들이 〈렛미인〉의 촬영지를 궁금해할까. 둘째, 혹시 영화 촬영지 방문의 달인 이동진 씨가 (아뿔싸!) 이미 다녀온 것은 아닐까. 셋째, 영화를 본 지가 오래돼 실제 촬영지와 영화를 비교할 수 있을까.

나의 의문과 걱정은 1승1무1패였다. 우선, 사람들은 궁금해했다.

한국에서의 흥행 성적도 좋았고 평가도 좋았기 때문에 영화 속 눈 덮인 아름다운 마을이 어딘지 궁금해했다. 이동진 씨가 다녀갔는지는 알 길이 없었다. 검색을 해보았지만 워낙 동에 번쩍 서에 번쩍 하시는 분이라 궤적을 좇을 수가 없다.

세 번째 나의 걱정은 적중했다. 블라케베리는 인구 6천 명 규모의 작은 동네로, 영화의 원작인 〈Lat den ratte komma in〉의 작가 욘 린퀴비스트가 태어나고 자란 곳이다. 1981년의 블라케베리가 소설의 배경이 됐고, (작가가 1968년생이니 어쩌면 자신의 이야기일지도) 토마스 알프레드슨의 영화 역시 그곳에서 찍었다, 고 하는데 나는 도무지 어디가 어딘지 알 수가 없었다. 혹시 스웨덴에 가보신 분이 계시다면 아시겠지만, 눈 내리고 눈 덮이면 다 거기가 거기 같고, 여기가 거기 같다. 나와 함께 한국 최초의 〈렛미인〉 촬영지 탐방에 동참한 스웨덴에서 유학 중인 그분은, 놀랍게도 전날 인터넷을 뒤져 영화의 배경이 됐던 장소의 지도를 인쇄해왔다. 〈렛미인〉의 팬이 직접 그려서 인터넷에 올려놓은 지도였다.

"여기가 오스칼이 괴롭힘을 당하던 학교라네요."

"(기억이 가물가물) 맞아, 괴롭힘을 당했죠. 그런데 학교가 이런 모습이었나, 좀더 을씨년스럽지 않았나요?"

"아, 저는 아직 영화를 못 봐서……."

"아, 그렇군요. 저 다리 밑이 (이름도 기억 못 하는) 주인공 뱀파이어
가 누군가를 덮쳤던 곳 같은데……."

"제가 영화를……."

영화의 내용을 거의 기억하지 못하는 사람과 아직 영화를 보지
못한 사람이 한 조를 이뤄 영화 촬영지에 도착했으니 무슨 도움이
되고 무슨 글이 되겠나. '분위기는 참으로 그럭저럭 비슷하군요'라
는 결론에 도착하고 서둘러 그곳을 빠져나왔다. 그날따라 날이 너
무 추웠다. 사진을 찍으려고 해도 손이 움직이질 않았다.

블라케베리를 빠져나오는 길에 커다란 나무들을 보았다. 〈렛미인〉
의 장면이 떠올랐다. 하늘로 쭉쭉 뻗은 나무에 한 남자가 매달려
있다. 누군가 그 남자의 목을 딴다. 떨어지는 피를 통에다 받는다.
김연수가 효수에 관심이 많다면 나는 요즘 피에 관심이 많다. 남자
가 흘린 피는 통을 다 채울 수 있을까. 남자의 몸에서 피를 다 뽑아
내고, 알코올을 집어넣는다면 어떻게 될까. 그런 생각을 하고 있으
면 피가 시원해진다. 영화는 피 흘리는 남자의 모습을 보여주지 않
는다. 그런데 본 것 같다. 하얀 눈 위에서, 쭉쭉 뻗은 나무에 매달린
남자가 피 흘리는 모습은 내 마음속에서 잊혀지지 않는다. 영화에
서 가장 아름다운 장면이었다. 그 나무들은 실컷 보고 왔으니 촬영
지 견학은 제대로 하고 온 셈이다.

이 영화의 영어 제목 'Let the Right One In'은 모리시의 노래에서 가져온 것이라는데, 나는 한국 제목 '렛미인'이 더 마음에 든다. R.E.M의 노래 〈렛미인〉이 떠오른다. 마이클 스타이프가 커트 코베인을 생각하며 만든 〈렛미인〉의 어두컴컴하고, 쓸쓸하고, 소름 끼치는 선율이 떠오른다.

그나저나 마지막으로 스포일러라도 하나 터뜨려야 하는데, 마땅한 게 생각나지 않는다. '소녀가 뱀파이어야'라고 소리 지르고 싶지만 그건 시작하자마자 나오는 거고, 앞쪽의 이야기가 너무 길어서 스포일러를 터뜨리기엔 너무 때늦은 감이 없지 않다. 스포일러 폭탄은 다음번으로 미뤄야겠다.

마지막으로 스웨덴에서 자료를 구해주고, 영화도 보지 않은 채 함께 영화 촬영지를 관람했으며, 이번 글에 대사까지 제공해준 이유진 씨께 심심한 감사를 드린다. 생각해보니, 〈렛미인〉도 정말 좋은 영화였다. 다른 사람은 몰라도 나에겐 정말 좋은 영화다. 〈렛미인〉만 생각하면 스웨덴의 풍경이 곧바로 떠오를 것이다. 스웨덴의 차가운 바람을 기억해낼 수 없을 때 〈렛미인〉이 나를 그곳으로 다시 데리고 갈 것이다.

할아버지와 할머니가 쓴 농약 이름 모자를 보며 가자와 용산을 떠올리다

2009.02.12

결국 결론은 "신토불이, 우리 것이 좋은 것이여"일까? 샌드위치, 햄버거, 스테이크, 파스타……, 현지에서 먹는 양식이란 정말 기가 막힌 맛이리라. 하지만 그것도 한두 번이지 두 달하고도 몇주째 입에 넣다보면 그게 도무지 음식으로 보이지 않을 것이다. 이런 걸 음식이라고 먹다니. 그런 독백이 절로 나온다. 그 지경이 되면 남의 나라에 있는 건 자신이면서 그 나라 전체가 글러먹었다는 듯이 투덜거리게 마련인데, 지난 번 글을 보니 중혁 군이 지금 딱 그 지경인 것 같다. 무슨 스포일러의 폭력이니, 고분고분 당하고 있지 않겠다느니. 역시 빨리 귀국하는 편이 정신 건강에 좋을 듯하지만…….

〈워낭소리〉가 개봉했다는 소식을 듣고도 뭐, 그 정도, 그러니까 신토불이 의식을 고취시키는 다큐멘터리일 것이라고 짐작했다. 그럼에도 극장까지 가서 다큐멘터리를 봐야겠다고 마음먹은 건 안면이 있는 박봉남 독립 PD의 소개글 때문이었다. 아무래도 화면발이 받는 얼굴인지 그간 여러 다큐멘터리에 출연할 일이 있었는데, 그때 알게 된 분이다. 이분이 그 글에다 "아! 나는 75분 내내 숨을 죽이고 이 영화를 봤다. 아! 정말 훌륭한 작품이었다"라는 소감을 남긴 것이다. 이러니 어찌 극장에 가서 보지 않을 수 있을까? 더구나 내 다큐멘터리 인생 최고의 후회는 〈푸지에〉를 극장에서 보지 못한 것이니.

그래서 파주까지 가서 다큐멘터리를 봤다. 무조건 이 다큐멘터리를 보시라. 내가 하고 싶은 말은 그것뿐이다. 표현에 인색한 박봉남 PD가 "아! 아!"라고 신음소리를 적을 때부터 알아봤어야 했다. 박봉남 PD는 어떤 경우에 "아! 아!"라는 신음소리를 내는지 모르지만, 나의 경우 어떤 보상도 바라지 않고, 특히 경제적 보상을 바라지 않고 뭔가를, 그것도 몇 년에 걸쳐서 만들어나가는 사람들을 볼 때 이런 신음소리를 낸다. 다큐멘터리를 볼 때 문제가 있다면 내가 눈물을 너무 많이 흘린다는 점이다. 그건 내가 그런 다큐멘터리의 내러티브를 표면 그대로, 진심으로 믿기 때문이다. 나는 돈을 무시하는 예술가들의 진심을 의심한 적이 한 번도 없었다. 돈을 무시하는 한 그들은 진실을 말하게 돼 있으니까. 그래서 다큐멘터리를 볼 때, 나는 참으로 순진무구한 초딩의 표정으로 곧이곧대로 내러티브를 따라가다가 끝내 울어버리고 마는 것이다.

솔직히 말하겠다. 그간 나는 영화산업을 혐오하던 사람이었다. 지난 몇 년간 영화에 대해 한국영화계가 말하는 것은 오직 돈에 대한 말들뿐인 것 같았다. 혹시나 하는 생각에 극장에 갔다가 내 몸에서 나올 만한 체액이라곤 위장에서 솟구치기 시작해 구강을 거쳐 턱으로 흘러내리는 걸쭉한 액체뿐이라는 걸 여러 번 확인했다. 내가 아는 좋은 감독들은 몇 년째 영화를 만들지 못하고 있으니, 나는 그 걸쭉한 액체에 대해 어떤 변명도 하지 않을 자신이 있었다. 돈에 대해서만 말할 때, 우리가 도달할 수 있는 지점은 순수한 불만족일 뿐이다. 순수한 불만족, 그러니까 업자들의 불만족. 윤오영의 수필 〈방망이 깎던 노인〉에 나오는 노인처럼 이 세상에 '대운하 파던 업자' 같은 게 있을 리 없다. 그들은 항상 더 많은 돈을 원하기 때문에 자기가 하는 일에 자부심을 가질 수 없으니까.

나는 경제를 무시하는 사람이 아니다. 내가 무시하는 건 경제만을 얘기하는 자들이다. 그 사람들은 왜 경제만을 얘기하는 걸까? 그건 아마도 그 사람들이 말하는 경제란 자신들만 챙기는 돈문제이기 때문일 것이다. 모두 다 같이 돈을 버는 문제라면, 그렇게 쉬지도 않고 경제만을 얘기할 리는 없다. 난 그 정도로 인간이 이타적이라고는 믿지 않으니까. 그러므로 돈을 거부하고 우리 모두 독립제작에 나서자고 말하고 싶은 생각은 없다. 그건 〈워낭소리〉에서도 확인할 수 있다. 소가 먹을 풀을 길러야 하니까 할아버지가 농약을 치지 않자 할머니에게 지청구를 듣는다. 그럴 때조차 할아버지와 할머니는 '자바라, 키타진, 골자비' 같은 글자가 적힌 모자를 쓰고 있다. 그 모자를 그들에게 씌운 건 농약회사들이다.

이게 바로 우리가 사는 세계다. 우리가 아무리 매매의 세계를 거부한다고 해도 우리는 이미 그 세계 깊숙이 들어와 있다. 할아버지는 '안 팔아, 안 팔아'라고 소리 질렀고, 40살이 먹은 소는 죽기 바로 직전까지 겨울 동안 할아버지 내외가 불을 땔 수 있도록 나무를 해놓은 뒤에야 죽었다. 할아버지가 아무리 안 판다고 해도 우리는 끝내 할아버지를 설득해서 사야만 한다. 그렇지 않으면 아무런 대가도 없이 나무를 잔뜩 해놓고서야 죽는 소를 우리는 이제 더이상 볼 수 없게 된다.

이 다큐멘터리가 개발의 논리에 밀려 사라지는 농촌의 정경을 다룬 작품일 수 없는 이유는 여기에 있다. '자바라, 키타진, 골자비'는 무엇을 구매하느냐에 따라서 달라지는 세상에 우리가 있다는 사실을 말해준다. 그러니 보시라. 무조건 보시라. 극장에 가서 돈을 내고 보시라.

그렇긴 해도 나는 할아버지와 할머니의 머리에 마을 이름이 적힌 모자를 씌워드리고 싶었다. 그 옛날 〈전원일기〉에서 유인촌이 쓰던, '양촌리'라는 글자가 인쇄된 모자 같은 걸. 종자처리중화제나 도열병 방제제의 이름이 아니라, 아름다운 공동체의 이름이 적힌 모자를. 변하는 건 세상이 아니라 사람일 뿐이다. 그리고 사람이 바뀌면 세상이 완전히 달라진다. 그렇지 않은가? 대통령 한 명 바뀌었을 뿐인데, 지금 우리는 아주 딴 세상에 살고 있지 않은가?

또 다른 독립 PD 한 명이 시리아에 가자고 했다. 거긴 위험하지 않아요? 내가 대답했다. 입국하기 어려울 뿐이지, 위험하지는 않단다. 만약 그게 가자 지구였다면? 절대로 안 갈 것이다. 이 글을 쓰는 오늘은 용산에서 철거민들이 불에 타서 죽은 날이다. 포털에 들어가니 메인에 '돌아온 그들 앞엔 부서진 집과 가족 시신뿐'이라는 제목이 보였다. 허겁지겁 클릭했더니 일방적으로 휴전이 선언된 가자 지구에 대한, 연민에 가득 찬 보수신문의 기사였다. 평소 국내문제를 다루던 논조를 보면 이스라엘을 극렬 지지해야만 할 텐데 자기 이익과 관계없는 딴 나라의 일에는 이처럼 상식적이다. 나도 모르게 용산을 다룬 기사인 줄 알고 클릭할 정도로 거기나 여기나 매

한가지다. 제정신이 박혔으면 누가 가자 지구에 입국하겠는가? 중혁 군도 그냥 유럽에 있는 게 낫겠다.

한국으로 오는
비행기 안에서
3편 동시 상영 시절의
추억을 떠올리다

2009.02.19

김연수 편 지난 줄거리

현지에서 먹는 양식이란 기막힌 맛이지만, 오랜 시간이 지나면 도무지 음식으로 보이지 않는다. 오랫동안 유럽에서 지내고 있는 중혁 군이 이상한 소리를 해대는 것은 모두 음식 때문이리라. 역시 빨리 귀국하는 편이 정신 건강에 좋을 듯하다. 〈워낭소리〉를 봤다. 이 다큐멘터리를 꼭 보시라. 극장에 가서 돈 내고 보시라. (중략) 변하는 건 세상이 아니라 사람일 뿐이다. (다시 중략) 중혁 군도 그냥 유럽에 있는 게 낫겠다.

글 속의 권유가 얼마나 간절하던지 나도 그냥 유럽에 있으려고 했다. 스웨덴 묘지공원에 뼈를 묻고 싶었다(묻어주려나?). 그래서 연수 군에게 계좌번호를 불러주었으나 돈이 입금되지 않아 곧장 한국으로 돌아오고 말았다. 유럽에 머물라는 건 빈말이었던 모양이다. 돈을 부쳐주지 않는다면 유럽에서 버티기 힘들다. 물가가, 정말, 장난이 아니었다. 패스트푸드점의 가장 싼 세트메뉴가 1만 원에 가깝고, 물 한 잔 마셔도 돈, 화장실에 갈 때도 돈, 환율은 높고, 체력은 낮고, 나누고 싶은 이야기가 많아도 말은 잘 통하지 않고, 가보고 싶은 곳은 많아도 교통비의 벽은 높으니 단념할 수밖에 없었다. 한국에 돌아오니 물도 공짜로 주고(용산에 준 물대포 얘기가 아니다), 말도 잘 통하고(대통령 얘기가 아니다) 고향에 돌아온 것 같아 마음이 편하다.

돌아오는 비행기에서 고생을 좀 했다. 나는 오래전부터 여행을 싫어했다. 어떤 소설가는 〈여행할 권리〉라는 책도 써냈던데, 나는 〈여행 안 할 권리〉라도 써볼까 싶다. 여행을 싫어하는 가장 큰 이유는 비행기 때문이다. 난 비행기가 정말 싫다. 단거리야 뭐 그럭저럭 버틴다고 해도 장거리는 도무지 적응하기 힘들다. 잠을 이룰 수 없고, 책도 읽지 못하겠고, 중간에 내릴 수도 없다. 뭐 하나 마음에 드는 구석이 없다. 요즘엔 개인 화면 붙은 노선도 많다던데, 내가 타는 비행기 노선엔 그런 것도 없다.

비행기 타기 전에 철저히 준비했다. 우선 공항에서 내가 가진 모든 전자제품을 100% 충전했다. 글쓰기와 영화보기, 음악듣기를 할 수 있는 노트북 컴퓨터 2시간 활용 가능. 영화보기와 음악듣기를 할 수 있는 아이팟 터치 3시간 활용 가능. 음악듣기를 할 수 있는 아이팟 6시간 활용 가능. 게임을 할 수 있는 닌텐도 7시간 활용 가능. 그러나 그 어두컴컴한 비행기 속에서 코딱지만한 닌텐도 화면을 오랫동안 들여다본다는 것은 눈에 대한 테러나 마찬가지니 어떻게든 다른 놀거리를 찾아야만 했다.

2~3년 전, 로마에서 한국으로 돌아오는 비행기 속에서, 마지막 남은 3시간의 비행 동안 나는 창문을 붙들고 울었다. 너무 힘들어서 뛰어내리고 싶었다. 어지러웠고, 시간이 멈춘 것 같았고, 속이 울렁거렸다. 어둠 속에서 몇몇 개의 가느다란 빛줄기가 하느님의 말씀처럼 사람들의 책을 밝히고 있었고, 창밖에서는 거대한 동물의 창자 같은 어둠이 꿈틀거리고 있었다. 그 풍경은 마치 사후의 세계 같았다. 모든 장면이 정지화면이었다. 어서 빨리 맑은 공기를 마시고 싶었다. 귓속의 벌레가 윙윙거렸고, 비행기를 휘감은 엔진 소리는 높은 파도처럼 작은 소리들을 삼켜버렸다. 그때 그 비행기에서의 마지막 3시간만 생각하면 지금도 정신이 아찔해진다. 그런 시간을 다시 겪어야 한다는 사실이 두려웠다.

간단히 밥을 먹고—얼마만이냐, 비빔밥!—노트북으로 〈엑스트라즈Extras〉를 봤다. 리키 저베이스는 정말 최고다. 다음으론 〈30록 30Rock〉, 티나 페이도 좋다. 그 다음으로는 노트북의 배터리가 바닥났다. 겨우 3시간이 지났을 뿐인데. 눈을 들었더니 눈앞에서 영화가 상영되고 있었다. 경찰복을 입은 어떤 남자가 탁자 위로 올라가더니 천장을 향해 총을 쏘았다. 이어폰을 꽂을까 말까 고민하다가 그냥 화면만 봤다. 누군가 주인공에게 총을 쐈고, 그는 탁자에서 떨어졌다. 도대체 무슨 영화일까? 최근 영화일까? 주인공은 어디선가 본 얼굴이었다. 그때부터 머릿속에서 영화 제목 맞히기가 시작됐다. 쫓고 쫓기고, 싸우고 폭파하는, 그런 영화였다. 소리가 들리지 않으니 그리 긴박해 보이지 않았다. '앗, 저 사람은?' 드디어 아는 배우가 나타났다. 느끼한 아저씨 빌리 밥 손튼이다. 〈애스트로넛 파머The Astronaut Farmer〉의 황당한 아저씨 역할, 재미있었는데.

캄캄한 어둠 속에 수많은 사람들이 (같은 방향을 보며) 앉아 있고—비록 제대로 보는 사람은 없지만—스크린에서는 영화가 상영되고 있었다. 비행기가 아니라 극장처럼 느껴졌다. 영화를 좋아하던 시절(이었거나 밤에 할 일이 없던 시절), 신촌의 극장에서 3편 동시상영 영화를 자주 봤다. 밤 12시쯤 시작해서 아침 7시쯤에 끝나는 강행군이었다. 할리우드 액션영화 한 편, 홍콩 액션영화 한 편, 한국영화 한 편이면 가장 알맞은 조합이었다. 아무래도 예술영화나 작가주의영화를 보며 밤을 새우기란 힘든 일이니까.

비행기는 그 시절의 극장과 비슷했다. 노곤한 기운이 감돌고, 영화는 영화대로, 사람은 사람대로, 보면 보는 대로, 자면 자는 대로, 각자의 상황에 맞게 시간을 보내고 있다는 느낌이었다. 시간이 흐르고 있다는 사실을, 그렇게 시간이 지나서 새로운 아침이 와도 달라질 게 없다는 사실을, 서로서로 다 알고 있으면서도, 모른 척, 영화는 영화대로 흘러가고, 사람은 사람대로 흘러가는, 그런 공간이었다.

동시상영 영화가 끝나면, 나는 신촌의 버스 정류장 근처의 토스트 가게에서 토스트를 사먹었다. 맛있었는지는 기억나지 않는다. 그저 우적우적 간밤의 허기를 달랬다. 직장인들의 출근시간이었다. 양복을 입은 사람들과 눈이 마주치면 어쩐지 부끄러웠다. 그게 어디 부끄러워할 일인가, 그 사람들이 나를 부러워할 일이지, 라고 지금은 생각하지만 그땐 정말 부끄러웠다. 나는 출근할 데가 없었으므로 집으로 돌아갔다. 시간을 거꾸로 살고 있었다. 지금 생각해보면, 나는 시간이 흐른다는 사실을 인정하기 싫었던 것인지도 모르겠다. 영화를 보는 동안에는 시간이 멈출 것이라고 생각했다. 집에 돌아가면 곧바로 잤다. 시간을 느끼고 싶지 않았다. 그러나 영화를 보는 동안에도 시간은 흘렀고, 잠을 자는 동안에도 시간은 흘렀다.

비행기 속에서 그 시절을 생각하자 마음이 조금은 편안했다. 시간이 흐른다는 사실을 알고 있기 때문이다. 시간은 금방 흘러, 너무나 빨리 흘러, 지루해할 틈도 없이 쏜살같이 흘러, 나는 비행기에서 내릴 것이고, 비행기에서 내리자마자 그동안 하지 못한 일을 처리해야 할 것이고, 또 다른 일이 기다리고 있을 것이고, (일이 없으면 어쩌나 걱정도 할 것이고) 그렇게 시간이 지나갈 것이다.

상영 영화는 (역시, 내 마음을 알았던지) 세 편이었다. 조합도 이상적이었다. 빌리 밥 손튼이 등장했던 첫 번째 영화는 〈이글아이〉였다. 두 번째 영화가 〈울학교 이티〉, 세 번째 영화가 서부극 〈아팔루사〉였다. 홍콩영화가 한 편 빠진 게 아쉽다. 나는 이어폰을 꽂지도 않고, 화면만 가끔 보면서 영화가 영화대로 흘러가게 내버려두고, 나는 나대로 영화를 보며 시간을 보냈다.

영화가 끝나자 스튜어디스가 다가와서 물었다. "오믈렛과 죽이 있습니다. 어떤 걸로 하시겠습니까?" 나는 토스트를 주문하고 싶었지만 나의 욕구를 억누르고, 예의 바른 승객답게 오믈렛을 주문했다. 속에 계란이 든 건 비슷하니까.

아침에
맥주 들고
버스 타봤나요?

2009.02.26

유럽에서 올라탄 비행기에서 J(이 호칭이 좀 낫네)는 젊은 시절 밤새 동시상영관에서 세 편의 영화를 보고 나와 토스트(씩이나!)를 먹으며 출근길의 직장인들에게 부끄러움을 느낀 일을 애잔하게 떠올렸던 모양이다. 〈상실의 시대〉의, 중년이 된 와타나베처럼. 우리도 벌써 중년이로구나. 이제 텅 빈 버스(아무래도 출근길의 반대 방향이니까)를 타고 쓸쓸히 돌아가는 일 따위는 할 수 없게 됐구나. 이럴 때, 나는 상실을 느낀다. 상실이라고 말하니, 내게도 출근길에 얽힌 추억이 떠오른다. 무려 나오코와 미도리 사이에서 청춘을 잃어버리고 방황하던 일과는 아무런 관련도 없는.

그 시절, 그러니까 1995년 무렵에는 너나 할 것 없이 할 일이 없었다. 할 일이 없으니, 또 너나 할 것 없이 비평가였다. 책이면 책, 영화면 영화, 인간이면 인간, 걸리는 족족 서슴없이 "쓰레기"라는 평가가 나왔다. 청년실업이란 이처럼 무서운 것이다. 친구들이 술 마시러 나오라는데 차비가 없어서 못 나간다는 말은 차마 할 수 없어서 할 일이 있다고 둘러대던 시절이니 뭐가 두렵겠는가. 하지만 할 일이 있어서 술 마시러 못 나간다니, 그 무슨 개 풀 뜯어먹는 소리냐.

날마다 통장정리를 생활화하던 그 시절, 돈이 들어오면 바야흐로 술을 마시러 신촌으로 나갔다. 이제는 말할 수 있으니 J도 용서하겠지. 신촌으로 나가면 나는 제일 먼저 신촌문고에 들렀다. 예나 지금이나 학구파여서가 아니라, 주머니에 있는 돈을 좀 덜어내기 위해서였다. 5만원을 들고 나가면 5만원을, 10만원을 들고 나가면 10만원을 다 쓰고 난 뒤에야 겨우 집으로 돌아갈 수 있었으니까 미리 책을 산다면 내 돈을 덜 쓸 수 있었다. 내 돈을 덜 쓸 수 있다면, 그건 남의 돈으로 술을 마실 수 있다는 뜻이었다. 내가 마셔보니 술은 남의 돈으로 마셔야 잘 취하더라. 게다가 술자리에 책 뭉치를 들고 가면 다른 사람들의 술맛을 떨어뜨리게 하는 데도 도움이 됐다.

그날도 나는 무지무지 비싼 책들을 샀다. 그 책들을 들고, 도어즈인지 레드 제플린인지 핑크 플로이드인지 하는 곳에 갔다. 나는 마

시고 또 마셨다. 어느 정도 마시니까 내가 가진 액수를 초과하기 시
작했다. 그때부터 술은 무지하게 맛있어졌다. 몇 차를 돈 뒤, 친구
들의 어깨를 치면서 마지막으로 내가 한잔 사겠다고 말한 뒤 편의
점으로 갔다. 새벽 공원에서 맥주 마시는 맛이 끝내준다면서. 그렇
게 맥주를 들고 돌아오는데, 상실의 느낌이 나를 급습했다. 어떤 깨
달음. "청춘이 이렇게 가는구나"가 아니라 "책, 책은 어디로 갔지?"
라는 깨달음. 허겁지겁 친구들에게 달려갔더니, 다들 고소하다는
표정이었다.

　도어즈인지 레드 제플린인지 핑크 플로이드인지 하는 곳은 이미
문을 닫은 시간이었다. 그 집에서 나온 뒤로는 뭘 들고 다닌 기억이
없어서 나는 어떻게든 들어가보려고 담장을 타고 지붕으로 올라갔
다. 끙끙대며 지붕 위로 올라가서야 나는 그 카페가 지하에 있다는
사실을 깨달았다. 남의 돈으로 술을 마시면 너무 잘 취해 그 지경
이 되는 것이다. 상심한 마음으로 친구들에게 돌아갔더니, 맥주병
만 나뒹굴고 있었다. 나는 그 맥주병을 들고 다시 도어즈인지 레드
제플린인지 핑크 플로이드인지 하는 곳의 입구로 찾아갔다. 거기 앞
아서 어두운, 상실의 거리를 나는 바라봤다.

　〈낮술〉을 보니까 그 시절의 일들이 많이 떠오른다. 영어 제목이
'Daytime Drinking'이던데, 그게 내 눈에는 자꾸만 'Daydream', 그

러니까 '백일몽'으로 보이더라니. 옆방에 혼자 묵는 펜션녀, 버스 옆 자리에 앉아서 예술을 논하는 하이쿠녀, 갈 곳을 잃은 낮술 청년에 게 차비까지 주는 인생 선배 목욕남. 게다가 펜션녀의, 다음과 같은 주옥같은 대사는 내 가슴을 울린다. 술 한잔만 사주세요. 제가 살 게요. 아니, 여기서 마셔요. 왜 안 돼요? 남자는 똑같아. 난 양주. 강 원도로 가는 모든 젊은 남자들이 꾸는, 그러니까 개꿈 속의 말들.

그러다가 혼자 큭큭대며 웃었는데, 그 이유는 이런 캐릭터들을 통해 〈낮술〉이 지금까지 남성 작가들이 쓴 성장담을 교묘하게 비튼 다는 걸 알았기 때문이다(이 경우엔 나나 무라카미 하루키나 처지가 비슷 하다. J는 어떨까?). 이 비틀린 성장담의 교훈은 펜션녀와 사업남과 낮 술 청년, 이렇게 셋이서 술을 퍼마시고 난 다음날 아침의 풍경에서 찾을 수 있다. 눈을 뜬 주인공은 자신이 무엇을 상실했는지 깨닫게 된다. 그건 청춘도, 사랑도, 열정도 아니고, 제일 먼저 바지, 그 다 음에 외투, 마지막으로 지갑. 그건 처음 만난 날, 목욕탕에 들어와 등까지 밀어주는 다정다감한 인생 선배의 조언처럼 괜히 경찰서에 신고해봐야 번거롭기만 한, 그런 상실이다.

그 중에서도 현금의 상실은 꽤 인상적이다. 사람들은 바지도 빌 려주고 외투도 빌려주지만, 현금을 빌려주지는 않는다. 낮술 청년이 백일몽을 꾼 대가로 지불한 금액은 10만원이다(목욕남에게 등 빌려주고 받은 돈은 2만원이니까, 실질적으로 상실한 건 8만원). 그건 아마도 사업남에게는 손해 가는 장사였을 게 분명하다. 그러니까 바지와 외투로 모자란 금액을 충당했겠지. 대부분의 남성 판타지에서 생략되는 건 바로 이런 얘기들이다. 어떤 사람은 칼럼도 요약하던데, 그래서는 안 된다. 요약하다보면 중요한 것들을 생략할 수 있는데, 그렇게 되면 칼럼도 판타지가 된다. 그러지 말고 우리 다 얘기해보자. 끝까지 한번 가보자.

눈을 떴더니, 내 옆에서는 청소부가 빗자루로 거리를 쓸고 있었다. 예의 그 신촌이고 출근길이었다. 밤새 카페 입구에서 쓰러져 잔 것이었다. 쓰레기라면 이런 꼴이 쓰레기인 것이다. 일어나보니 내 옆에는 따지 않은 맥주 세 병. 그걸 들고 다시 편의점으로 갔다. 차비가 없어서 그러는데, 이거 다시 돈으로 바꿔주세요. 내가 말했다. 편의점 직원은 그게 왜 불가능한지 내게 한참 설명했다. 여기서 돈주고 샀는데, 왜 다시 팔 수 없다는 것인가요? 편의점에서는 그게 불가능하단다. 그럼 차비만 주세요. 내가 말했다. 그러자 직원이 환불은 불가능하고, 자기가 그냥 돈을 주겠단다. 그 돈을 받고 맥주를 내려놓았다. 직원이 맥주도 가져가란다. 맥주를 들고 버스를 탔다. 맥주 들고 버스 안 타봤으면, 출근길의 신촌에서 창피당한 얘기 꺼내지도 말아야 한다. 그렇긴 해도 직접 해보면 그렇게 창피하지 않다. 술이 덜 깼으니까. 마지막 장면에서 낮술 청년이 강릉으로 갔을 것이라는 쪽에 나는 맥주 세 병을 건다.

농담은 빠지고
시간만 남았군요

2009.03.05

2주 전, 전회 칼럼의 줄거리를 요약한 뒤 그 뒤를 이어 쓰는 파격적인 시도를 감행하였으나—국내 최초 참 좋아한다—독자는 줄거리 요약을 내가 한 게 아니라 편집부가 한 줄 알고, (나는 그냥 원고 적게 쓰고 싶어서 그랬을 뿐이고) 함께 칼럼 쓰는 Y(나도 이렇게 불러야 하나)에게는 '요약하지 마라, 그러면 칼럼이 판타지가 된다'라는 쓴소리까지 들었으니, 이번엔 국내 영화 칼럼 최초로 '다음주 칼럼 예고편'을—이건 진작에 누가 했을는지도 모르겠지만—시도해볼까 한다.

　너나 할 것 없이 할 일이 없었던 1995년 무렵, 그토록 무섭던 청년실업의 시대에 (지난호 칼럼 참조) Y와 나는 영화 잡지사에 원서를 낸 적이 있다. 영화에 관심이 많았던 나는 (지금은 사라진) 〈키노〉에, 21세기에 관심이 많았던 Y는 〈씨네21〉에 입사지원서를 냈다. 결과는 어떻게 됐을까. Y는 과연 최종합격을 하였을까. 새로운 시대를 이끌어갈 소설가로 많은 사람의 주목을 받는 김연수 씨. 그가 육성으로 고백하는 어두운 시절의 〈씨네21〉 입사기를 기대하시라. 눈물 없이는 들을 수 없는 처절한 사연이 공개됩니다(현재 영화계에서 일하는 수많은 영화인들이 실명으로 등장합니다).

그 시절에 대한 얘기를 하다보니 지금의 나이가 새삼스럽다. 올해 나이 마흔, 마흔, 마흔—어디선가 유세윤의 목소리가 들리는 듯—이다. 마흔이라는 나이는 도무지 상상해보지 못한 나이였다. '마흔 살요? 그때쯤이면 천재들은 대부분 다 죽지 않나요?' 그러니까, 살아남았다.

F. 스콧 피츠제럴드의 단편소설 〈벤자민 버튼의 시간은 거꾸로 간다〉에는 나이에 대한 성찰이 자주 등장한다. 노인으로 태어나 점점 젊어지는 기이한 운명을 지닌 벤자민 버튼은 스무 살 때 힐더가드라는 여인을 만난다. 나이는 스무 살이지만 쉰 살의 외모를 지닌 벤자민은 그녀에게 구애하길 망설인다. 그러나 그녀가 먼저 손을 내민다.

"선생님 나이는 낭만적이에요. 쉰 살."

(벤자민이 쉰 살이라고 착각한 힐더가드)

"스물다섯은 너무 세속적이에요. 서른은 일하느라 바빠서 피폐해지기 십상이고 마흔은 시가 한 대를 다 피울 때까지 끝도 없이 이야기를 하는 나이죠. 예순은…… 아, 예순은 일흔에 너무 가까워요. 하지만 쉰 살은 원숙해요. 전 쉰이 좋아요."

쉰이 정말 좋은 나이일 것이라고는 한 번도 생각해보지 않았지만 힐더가드의 말을 듣고 보니 그럴 수도 있겠다는 생각이 들었다. 스물다섯에는 세속적이었고, 서른은 일하느라 바빴고, 마흔에는 말이 많아졌으니, 쉰이 되면 낭만적인 사람이 될 수 있을는지도 모르겠다.

영화로 만들어진 〈벤자민 버튼의 시간은 거꾸로 간다〉를 보고 꽤 실망했다. 데이비드 핀처의 전작 〈조디악〉을 지난해 최고의 영화 톱10에 넣었던 나로서는 도무지 이런 변화를 이해할 수 없었다(무슨 일이 생긴 겁니까, 데이비드). 우선 원작을 읽으며 배꼽을 잡았던 F. 스콧 피츠제럴드의 농담이 모두 사라졌다. 영화 나름의 매력이 있긴 하지만 원작에 비해 너무 진지하다.

소설에서 벤자민 버튼은 태어나자마자 아버지와 맞먹는다. 신생아실의 침대에 걸터앉은 벤자민의 첫마디는 이렇다. "댁이 내 아버지인가?" 어린 나이에 시가를 피우고, 유치원에서는 태도 불량으로

쫓겨난다. 나이가 들고 점점 어려지자 그는 사교계를 점령한다. 제일 젊은 유부녀들과 춤추고, 사교계에 갓 데뷔한 소녀들과 잡담을 나눈다. 피츠제럴드의 소설은 나이와 세월과 시간에 대한 엉큼한 농담이자 인간의 숨겨진 욕망에 대한 적나라한 비유다. 하지만 영화에서는 모든 농담이 빠지고 시간만 남았다.

영화 〈벤자민 버튼의 시간은 거꾸로 간다〉의 가장 큰 문제점은 어른들의 이야기를 재미없는 동화로 바꿔놓았다는 것이다. 브래드 피트의 '뽀사시'한 (컴퓨터그래픽의 승리!) 얼굴까지는 괜찮았지만 12살의 벤자민, 6살의 벤자민 역을 다른 배우가 연기하는 순간 영화는 동화로 바뀐다. 무한한 시간 속에서 우리는 얼마나 작은 존재이며, 사람들은 그 시간을 얼마나 힘겹게 통과하며, 우리는 그 속에서 어떤 교훈을 얻어야 하는가를 일목요연하게 정리해주는 뒷부분에서는 하품이 나올 지경이다.

이 영화는 절대 12세 관람가여선 안 된다(애들은 가라!). 벤자민 버튼은 자신의 특별한 운명을 스스로 비웃거나 함부로 탕진하고 아무렇게나 소비해야 한다. 그래서 어린 나이엔 노인을 비웃고, 노인이 되어선 소녀들을 유혹하는 초월적 존재가—벤자민 버튼이야말로 진정한 슈퍼히어로—되어야 한다. 그리고 자신과 같은 나이대 사람들의 쭈글쭈글한 피부를 마음껏 비웃어야 한다. 도대체 그런 능력의 소유자가 인도에 가서 구도의 길을 걷는다는 게 말이나 되는가 말이다.

영화에서 가장 아름다운 장면은 젊어진 벤자민 버튼과 늙어버린 데이지가 만났을 때다. 인도에서 구도를 마치고 돌아온 벤자민 버튼은 부쩍 늙은 전 부인 데이지를 만나러 온다. 둘은 호텔에서 포옹한다. 데이지는 말한다. "벤자민, 난 늙은 여자예요." 한때 젊은 여자와 늙은 남자로 만났던 두 사람은 이제 젊은 남자와 늙은 여자로 다시 만났다.

섹스가 끝난 뒤 데이지는 벽을 보며 옷을 입는다. 늙은 여자의 몸이다. 등에는 검버섯이 피어올랐고 살은 쭈글쭈글하고 축 늘어져 있다. 침대에 누운 벤자민 버튼의 얼굴은 뽀얗다 못해 광채가 난다. 이런 환멸의 순간이야말로 피츠제럴드가 쓰고 싶어했던 주제였을 것이다. 이건 성인영화여야 한다.

나이는 숫자에 불과하다. 문제는 그 숫자가 순서대로 연결돼 있다는 것이다. 40 다음에 3이 올 수 있다면, 79 다음에 18이 올 수 있다면 우리는 나이를 좀더 재미있게 사용할 수 있을지 모른다. 지난해에 어리다는 이유로 굴욕을 당했다면 올해는 나이를 많이 먹고 복수할 수 있을지 모른다. 올해 늙었다고 왕따당했다면 내년엔 대폭 나이를 줄이고 젊은 아이들과 밤새도록 신나게 놀 수 있을지 모른다. 그러나 1 다음에 2가 오고, 19 다음엔 20이 오고, 39 다음에 40이 온다. 그건 바뀌지 않는다. 그리고 또 하나의 숫자. 우리의 일생을 100이라는 숫자로 생각한다면 그 숫자는 시간이 지날수록 0으로 향해 갈 것이다. 우리의 나이를 나타내는 숫자는 증가하고 (↗), 우리의 일생을 나타내는 숫자가 줄어드는(↘) 그래프를 바라보면서 우리가 느낄 수밖에 없는 환멸과 두려움과 기대와 체념의 복합적인 감정들이야말로 벤자민 버튼이 우리에게 들려주고 싶어한 이야기였을 것이다.

체위는 정상체위, 코언은 C·O·E·N

2009.03.12

〈인생은 미완성〉이라는 노래가 있었다. 대략 이런 가사다. 인생은 미완성, 쓰다가 마는 편지, 그래도 우리는 곱게 써가야 해. 친구야, 친구야. 우린 모두 타향인걸. 가사가 좀 틀렸나? 아무튼 친구야, 친구야. 우린 모두 타향인걸. 고향 친구의 칼럼을 읽는데 내 입에서 이 노래가 중얼중얼 흘러나왔다. 정말 우린 타향이구나. 1995년에 먹고살기 위해서 한 주간지에 무모한 음반 비평을 시작한 이래 내용이 예고된 칼럼을 쓰기는 이번이 처음이다. 어찌하다보니 고향 친구가 됐지, 우리가 서로 타향이라는 걸 모르는 사람들이 많으니 여기서 구시렁대봐야 별무소용이고, 결국 나는 코언 형제의 〈파고〉

58

를 다시 봤다.

역시 인생은 미완성인가보다. 코언, 그러니까 영어 철자로 '시, 오, 이, 엔', 코언 형제의, 웃을 수도 없고 울 수도 없는 그 영화 얘기가 아니다. 쓰다가 만 편지를 다시 쓰는 일에 대한 얘기다. 그러니까 내가 그 영화를 처음 본 건 1997년이 시작되고 얼마 지나지 않아서였다. 그 음울한 시절은 내게 김광석은 죽었고, 김소진은 죽기 전의 어떤 시기로 기억된다. 그 즈음, 나는 〈새로운〉이란 문학잡지를 창간하고 장정일의 소설 〈내게 거짓말을 해봐〉를 출간하는 일을 돕고 있었다. 바야흐로 한국 문학사의 새로운 지평이 펼쳐지는 줄 알고 광야를 질주하고 있었는데, 알고 봤더니 그 새로운 지평이란 첫째, 창간호를 마지막으로 폐간되는 새로운 전통의 잡지와 둘째, 소설에 정상체위가 아닌 색다른 체위를 묘사하면 소설가를 구속시킬 수 있다는 획기적인 판례였다.

체위는 정상체위, 체위는 정상체위. 하루에도 몇 번씩 그 말을 되뇌었다. 그 말이 효과가 있었던지 얼마 지나지 않아 나는 이제부터는 정상적인 인간으로 살아갈 수밖에 없다고 생각했다. 앞으로는 다른 체위에 대해서는 생각하지 않을 거야. 절대로. 오직 정상체위만. 그렇게 맹세하면서 나는 〈씨네21〉에서 뽑는 신입기자 공채에 원서를 냈다. 내가 보기에 다른 언론사와 비교해 〈씨네21〉에는 너무나 정상(체위)적인 기자들만이 근무하는 것처럼 보였다고 말하면, 여러 기자의 얼굴이 떠올라서 말이 전혀 안 되는 것 같고, 다만 영화에 대해서는 아는 바가 하나도 없으니 거기서 일하면 돈 받으면서 영화를 공부할 수 있겠다는 얄팍한 속셈이 있었다.

그리하여 2차 시험을 치르기 위해 명보극장(이 맞을까나? 이걸 확인하려면 지금은 퇴사한·박은영, 황혜림 기자의 증언을 참조해야만 할 듯)에서 코언 형제의 〈파고〉를 봤다. 아주 좋았다. 그리고 감격했다. 공짜로 봐서 좋았고, 벌써 〈씨네21〉 기자가 된 착각에 빠진 나는 앞으로도 영화를 공짜로 볼 수 있으리라는 사실에 감격했다. 그런데 웬걸, 사회생활은 역시 힘들었다. 영화를 다 보고 나니까 원고지를 나눠주더라. 그 원고지 8매 분량으로 리뷰를 쓰라는 게 2차 시험 문제였다. 아, 그 원고지 8매는 어디로 갔을까? 그게 아직도 남아 있다면 여기에 붙이고 한 회 칼럼을 그냥 때우면 좋으련만. 아무튼 8매를 쓰라기에 딱 8매만 썼다. 원고지 마지막 칸에 마침표를 찍었다. 손을 들어 원고지를 더 달라고 말하는 지원자들을 보며 끌끌 혀를 차면서. 많이 쓴다고 돈 더 주는 거 아닌데.

그 8매에 과연 나는 뭐라고 썼을까? 〈파고〉를 다시 보면서 나는 그게 제일 궁금했다. 1997년의 나. 이제부터는 문학 따위는 생각하지 않고, 다른 사람들처럼 정상적으로 살자고 결심하던 나는 그 영화를 보고 무슨 생각을 했을까? 나는 좀 기자 체질이어서 뭘 쓰고 나면 머릿속에서 글로 쓴 내용이 고스란히 다 빠져나간다. 마감 뒤 내 머릿속에 남는 건 술, 달리기, 잠, 뭐 이런 것뿐이다. 강연이나 강의를 사양하는 이유도 다 그 때문인데, 아니나 다를까 〈파고〉의 내용이 내 머릿속에 남아 있을 리 없었다. 뭐라고 썼을지 짐작조차 할 수 없었다. 대신에 '시, 오, 이, 엔' 코언 형제의 이야기에 빠져들었다. 문제는 혼자서 꾸는 꿈이다. 인생이란 그렇게 혼자서 꾼 꿈들이 서로 부딪치면서 만들어내는 궤적이다. 친구가 타향이라면, 타인은 지옥인데 그게 다 혼자서 꾸는 꿈들 때문이다. 꿈은 본디 같이 꿔야만 한다. 1997년의 나는 이런 사실들에 대해서는 전혀 몰랐을 것이다.

병원에서 신체검사를 받느라 피를 뽑고, 빵을 먹은 뒤 나는 최종 면접을 보기 위해 기다렸다. 나는 혼자, 면접관은 다섯 명 정도였다. 한쪽 끝에 조선희 편집장이 앉아 있었다. 조선희 편집장이 내게 물었다. 최근에 본 영화는? 내가 재빨리 대답했다. 〈세 친구〉입니다. 비디오 말고. (비디오로 본 거 어떻게 알았을까나?) 없습니다. 말하지 않았던가, 돈 받으며 공부하려고 시험쳤다고. 세상에 총검술 배운 뒤에 입대하는 사람도 있는가? 어쨌든 질문은 이어졌다. 그러다가 결정적인 질문. 코언 형제의 철자는? 그것만은 자신있게 대답했다. '시, 오, 에이치, 이, 엔.' "당신이 권투선수를 원하면 나는 당신을 위해 링에 오를 거야." 우리 정다운 블루스타임에 흘러나오던 노래 〈아임 유어 맨〉을 부른 레너드 코헨을 나는 좋아했으니까. 시, 오, 이, 엔입니다. 그리고 조선희 편집장은 입을 굳게 다물었다.

〈파고〉를 보는데 그때의 일들이 기억났다. 만약에 그때 '시, 오, 이, 엔'이라고 말했다면 〈씨네21〉에 입사할 수 있었을까? (아니, 피까지 뽑았는데 왜 떨어져? 그건 선배 피가 안 좋아서 그럴 거야. 직장 오래 다닌 소설가 편혜영이 말했다.) 만약 〈씨네21〉에 입사했다면 어떻게 됐을까? (안 하길 백번 잘했어요. 내 얘기를 들은 김혜리 기자가 말했다). 그랬다면 나는 지금 뭘 하고 있었을까? (고경태 편집장이 성격이 좋은 사람이기를 바랄 뿐이었겠지). 〈파고〉의 결론은 경찰 마지가 내려준다. 모든 사건이 끝났을 때, 남편과 침대에 누운 마지는 혼자 중얼거린다. "돈이 그렇게 중요한 것일까?"

그러니 나도 중얼거린다. "철자가 그렇게 중요한 것일까?" 이 질문에는 다시 본 코언 형제가 대답한다. 철자는 그렇게 중요한 것이라고. 각자 나눠 가지게 될 2만 달러 때문에 도합 다섯 명을 죽이게 된 것이라고 말할 수 없듯이, 철자 때문에 내가 소설을 열심히 쓰게 됐다고 말할 수는 없을 것이다. 하지만 거꾸로 2만 달러나 철자가 없었더라면 그 뒤의 일들도 일어나지 않았을 것이다. 인생이란 그런 것이다. 그러기에 여기까지가 쓰다가 만 입사시험 문제 〈파고〉에 대

한 최종답안이다. 채점을 다시 하고, 면접도 다시 볼 수는 없을까? 체위는 정상체위, 코언은 시, 오, 이, 엔, 지난 12년 동안 나는 한 번도 그 사실을 잊어본 일이 없었는데. 여전히 정상체위가 아닌 다른 체위를 묘사했기 때문에 장정일이 구속됐다고 믿는 나는(그게 아니라면 도대체 무슨 이유로 소설가를 구속시킬 수 있을까?) 내가 〈씨네21〉 입사시험에서 떨어진 건 철자 때문이라고 굳게 믿고 있다.

기억이 희미하면
적게 상처받는다?

2009.03.19

나에게는 장애가 있다. 어릴 때 크고 작은 교통사고를 많이 당해서
인지 아니면 원래 머리가 나쁜 사람으로 태어난 것인지, 심각할 정
도로 기억력이 형편없다. 사람 얼굴을 잘 기억하지 못하는 건 기본
이고—다섯 번 정도는 만나야 가까스로 기억한다—어릴 때 살았
던 동네나 집, 나에게 잘해준 사람, 상처를 준 사람, 잘생긴 사람,
못생긴 사람, 구분하지 않고 모두 기억 못 한다. 어린 시절을 생각
하면 깜깜하다. 언제 어디서 어떤 일이 있었는지 전혀 생각나지 않
는다. 심지어 군대 시절도 거의 기억나지 않는다. 그렇게 혹독하게
훈련을 받고 추위와 싸우며 눈을 치웠는데 (군대에서 축구도 했을 텐

데) 그 시절에 만났던 사람이나 들었던 이야기, 대사 같은 게 도무지 기억나지 않는다. 명색이 작가인 주제에 이렇게 기억력이 형편없어서야, 거 참, 앞으로 살아갈 길이 막막하다.

기억력이 출중한 사람들을 만나면 존경스럽(다기보다 무섭)다. 지난호 Y의 칼럼을 보면서, 1997년을 '김광석은 죽었고 김소진은 죽기 전의 어떤 시기'로 기억하는 그의 기억력을 보면서, 읽어 내려가면 읽어 내려갈수록 도무지 '신기한 기억력'이라고 부를 수밖에 없는 놀라운 디테일을 보면서 나는 절망했다. 나에게 1997년은, 음, 그러니까, 뭐랄까, 그냥 과거다. 과거니까 지나간 거고, 지나간 거니까 다시 오진 않을 거고, 그러니까, 기억을 못 하는 거다.

Y의 칼럼을 읽고 나니 신기하게도 내 기억 저편에 까만 천으로 뒤덮여 있던 몇 가지 일이 떠올랐다. 기억도 하면 할수록 느는 건지, 어떤 사건이 조금씩 선명해지더니 또렷해지고 가까워지고 커지더니, (술 먹고 난 다음날 희미한 기억 사이로 문득 떠오르는, 지우고 싶은 한 순간처럼) 급기야, 민망해졌다. (앞으로 전개될 글은, 필자의 장애로 인해 사실과 다를 수 있으니 이 점 양해해주시기 바랍니다.) 나도 1997년(즈음)에 시험을 쳤다. 영화 잡지 〈키노〉의 기자가 되고 싶었다. 그 시절 〈키노〉는 영화광들의 성지(거나 무덤)였다. 〈키노〉를 보고 있으면 늘 내가 시대에 뒤떨어진 사람인 것 같았고, 정성일 편집장의 (선언문에 가

까운) 글을 읽다보면 당장 어디론가 뛰어나가야 할 것처럼 피가 솟구쳤다. 그곳에서 내 젊음을 활활, 불사르고 싶었다.

지금도 기억나는 건 시험지에 썼던 한 문장이다. 〈씨네21〉과는 달리 〈키노〉의 시험에는 영화를 보고 리뷰를 쓰는 '고급스러운' 과정이 없었다(아, 그때도 〈키노〉는 가난했으려나? 극장을 어떻게 빌려!). 어떤 교실에 앉아 어떤 시험을 쳤는데, 문제는 기억나지 않고 내가 썼던 문장이 생각난다. 자기소개서였나? 아니면 앞으로의 포부를 밝히라는 문항이었나? 아무튼 이런 글이었다. '저는 난해한 이론을 들이대며 영화를 해부하지 않겠습니다. 저는 쉽고 편안한 문장으로 영화를 소개하는 전달자가 되고 싶습니다.' 그야말로 〈키노〉의 편집 방향에 반기를 들고 나선 셈인데 그래서인지 최종 결승인 면접까지 진출했다. 꿈에 그리던 정성일 편집장과 이연호 편집차장을 만나러 가던 그날의 들뜬 기분이나 건물이나 거리는 전혀 기억나지 않고, 내가 입었던 옷만 선명하게 기억난다. 밤색 스트라이프 양복이었는데, (싸구려에다 짝퉁인 폴 스미스 재킷을 떠올리면 될 듯) 그 옷을 입고 대기실에 앉아 있던 순간의 내 허벅지가 떠오른다. 나는 두 손을 허벅지에 올려놓고 차분히 대기하고 있었다. 내 손과 스트라이프 양복의 질감과 허벅지만 선명하다. 땀도 좀 났던가? 기억에 없다.

최종면접. 정성일 편집장이 물었다. 최근에 본 책이 뭡니까? 책이요? 음, 책은 뭐, 뭐더라, 〈스펙타클의 사회〉를 읽고 있습니다(전날 산 책이고, 한 자도 안 읽었다. 아직까지도 안 읽었다). 기 드보르가 쓴 책 말이죠? (다른 사람이 쓴 것도 있나요?) 그, 그럴 겁니다. (내용은 물어보지 마세요) 재미있어요? (제가 어떻게 알겠습니까) 아직은 그냥……. 좋아하는 촬영감독 다섯 명 얘기해보세요. 촬영감독요? (감독이 아니고?) 네, 촬영감독요. (촬영기사가 아니라 감독이라고 부르는 거죠?) 어, 그러니까, 촬영감독은, 톰 디칠로요(전날 본 영화 〈천국보다 낯선〉 때문에 간신히 기억해냈다). 그리고요? 그리고, 음, 촬영감독은, 잘 모르겠는데요.

딱 거기까지만 기억난다. 그 다음부터는 다시 암흑이다. 정성일 편집장이 뭔가 질문을 더 했고, 내가 다시 어물쩍 답변을 했고, (내가 좋아하던) 이연호 편집차장은 옆에서 그 환하고 은근한 미소로 계속 웃고 있었고, 나머지는 암흑이다.

생각해보면 내가 기억하지 못하는 시간은, 대부분 기억하고 싶지 않은 순간들이다. 고통스러웠거나 민망했거나 기억하고 싶지 않은 순간을 머릿속에서 나도 모르게 지워버린다. 기억이 희미하면, 상처를 받아도 쉽게 잊는다. 상처를 쉽게 잊으니 상처를 받는 일도 점점 드물어진다. 사람으로선 놀라운 강점이지만 작가로선 치명적인 약점이다. 상처받지 않는 작가라니, 얼마나 비인간적인가 말이다. 대부분의 예술작품은 인간의 상처와 기억과 용서와 화해를 다루고 있으니, 이런 식으로 평범하게 살아선 〈죄와 벌〉이나 〈위대한 개츠비〉 같은 명작을 남기긴 애당초 글러먹었다. Y의 소설이 점점 좋아지(고 있다는 평가를 받)는 것도 (시, 오, 이, 엔, 철자로 입은) 상처를 또렷하게 기억하고, 결국에는 그걸 극복해가는 과정을 지나왔기 때문일 것이다. 나도 더 늦기 전에 많이 상처 입고 (이거 원 기억이 나야지) 더 많이 고통스러워하고 (기억이 안 나) 더 많이 화해해서 세계 문학사에 길이 남을 명작에 도전해봐야겠다.

〈키노〉의 시험에는 당연히 불합격일 것이라고 생각했는데 예상과 달랐다. 아예 신입기자를 뽑지 않았다. 〈키노〉가 어려운 때였다. 결국 〈키노〉는 얼마 지나지 않아 문을 닫았다. 〈키노〉의 입사시험을 생각하면 이십대의 나와 밤색 스트라이프 양복과 〈천국보다 낯선〉과 톰 디칠로라는 이름이 떠오른다. 그 세 가지만으로도 기억은 충분하다. 나중에 톰 디칠로가 감독으로 데뷔했다는 걸 알게 됐고, 그가 만든 영화도 봤다. 하필이면 제목이 (이거 뭐야, 내 얘기야?) 〈망각의 삶Living in oblivion〉이었다. 영화감독이 영화를 찍어가는 이야기인데 꽤 재미있다. 추천! 스티브 부세미의 연기도 좋고, 흑백과 컬러를 넘나드는 화면도 근사하다. 그런데, 제목이 왜 〈망각의 삶〉인지는 아직도 모르겠다. 뭘 망각했다는 건지 영화를 다 봐도 이해 못 하겠다. 혹시 톰 디칠로 감독 역시 나처럼 기억력이 형편없어서 애당초 만들려고 했던 끝내주는 아이디어를 기억해내지 못하고 좌절하던 차에, 생각이 옆으로 빠져서 우연히 이렇게 좋은 영화를 만들게 됐던 것은 아닐까. 그래서 제목을 〈망각의 삶〉으로 지은 것은 아닐까. 그렇다면 나도 뭐, 아직은 희망이 있다.

통섭의
비 내리는 밤에

2009.03.26

망각의 삶이라. 지난호 혁 옵바의 칼럼은 그런 절규로 끝났다. 뭔가 신신애스러운, 잘난 사람 잘난 대로 살고 못난 사람 못난 대로 사아아안다를 연상시키는 장중한 내용이었다. 그러다보니까 봄비도 아닌 것이, 하지만 겨울비라고는 절대로 부르기 싫은 뭔가가 하늘에서 떨어지던 어느 저녁의 대화가 떠올랐다. 기자와 과학자와 시인과 소설가 등으로 이뤄진, 매우 통섭스러운 술자리였다. 주제는 가수 박상민과 그의 짝퉁. 자꾸만 전직 시인이라고 우기시는 그분과 나는 문화계에서 짝퉁의 원조는 시인이라고 주장했다. 소설가에게서는 짝퉁을 찾아보기 힘든데, 그건 아마도 소설가들은 워낙 사람이 진짜이기 때문이 아닐까. 대신에 입에서 나오는 말이 죄다 '구라'라서 그렇지(근데 김중식 형, 시 안 쓰고 자꾸 전직 시인이라고 우기시면 계속 가짜 김중식이라고 놀릴 거예욧!).

어쨌거나 망각의 삶이라니요, 소설가 혁 옵바. 우리가 모두 구라로 먹고사는데 기억이 안 나면 만들어서라도 써야죠. 그렇긴 해도 우리가 함께 본 숱한 동시상영관의 영화는 기억날 것이다. 동시상영관은 일찍이 통섭스러웠으니, 영화 배합은 다음과 같았다. 예술영화 한 편과 에로영화 한 편. 그게 아니라면 액션영화 한 편과 에로영화 한 편. 그것도 아니라면 에로영화 한 편과 에로영화 한 편. 대학에 입학하면 반드시 교양국어를 이수해야만 하듯이 동시상영관에 들어가면 에로영화 한 편은 필수였다. 그리하여 내 스무 살 초반의 필모그래피를 곰곰이 생각해보면, 같이 본 영화들은 하나도 기억나지 않고 〈나인 하프 위크〉나 〈투 문 정션〉이나 〈카프리의 깊은 밤〉만이 또렷하게 떠오른다. 명색이 영화전문 주간지의 필자로서 이런 영화 제목들은 살며시 망각의 틈바구니 속으로 밀어넣으면 좋으련만.

필수라지만 교양국어 시간에 "나랏말쏘미 듕귁에 달아 문쫑와로 서로 스뭇디 아니"했다는 사실을 알았다고 해서 내 인생이 바뀐 건 하나도 없었듯 동시상영관에 들어가면 반드시 봐야만 했던 그 에로

영화들로 내가 인생의 묘미를 깨달을 리도 만무했다. 물론 (무려) 눈 가린 킴 베이싱어를 상대로 한 그 냉장고 얼음 신공이나 꿀 발라 먹기 신공을 어찌 잊을 수 있겠느냐마는 세종대왕께서 어제하신 훈민정음을 써먹을 곳이 없었듯이 에로계의 맥가이버를 방불케 할 만큼 생활 속의 지혜를 잘 이용한 그 신공들은 이십대 초반의 우리에겐 그림의 떡에 불과했다. 하지만 인생은 생각보다 길고, 그 의미는 한참 뒤에나 깨닫는다.

통섭의 비 내리던 그날 저녁, 나는 모인 사람들에게 반드시 〈더 레슬러〉를 보라고 얘기했다. 그들은 모두 1980년대에 중·고등학교를 다녔던 사람들이었기 때문이다. 아쉽지만, 〈더 레슬러〉는 1990년대에 미성년자였던 사람들은 온전하게 해석할 수 없는, 그런 종류의 영화였다. 하지만 정작 1990년대에 성년이었던 사람들이라면 반드시 외면하고 싶은 종류의 영화이기도 했다. 실제로 나는 첫 장면을 보자마자 극장에 들어간 것을 후회할 정도였다. 나는 이제 인생의 여러 모습들에 대해 잘 알고 있다고 생각한다. 끔찍한 모습, 비참한 모습, 잔인한 모습. 하지만 잘 알고 있다고 해서 그걸 잘 볼 수 있다는 건 아니다. 내 나이 (아무튼 끝까지) 서른아홉이고 이젠 예쁘고 귀엽고 멋진 것만 보고 싶다. 예를 들어 최근 나는 디제이 가와사키와 함께 작업한 후지 레나에 푹 빠져 있는데(그녀의 뮤직비디오를 보고 난 뒤에야 하루 일과가 겨우 시작된다), 〈더 레슬러〉 첫 장면을 봤을 때 나는 이번호에 쓸 건 그녀의 뮤직비디오라고 결심하기까지 했다.

동시상영관이라면 잠깐 나가서 자판기 커피를 뽑아놓고 담배라도 피우면서 다음에 할 에로영화나 기다려 본전을 건지겠지만, 어느덧 시대는 변해 그럴 수도 없는 상황. 나는 하는 수없이 슈렉이 된 미키라고 부를 수밖에 없는, 괴물 랜디 더 램 로빈슨의 일상을 지켜봤다. 그러다가 그만 보고야 말았다. 그 장면을. 스테이플러로 달러를 이마에 박는 그 장면을. 미키. 이게 뭐야? 얼음이면 얼음, 꿀이면 꿀, 놀라운 응용력으로 사람 몸을 배배 꼬게 만들더니 이젠 스테이플러까지 사용하기냐? 내게 생활의 지혜를 몸소 가르쳐준 미키가 고작 달러를 이마에 붙이기 위해서 스테이플러를 사용하는 걸 보니 울고 싶었다. 배신감보다는 그게 너무 사실적이어서. 1990년 나와 함께 대학을 다녔던 선후배 친구들은 지금쯤 뭘 하고 있을까? 혹시 우리도 저 꼴이 된 건 아닐까?

내가 보기에 이 영화는 흥행에 참패할 게 분명해 보였다. 말했다시피 이 영화를 봐야만 하는 사람들은 1990년대에 고등학교를 졸업한 사람들인데, 이 사람들은 이 스테이플러 장면에 이르러 모두 자기 이마가 찢어지는 고통을 느낄 것이기 때문이다. 그 고통은 또 다른 장면과 공명하면서 배가된다. 그건 랜디가 미장원에 갔을 때 느닷없이 환청처럼 들리는 한국어 때문이다. 랜디는 한국 아줌마에게 남편에 대해서 묻는다. 그러자 그 아줌마는 대답한다. "바빠요, 바빠요. 워크, 워크." 영어를 잘 못하는 아줌마의 처지와 나이로 짐작건대 그 대화 속의 남편은 불행하게도 동시상영관에서 〈나인 하프 위크〉를 봤을 확률이 매우 높다. 그 남편은 돈 버느라 너무나 바쁘다. 돈 때문에 스테이플러로 이마에 달러를 붙이는 레슬러들만큼이나 바쁠 것이다. 아니, 지금 그들은 이마에 스테이플러를 박는 것보다 더한 일을 하고 있을지도 모른다. 그러니 어찌 그들이 이 영화를 눈뜨고 그냥 볼 수 있을까나?

그럼 나는 왜 그 통섭의 비 내리는 밤에 모인 사람들에게 이 영화를 보라고 한 것일까? 나만 당할 수는 없어서? 설마 명색이 기자와 과학자와 시인 들인데 이마에 스테이플러를 박고 있을 리야 없을 것 같아서? 그건 오로지 마지막 장면 때문이었다. 여기에 그 장면에 대해서 쓰고 싶지만("부들부들, 휘청휘청"), 그랬다가는 혁 옵바가 또 뭐라 할 것 같아서 차마 자세히 쓰진 못하겠다. 그 장면을 보는데 오래전 암스테르담에서 본 호텔 이름이 떠올랐다. Flying Pig. 그 호텔 이름은 인습을 뛰어넘는 위대한 상상을 상징했다. 그런 것도 통섭이라고 할 수 있을까? 물리학과 경제학의 법칙을 동시에 무

시하는 위대한 비행 말이다. 시절은 20년 전의 분위기인데, 동시상
영은커녕 영화관도 못 갈 정도로 바쁜(워크, 워크, 그러니까 돈 버느라)
선후배 친구들과 같이 나도 그렇게 한번 날아보고 싶었다.

엔딩 크레딧은 우리 정겨운 브루스 스프링스틴의 노래와 함께 올
라간다. 마지막 줄에서 엑셀 로즈의 이름을 보는데, 동기생을 만난
것처럼 너무 반가웠다. 미키와 엑셀은 친한 친구 사이다. 건스 앤
드 로지스의 〈스위트 차일드 오 마인〉이 흘러나오는 장면 역시 잊
을 수 없다. 그리고 랜디와 캐시디가 노래를 들으며 서로 이런 대
화를 하는 장면도. "The eighties fuckin' ruled, man, till that pussy
Cobain came and fucked it all up."(80년대는 정말 끝내줬잖아, 근데 기
생오래비 같은 코베인 새끼가 나와서 다 말아먹었지). 물론 나는 커트 코베
인도 좋아하지만, 그 장면에서는 진심으로, 데프 레파드와 머틀리
크루와 건스 앤드 로지스를 듣던 십대 시절의 목소리로 외쳤다. 더
램, 네 말이 맞아. 그러므로 처음에 절레절레 흔들던 머리로 엔딩
크레딧에서 헤드뱅잉은 필수다.

왜 자꾸
뒤돌아보는 거야?

연수 옵바(뭔 호칭이 이렇게 자주 바뀌냐)가 내게 말했다. 2주 전쯤이었
나, 3주 전쯤이었나. "〈더 레슬러〉는 내 거다. 건드리지 마라." 난 건
드리지 않았다. '호오, 미키 루크와 레슬링이라니, 절묘하군' 싶었지
만 건드리지 않았다. 연수 옵바가 미키 루크에 대해 할 말이 많았던
모양이다. 나로 말할 것 같으면 (기억력이 형편없어서) 미키 루크가 등
장했던 영화 장면도 잘 기억하지 못한다. 냉장고 얼음 신공이나 꿀
발라 먹기 신공이라니, 그런 장면을 나는 왜 기억하지 못하는 걸까.
도대체 인생이 억울하다. 액션영화의 팬인지라 나도 〈더 레슬러〉를
보았다. 문제의 그 장면도 보고야 말았다. 스테이플러(아, 이때야말로

스테이플러라고 부르기보다 호치키스라고 불러야 하는 게 아닐까, 기관총을 발명한 호치키스 아저씨도 울고 감) 장면은 정말, 짜릿했다.

실제 레슬링 경기에서는 그보다 더한 일도 자주 일어나지만 영화에서 보니 새로웠다. 얼마나 창의적이고 은유적인 고통인가. 영화 전체를 링 위에서 찍었다면 얼마나 재미있는 영화가 됐을까. 그랬다면 신파가 끼어들 틈도 없었을 텐데. 스테이플러로 깊게 박고, 숟가락으로 후벼 파고, 의자로 내리찍은 다음 (너무 잔인하게 들리나) 사다리 꼭대기에서 철조망으로 뛰어내리는 장면들로만 영화를 찍었다면 얼마나 재미있는 영화가 됐을까. 이동진 씨의 20자평을 응용하자면 〈더 레슬러〉는 '자꾸만 뒤를 돌아봐서 못 울리는 스포츠 신파'(나는 별 두 개 반)였다.

내가 가장 가슴 아팠던 장면은 랜디가 딸이 사는 집을 찾아갔을 때다. 〈더 레슬러〉에는 음악영화로 불러도 손색없을 정도로 곳곳에 아티스트의 이름이 등장한다. (연수 옵바가 지난 글에 썼듯) 랜디는 데프 레파드, 머틀리 크루, 건스 앤드 로지스를 무척 좋아하며 1980년대를 그리워하는 헤비메탈 스타일의 남자인데, 그가 생각하기에 커트 코베인은 자신의 시대를 망쳐버린, 가랑이를 찢어죽일 놈이다. 그런 그가 오래간만에 딸을 찾아간 것이다. 그런데 이 아저씨는 몰라도 너무 모른다. 지금은 1980년대도, 1990년대도 아니고,

2000년대란 말이다. 딸이 살고 있는 집의 거실에는 머틀리 크루도 너바나도 아닌 (최신식 밴드) 뱀파이어 위크엔드Vampire Weekend 포스터가 붙어 있다.

세월은 너무 빠르고, 세상은 너무나 간사해서 순식간에 모든 걸 잊어버리는데, (커트 코베인한테도 뭐라 그럴 수 있어요? 누~ 구? 커트 코베인. 누~ 구? 커, 트, 코, 베, 인. 아 아 아, 그 한꺼번에 불타올랐던 왼손잡이 가수?) 랜디 아저씨만 자꾸만 뒤를 돌아본다. 아저씨, 그러니까 딸이 싫어하고, 그러니, 자꾸 슬픈 거예요. 남 얘기 같지 않아 덩달아 나도 슬프다. 최근 재미있게 읽은 〈오스카 와오의 짧고 놀라운 삶〉에는 "따끈따끈한 최신 꼴통 제품에 구미가 당기지 않을 때, 옛것이 새것보다 더 좋을 때, 그건 바로 철들 때가 되었다는 뜻이다"라는 문장이 나오는데, 읽다가 무릎을 쳤다. 철이 든 게 아니라 철들 때가 된 거다. 그때가 됐는데도 정신 못 차리면 평생 철들지 못한 채 살아야 한다. 왜 남자들은 늦게 철이 들거나 아예 철이 들지 않는 걸까. 온갖 폼을 다 잡으며 인생에 대해 얘기하지만 왜 결국엔 인생을 낭비하며 사는 걸까. 그걸 내가 어찌 알겠나. 나도 남자인데.

〈킬러들의 도시In Bruges〉에도 철들지 않은 남자들이 여럿 등장한다. 한글 제목은 한참 잘못됐다. 킬러들의 도시, 는 개뿔, 말이 킬러지, 하는 짓은 그냥 애들이다. 시놉시스만 읽으면 대단한 블록버스터 액션영화 같다.

"대주교를 암살하고 영국에서 도망친 킬러 레이(콜린 파렐)와 켄(브렌단 글리슨)에게 보스(레이프 파인즈)는 2주 동안 벨기에의 브리주로 피신하라는 명령을 내린다. 보스는 켄에게 또 다른 지령을 내리는데……"라고 설명이 되어 있지만 실은 '찌질한 투덜이' 레이와 '품위 없고 짜증 만땅인' 보스의 한판 대결이다. 킬러가 등장하는 기존의 액션물을 생각했다면, 글쎄, 달라도 많이 다르다. 여기 등장하는 킬러들은 말 많고 짜증 많고 신경질은 기본인 데다 말귀도 잘 못 알아듣는 인간들이다. 그래서 새롭고 독특하다. 특히 레이. 입만 열면 욕이고, 비방이고, 빈정거림이다. 게다가 머리도 나쁜지 가장 중요한 순간에 가장 멍청한 질문을 던지는 인간이다.

　(아래 대사들은 정확하지 않음)

　　레이: 내가 그 애를 죽였다고요. 나 같은 놈은 죽어버려야 해요.

　　켄: 괜찮아. 기회가 있을 거야. 다음엔 누군가를 구할 수도 있잖아.

　　레이: 의사가 되라고요? 시험 쳐야 하는데?

이런 식이다.

영화 속 두 주인공 레이와 켄은 계속 죽음에 대해 이야기한다. 죽음과 삶과 천국과 지옥과 연옥을 이야기한다. 뭔가 대단하고 거창한 철학적 주제에 대해 이야기한다. 하지만 그들의 직업은 킬러다. 사람을 죽이는 게 일상인 사람들이 그런 이야기를 하고 있어도 되나? 쉽게 사람을 죽이면서 사람들의 천국과 지옥에 대해 이야기하고 있어도 되나? 그렇지만 또 그게 남자들이 늘 하는 일이다. 세상을 망가뜨리는 것도, 세상을 구원할 철학을 찾아내는 척하는 일도, 모두 남자들이 한다. 그러니 만날 바쁘다. 집안을 돌볼 시간도, 딸을 챙길 시간도, 없다.

철들지 않는 남자, 하면 잭 블랙이 떠오른다. 잭 블랙은 대부분의 영화에서 철들지 않은 남자였다. 〈스쿨 오브 락〉에서도 그랬고, 〈나쵸 리브레〉 〈트로픽 썬더〉에서도 그랬고 최근 영화 〈비카인드 리와인드〉에서도 그렇다. 어떤 집념을 가지고 있지만 그 집념 때문에 다른 일에는 전혀 신경을 쓰지 않는 (혹은 못하는) 남자다. 철들지 않았지만 그는 사랑스럽다. 주위 사람들을 귀찮게 하고 민폐도 자주 끼치지만 그래도 사랑스럽다. 잭 블랙이 사랑스러운 이유는 주변 눈치를 보지 않고 꿋꿋하게 자신의 꿈을 향해 나아가기 때문이다. 〈더 레슬러〉에서 가장 싫었던 장면은 슈퍼마켓에서 샐러드를 팔던 랜디가 신경질 내며 밖으로 뛰어나갈 때였다. 왕년에 잘나가던 레슬러가

샐러드나 팔고 있으니 정말 '쪽팔리는' 상황이긴 하지만 그렇다고 슈퍼마켓 진열대를 부서뜨리고, 각종 집기류를 파손하는 행위는 뭔가 (돈도 없는 분이 배상은 어떻게 하려고!). 아, 정말 철이 없다. 잭 블랙 같은 남자였다면 어땠을까. 아마 마음에 들지 않는 손님들에게 인기 없는 샐러드를 최고의 샐러드로 속여 팔거나 '슈퍼마켓 샐러드 송' 같은 노래를 만들어 유명한 연예인이 되거나 자신만의 '스웨덴식'(영화 〈비카인드 리와인드〉 참조) 수제 샐러드를 만들어 초대박 히트상품으로 만들지 않았을까.

랜디와 잭 블랙 캐릭터의 차이는 뭘까. 랜디는 레슬링에 자신의 모든 것, 100퍼센트를 걸었다. 레슬링이 아니면 죽음을 달라, 죽어도 좋아, 라는 심정으로 레슬링을 한다. 하지만 잭 블랙은 어떤 일을 하든 스스로에게 모든 것을 건다(완전 '자뻑'이다). 믿는 건 오직 자신뿐이다. 어떤 대상이나 어떤 일에 100퍼센트를 거는 건 위험한 짓이다. 일이 망가지거나 실패하면 무너질 수밖에 없으니까. 레슬링에 모든 것을 건 랜디는 "링이 나의 진짜 세계"라고 말한다. 멋있어 보이려고 한 얘기인지 몰라도 나는 멋있어 보이지 않는다. "링도 나의 세계"라거나 "링은 나의 직장"이라거나 했으면 이해할 수 있겠지만 링이 나의 진짜 세계라니. 레이가 랜디의 대사를 들었다면 이렇게 빈정거리지 않았을까. "웃기는 소리 하지 마. 염병할 링에서 영원

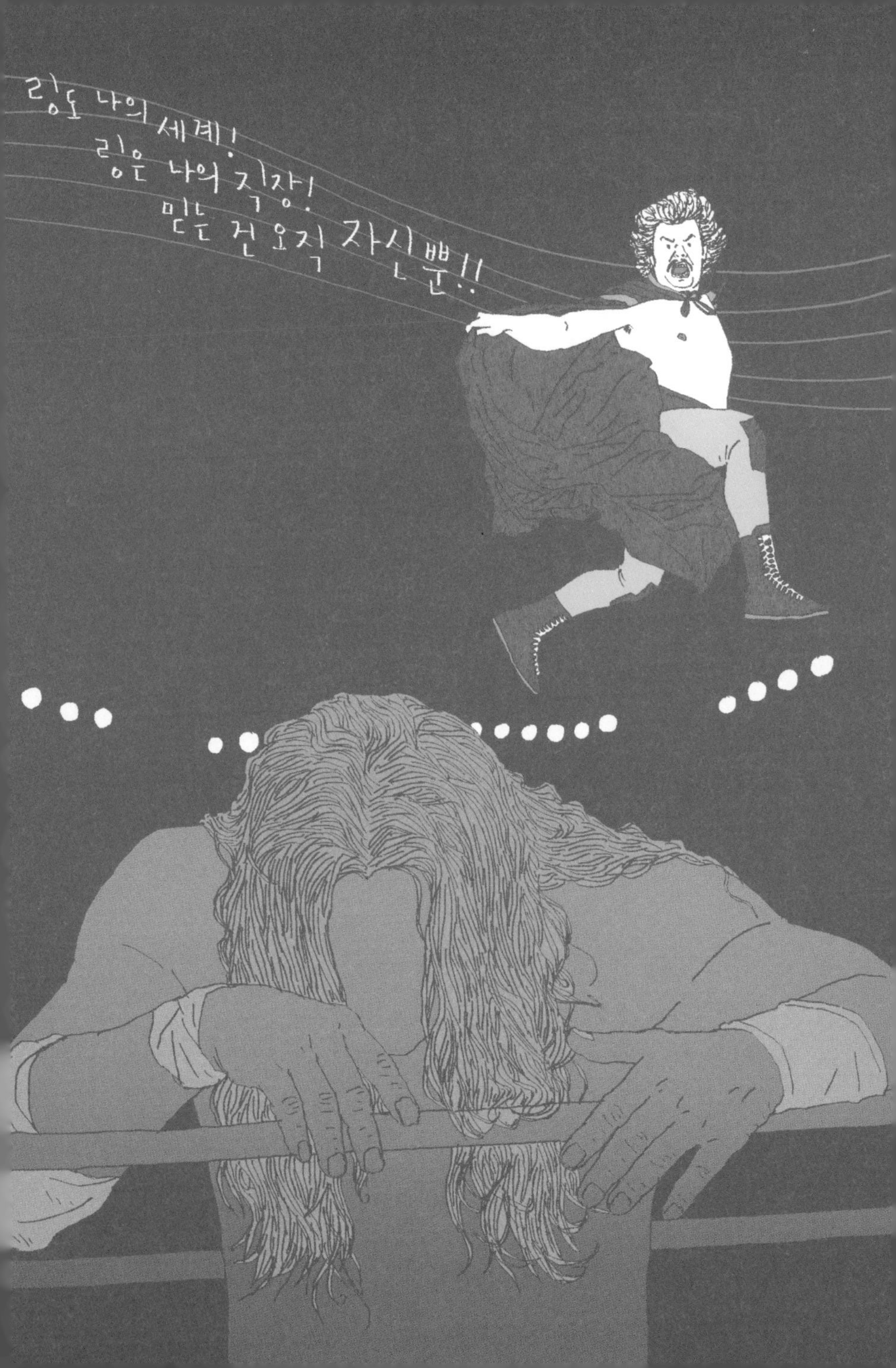
링은 나의 세계!
링은 나의 직장!
믿는 건 오직 자신뿐!!

한 죽음을 맞이하는 게 말이나 돼? 내가 브리주를 도망쳤듯 어서 빨리 그 빌어먹을 링에서 벗어나라고. 죽고 싶지 않다면 말이지. 난 정말 살고 싶다고." 레이의 말이 백번 옳다.

〈슬럼독 밀리어네어〉가 뭄바이 빈민들의 현실을 외면한 영화란 시각에 이의를 제기함

2009.04.09

두 번째 책 〈침이 고인다〉를 출간한 뒤, 소설가 김애란은 한 인터뷰에서 "이젠 얼굴로 승부하는 작가가 되고 싶어요"라고 고백한 적이 있었다. 어쩐지 "이젠 여자가 되고 싶어요"라고 말하던 김현희를 떠올리게 하는 멘트였다. 나로 말하자면, 지금까지 제일 싫어했던 얘기가 바로 그 소리였다면 믿으시려나? 믿거나 말거나 나는 오직 문학성 하나만으로 승부하고 싶었다. 그런 내게 얼굴은 천형처럼 내 문학 인생에 방해만 될 뿐이었다, 고 혼자 고민하면서 지새운 숱한 밤들이 있었다, 고 내 입으로 말하려니까 좀 거시기하기는 하지만 어쨌든.

어쨌든 한때 소설을 둘러싼 모든 것들은 사막이요, 문학성은 오 아시스처럼 그 속에 숨어 있다고 생각한 적은 분명히 있었다. 소행 성 B612호에서 온, 노을을 무척 좋아하던 그 애어른 어린왕자의 표 현을 빌리자면 "소중한 것은 눈에 보이지 않는다"고. 하긴 내가 처 음 문학을 해야겠다고 생각했을 때, 제일 많이 듣고 떠들어댔던 단 어가 진정성이라는 것이었다. 일단 진정성의 세계에 매료되면 빨간 약을 삼킨 〈매트릭스〉의 네오처럼 세속적인 모든 것들이 사막의 모 래인 양 바라보게 된다. 이 빨간 약의 부작용이 있다면 사람들의 소소한 꿈들을 폄하하게 된다는 점이다. 매일매일 반복적으로 노력 하면서 조금씩 꿈을 향해 나아간다는 생각 자체가 한심하게 여겨지 는 것이다.

얼마 전에 아무리 수필이지만 이렇게 붓 가는 대로 글을 쓰다가 는 〈씨네21〉에서 잘릴 게 분명하다며 고향 친구와 서로 대책회의를 한 일이 있었다. 서로 머리를 맞대고 밤을 꼬박 새운 그 대책회의의 결과, 우리에게는 이튿날 오후까지 질기게도 곁을 떠나지 않은 정겨 운 숙취님과 그 이름도 아름다운 진정성, 오직 그 마음 하나만 남 게 됐다. 그래, 소중한 것은 눈에 보이지 않는 것이니, 더 이상 입사 시험에 떨어진 얘기 따위로 승부해선 안 돼. 우리도 '카쉬에 뒤 시 네마'처럼("카이에야", 고향 친구가 바로잡았다) 글을 써야만 해. 대니 보일의 〈슬럼독 밀리어네어〉를 보기 위해 극장 안 의자에 앉았을 때, 나는 그런 사명감으로 눈을 부릅뜨고 있었다.

지난해에 이 영화의 원작 소설인 〈Q & A〉를 읽었다. 그때도 내 곁에는 숙취님이 머물고 계셨고, 해서 이것저것 책을 들춰보다가 이 소설을 읽게 된 것이었다. 도대체 진정성이라고는 하나도 없는 책이어서 하하하, 낄낄낄 웃다보니까 그만 책을 다 읽어버리고 마는 허망한 일이 벌어졌다. 두말할 것도 없이 발리우드 영화를 떠올리게 하는 소설이었다. 발리우드 영화를 볼 때마다 느끼는 일이지만, 인도 사람들은 참 인생 쉽게 사는 것 같다. 스토리가 지루해질라치면 느닷없이 산꼭대기에 남자주인공을 데려다놓고 카메라를 360도 회전시키면서 노래를 부르게 한다. 이거 어쩌란 말이냐? 게다가 그 촌스러운 반짝이 의상이며 갑자기 떼를 지어 나타나서 주인공과 함께 춤을 추는 여자들은 또 뭐란 말이냐? 그런데 발리우드 영화를 다 보고 나면 기분이 좋아진다. 정체를 알 수 없는 긍정의 힘이 내 몸속에서 솟구친다. 이런 영화도 끝까지 봤는데, 내가 무슨 일을 하지 못하겠는가.

마침내 극장 안의 불이 꺼지고 영사기가 돌아가기 시작했을 때 나는 만반의 준비를 갖췄다. 물론 대니 보일은 영국 감독이지만, 인도가 배경인 영화이니 배우들이 느닷없이 춤을 추면서 노래한다고 해도 그 안에 담긴 진정성만 꿰뚫어보리라. 그런데 영화는 쉽게 시작하지 않고 무지하게 많은 수상목록만 나왔다. 그걸 너무 열심히 읽었기 때문이었는지 자말이 사인을 받기 위해 똥무더기 속으로 빠졌을 때부터 내 눈은 게슴츠레 풀리기 시작했다. 첫 번째 자말이 너무 귀여워서. 눈은 부리부리, 뺨은 오동통통. 그 얼굴이 어찌나 귀여운지 뭄바이의 빈민가마저 사랑스러울 정도였다. 그러다가 다시 정신을 되찾았다. 맞아, 진정성. 진정성을 가져야지. 하지만 그럴라치면 영화는 기막힌 운명의 장난으로 자말에게 돈무더기를 안겨주고 있었다.

여기서 돌발퀴즈. Q: 소중한 것이 눈에 보이지 않는 이유는? A. 시력이 나빠서 B. 멀리 있어서 C. 다른 걸 보느라고 D. 보여줄 수 없으니까. 힌트를 주자면 이 영화에서 가장 흥미로운 장면은 'D: It's written'만 남고 다른 오답이 모두 사라진 뒤에 이 D가 'Directed by'로 연결된다는 점일 것이다. 어쩌면 진짜 정답은 여기에 있는지도 모른다. 그리고 마침내 뭄바이 플랫폼에서 자말과 라티카는 그토록 내가 기다리던 군무를 시작한다. 이 군무 장면은 발리우드 영화에 익숙지 않은 사람들에게는 이 영화 전체가 뭄바이 빈민들의 현실을 외면한, 당의정에 불과하다는 느낌을 갖게 하는 데 일조할지도 모른다. 〈슬럼독 밀리어네어〉에 대한 비판의 핵심도 이런 맥락에서 나오는 듯하다. 확실히 환상을 가로지르지 않는다면 그건 문제가 많아 보이니까.

그러나 예술가는 환상을 가로지른 뒤에 현실을 다시 한번 우회하는 사람들이 아닐까. 여기서 중요한 건 우회한다는 점이다. 대니 보일이 정답 D를 활용해서 자기 이름을 엔딩 크레딧에 올릴 수 있었던 까닭도 그가 우회했기 때문이다. 우회하게 되면 수많은 기교들이 나올 수밖에 없다. 진정성을 신봉하는 사람들에게는 이런 수많은 기교들이 사막의 모래처럼 허망한 것으로 보인다. 지금보다 어렸을 때의 내 생각도 그랬다. 성공하는 사람들의 일곱 가지 법칙에 나오는 조언처럼 예술도 중요하고 시급한 것을 가장 먼저 말해야만 한다고 생각했다.

예술적인 퀴즈쇼가 있다면, 정답은 항상 D일 것이다. A와 B와 C를 거친 뒤에야 비로소 정답이 나올 테니까. 사람들은 대개 진정성의 반댓말이 웰메이드라고 생각하는 듯하다. 〈워낭소리〉의 편집을 둘러싼 논란도 거기에 있는 게 아닐까? 하지만 난 예술에서 진정성이란 곧 웰메이드라고 생각한다. 이 영화 역시 잘 만들었기 때문에 진정성이 생겼다. 적어도 전 세계인들에게 뭄바이에 수많은 빈민이 산다는 사실은 알려줄 수 있었으니까. 이 영화를 본 다음날, 철거민들이 불타 죽은 용산 제4구역을 지나갈 일이 생겼다. 그 구역 전체는 거대한 의문부호처럼 내게 남아 있었는데, 이 영화를 보고 한 수 배웠다. 말할 게 있다면, 잘 만들어야만 한다는.

돌발퀴즈의 정답 역시 D다. 소중한 것을 보여주려고 할 때 직면하는 가장 큰 문제는 그건 보여줄 수 있는 게 아니라는 사실이다. 나의 진정성 역시 마찬가지다. 진정성만 있으면 모든 게 다 해결될 것이라고 믿었던 청년 시절이 지나고 나니까 표면과 속은 본디 하나였다는 깨달음에 이르렀다. 얼굴이 예쁘다고 마음까지 예쁘다면 억울해할 사람들이 많겠지만, 마음이 예쁜 사람들은 대개 얼굴이 예쁘다. 그런 점에서 김애란의 얼굴도 예쁘다고 말하자면, 그녀의 승부욕을 꺾는 일이 되겠지만, 뭐 원칙이 그렇다는 얘기다. 잘 만드는 게 진정성이다.

진정성에 목을 매던
그때 그 시절

2009.04.16

자기 입으로 말하긴 힘들다면서 잘생긴 외모가 문학에 방해가 되었다는 이야기를 대놓고 하는 Y의 뻔뻔하기 그지없는 글을 보고서, 과연 Y는 잘생긴 것인가, 문득, 생각해보았다. 오래전 일이지만 한때 '문단의 3대 미남이 존재한다'는―행여 누군가 들을까봐, 결국 문단에서는 이 정도를 미남이라고 부르는 것이냐? 사람들이 실망할까봐, 겁났던―'루머'가 작가들 사이에 떠돈 적이 있었는데, 그 문단의 3대 미남 중 한 사람이 바로 Y였으니 (다른 두 사람의 실명은 신변보호를 위해 생략) 잘생긴 것이다, 라고 할 수도 있겠다. 그렇다면 잘생긴 외모가 문학에 방해가 됨에도 불구하고 마흔(본인의 말로는 여전

히 서른아홉)이라는 나이에 상당한 문학적 성과를 이뤄낸, Y의 진정
성을 향한 의지는 가히 인간문화재급이라 하지 않을 수 없겠다.

진정성, 이라고 하니 나도 문득 떠오르는 얘기가 있다. 지난해 여
름 Y와 나는 등단한 이래 처음(이자 아마 마지막이 아닐까 싶은데) 독자
와의 만남을 함께한 적이 있었다. 독자들 앞에서 이런저런 이야기
와 지난날의 추억을 이야기하던 중 Y가 이런 이야기를 꺼냈다.

"스무 살 무렵이었습니다. 둘이서 여행을 자주 다녔는데 비둘기호
기차를 타고 강원도 어느 곳을 지날 때였어요. 그땐 시가 넘쳐날 때
였습니다. 모든 걸 시로 썼죠. 바람이 불면 바람이 부는 걸 시로 쓰
고, 아무거나 시로 썼죠. 그런데 기차 안에서 김중혁이 저에게 이렇
게 얘기하는 겁니다. '이건 시가 아니다. 이건 시가 아니니까 태워버
리자.' 저를 선동한 겁니다. 저도 생각해보니까 시가 아닌 것 같기도
하고, 기차 안에 사람도 없기에 거기서 시를 태웠습니다."

그렇게 오래된 일을 내가 기억하고 있을 리가 없다. 내가 과연 그
랬던가. Y와 마찬가지로 나 역시 문학의 진정성에 목을 매고 있었
던 모양이다. 시와 시 아닌 것을 가르고, 그걸 태워버리자고 했으니,
그것 참, 낯 뜨겁고 끔찍한 대사다. 어린 시절에는 누구나 그런 우
를 범하곤 한다. 문학이 없으면 곧 죽을 것 같았고 (이젠 알지? 절대
안 죽는다!), 문학의 진정성에 토를 다는 자는 배신형, 배반형으로 낙

인 찍어버렸다. (겨우 나보다 한두 살 나이 많은) 선배들을 붙들고 별 쓸데없는 질문을 다 던지거나 나 혼자 외롭게 세상의 모든 고뇌를 짊어지고 있었으니, 그때로 다시 돌아갈 수만 있다면 고뇌하고 있는 내 자신의 뒤통수를 겁나 세게 후려치면서 이런 노래를 불러줄 텐데. "사는 게 힘들어도 얼굴 찌푸리지 말자. 정신 차리고 고쳐보자, 팔자. 고민하지 마, 머리 빠진다. 우리는 내일을 향해 달린다."(에브리바디 〈링 마이 벨〉!)

말은 이렇게 하지만, 나도 안다. 그런 시간이 있었으니 이렇게 가벼워질 수 있었다. 선배들에게 쓸데없는 질문을 하고 (혼나고), 후배들에게 쓸데없는 질문을 받고 (혼내고), 온갖 고민을 혼자 짊어져본 뒤에야 가벼워질 수 있었다. 가볍다는 게 무조건 좋은 건 아니지만 이젠 적어도 목을 매지는 않는다. 사람에 대한 생각도 그렇게 변하고 있다. 가벼운 척하면서 무거운 사람을 좋아할 수는 있어도 무거운 척하면서 가벼운 사람은 곁에 두고 싶지 않다.

코언 형제의 (다들 아시죠? 코언의 스펠링은, 시, 오, 이, 엔!) 영화는 그래서, 내가 좋아할 수밖에 없다. 그들은 최대한 영화를 가볍게 뽑아낸다(뭐, 최근작 〈노인을 위한 나라는 없다〉는 예외로 할까요). 한마디로 시시껄렁하다. 뭐, 이런 걸, 거 참, 영화로까지 만드셨어요, 싶은 이야기인 데다 영화를 다 보고 나와도 딱히 뭐라 감상을 이야기하긴 참 거시기하고, 주제의식은 엿 바꿔먹고 관객에게 주고 싶은 메시지는 개나 물어가라, 싶은 의도를 보이고 있으니 그야말로 시시껄렁하다. 나는 코언 형제의 그 시시껄렁함이 참 좋다.

이번 영화는 좀 다를 줄 알았다. 제목이 무섭다. 〈번 애프터 리딩〉이라, 읽고 나서 태워버리라니, 예전에 코언 형제도 시를 좀 쓰셨던가, 시를 좀 쓰시고 비둘기호 기차에서 시를 활활 태워보셨던가, 그런 분들이었다면, 역시, 경계를 늦추어선 안 될, 무서운 분들이다. 나는 〈번 애프터 리딩〉이라는 제목을 들으면서 다른 이야기를 상상했다. 첩보원들의 세계, 읽고 파기해야 하는 비밀문서의 세계, 이 문서는 읽고 나서 5초 뒤 자동으로 폭파합니다, 리딩 임파서블, 과 같은 세계, 배신과 음모와 살인과 협잡의 세계를 상상했다. 그러나 이것은, 역시 코언 형제의 영화다. 그래서 다행이다. 영화를 다 보고 나도, 허허 거 참, 브래드 피트는 뭐랄까, 하하하, 좀 그렇죠? 와 같은 말밖에 할 수 없지만 가벼운 척하면서 그 뒤에다 뭔가 묵직한 걸 숨겨두는 코언 형제의 영화가 좋다.

읽고 나서 태워버리라는 말은 멋지게 들리기도 한다. 요즘처럼 모든 게 파일로 이뤄지는 세상에선 태워버린다는 행위가 참신하게 느껴진다. 원고지에 깨알같이 써놓은 글을 태울 때, 글자와 글자가 까맣게 타들어갈 때, 그리고 그 모든 것이 쉽게 바스라지는 재로 변했을 때의 그 모습은 생각만 해도 경건하다. 글을 쓰는 사람으로서 모든 것이 파일로 오가는 요즘의 문화가 불만스러울 때가 있다. 원고지에다 글을 쓸 때는 실물이 눈에 들어왔다. 내가 쓰는 글의 부피와 노동의 흔적을 발견할 수 있었다. 하지만 컴퓨터로 글을 쓴 다음 그걸 파일로 보내고 나면 뭔가 허망하다. 허공에다 글을 쓰고 바람이 그걸 지워버렸을 때처럼 허망하다. 또 하나 불만스러운 것은 문서의 파일 크기다. 볼 만한 사진 한 장은 5메가바이트다. 들을 만한 음악 한 곡을 파일로 만들면 8메가바이트 정도다. 재미있는 영화 한 편을 파일로 만들면 1기가바이트가 넘는다. 그러나 장편소설 한 권을 파일로 만들어도 1메가바이트를 넘지 않는다. 아무리 길게 써도 도저히 넘길 수 없다. 불공평하다. 어떻게 쓴 글인데, 억울하다.

오피스 프로그램을 만드는 모든 회사에 제안한다. 문서파일의 크기를 적어도 5메가바이트보다 크게 만들어주세요. 시 한 편만 써서 파일로 만들어도 5메가바이트를 넘게 해주세요. 그래서 "제가 이번에 쓴 장편소설 넘기려고 하는데요, 파일이 너무 커서 첨부파일로는 보낼 수 없겠네요. 무려 10기가바이트도 넘어요. 대용량 파일로 보내거나 외장하드를 퀵서비스로 보내거나 해야 할 것 같아요. 파일이 이렇게 큰 걸 보면 얼마나 거대한 이야기가 담겨 있는지 알 만하지요? 하하하"라는 실없는 농담을 출판사에다 하게 되었으면 좋겠다. 실제로는 장편소설 한 권 분량을 전자우편에 첨부해서 보내는 시간이 0.5초쯤이나 될까? 보내기 단추를 누르면 눈 깜빡할 사이에 '전송 완료'라는 창이 뜨니 이래서야 어디 글 쓰고 싶은 의지가 생기겠는가 말이다. 아, 출판사 직원의 목소리가 들리는 듯하다. "그런 소리 마시고 지난해 여름에 출간하기로 했던 장편소설 원고나 빨리 좀 넘겨주세요." 네, 알겠습니다.

소설의 의문을 풀어준 영화
〈더 리더: 책 읽어주는 남자〉와
케이트 윈슬럿의 광채

2009.04.23

본디 이 글이 고향 친구를 떠올리며 영화에 대해 떠들어댄다는 **취지**로 마련됐다는 걸 잘 알지만, 오늘만큼은 그 정다운 얼굴이 좀 **빠져주셨으면** 한다. 오늘 난 오롯하게 케이트 윈슬럿의 얼굴만 떠올리면서 이 글을 쓰고 싶다. 무려 27년 묵은 이 오랜 우정도 그녀의 연기 앞에서는 파도에 휩쓸리는 모래탑처럼 허망하기 짝이 없다. 고향 친구가 광분할까봐 걱정돼서 다시 말하지만, 그녀의 연기 앞에서다. 예쁜 여자라서 이러는 게 아니란 말이다.

그간 베른하르트 슐링크의 소설 〈책 읽어주는 남자〉, 그러니까 요즘 제목으로는 〈더 리더〉를 몇 번 정도 읽었을까? 영화를 보기 전에 다시 읽었으니까 이것으로 모두 네 번째다. 이 소설의 플롯은 하나가 그토록 감추고자 한 비밀이 무엇이었는가를 깨닫는 과정이다. 그래서 한번 읽은 사람이라면 다시 읽을 마음을 잘 먹지 않는다. 하지만 나는 달랐다. 읽고 나니 한번 더 읽고 싶었다. 비밀 따위야 내가 알 게 뭔가! 이 소설에는 사춘기를 지나온, 책을 좋아하는 한 남자가 남은 평생 그리워할 영원한 노스탤지어의 공간, 그러니까 욕조와 책과 침대가 있는 방이 나오는데. 이런 조합을 두고 여관에 장기투숙하는 고시생을 떠올릴 오빠도 있을지 모르겠으나, 그래서 내가 미리 말하지 않았던가. 이번 글은 케이트 윈슬렛의 얼굴만 생각하면서 쓰겠다고. 노스탤지어의 핵심은 바로 거기에 있는 것이다.

이게 얼마나한 상실감인지는 책에도 잘 나와 있다. "그 시절을 생각하면 나는 왜 이리 슬픈 걸까? 잃어버린 행복 때문일까? 나는 그 뒤로 몇 주 동안 행복했다." 심지어 나는 그런 시절을 거쳐본 일이 없는데도(아니, 바로 그 이유 때문에!) 무진장 슬프기만 하다. 입술을 움직여 아름답다고 말할 때, 그 사람은 이미 먼 훗날의 슬픔에 영향을 받기 시작한다. 어떻게 미래의, 아직 오지 않은 슬픔이 현재에 영향을 미친다는 말일까? 물리학의 법칙으로는 불가능한 이런 일이 실제로 우리 주위에서는 자주 일어난다. 의심이 간다면 누군가의 얼굴을 바라보면서 "너는 정말 아름다워"라고 말해보라. 나는 이

미 해봤다. 케이트 윈슬럿의 얼굴을 바라보며. 말하자마자 무진장 슬퍼지더라.

이런 게 바로 슬픔보다 더 슬픈 이야기다. 마이클이 처음 한나의 욕조에서 목욕한 뒤, 그녀의 벗은 몸을 보고 "당신은 정말 아름다워요"라고 말할 때, 이미 슬픔은 그 커플을 덮치기 시작했다는 사실 말이다. 둘만이 머무는, 세상의 모든 작고 어두운 방에서는 이런 일들이 일어난다. 미래의 슬픔은 꼭 그런 방들만 습격한다. 그런 줄도 모르고 열다섯 살 꼬마는 이렇게 생각했다지. '때로는 나 스스로 어서 계속 읽어야겠다는 마음이 생기곤 했다. 해가 길어지기 시작하자 나는 황혼 속에서 그녀와 함께 침대에 머물고 싶어서 더 오랫동안 책을 읽었다. 그녀가 내 몸 위에서 잠들고 마당의 톱질 소리도 잦아들면, 그리고 지빠귀 노랫소리가 들려오고 부엌에 있는 색색의 물건들도 음영 속에 잠길 때면, 나는 이 세상에서 가장 행복했다.'

그렇기 때문에 나는 이 소설에 대해서 너무나 잘 알고 있었다. 그럼에도 영화를 보러 간 건 제목을 바꿔 새로 출간된 〈더 리더〉의 표지에 실린 한 여자의 시선 때문이었다. 그 여자는 욕조에 앉아 멍하니 앞을 바라보고 있다. 그때까지 내가 알던 소설 속 한나의 모습과 많이 달랐다. 나는 어느 정도 독일 여자를 상상했으니까. 게다가 내 상상 속에서 한나는 내면이 없었다. 소설은 1인칭이었으므로 나는 화자인 열다섯 소년의 마음에 감정이입했다. 한 번도 한나의 입장에서 그 모든 일의 의미를 생각해본 일이 없었다. 나는 표지를 한참 들여다봤다. 누구지, 이 여자? 케이트 윈슬럿이야. 누군가 대답했다. 왜, 〈타이타닉〉에 나온 여자. 처음 보는 여자였다. 그 여자가 궁금했다.

한나의 비밀이 무엇인지 알고 있었기 때문에 나는 훌륭한 관객은 아니었다. 책을 읽으며 혼자 상상할 때와 달리 마이클과도 감정이입이 잘 되지 않았다. 그러다가 점점 한나의 입장에 서게 됐다. 앞으로 어떤 일이 일어날지 다 알고 있으니 그런 모양이었다. 예를 들어 사무직으로 승진한다는 소식을 듣고 어쩔 수 없이 도시를 떠나기 전, 그녀에게는 소년을 마지막으로 만날 기회가 있다. 미리 소설을 읽었기 때문에 나는 한나와 마찬가지의 심정으로 그 장면을 지켜봤다. 그랬더니 놀랍게도 소설을 읽는 동안에는 한 번도 느끼지 못했던 한나의 마음이 느껴졌다. 뭐야 이건. 지금까지 난 뭘 읽었던 거야?

소설을 읽을 때, 내가 가장 이해할 수 없었던 부분이 바로 한나의 수치심이었다. 그게 모든 잘못을 뒤집어쓰고 늙을 때까지 감옥에 갇혀 있는 걸 감수할 만큼 그렇게 중요한 것일까? 그건 한나를 평면적으로 이해했을 때의 단순한 의문일 뿐이었다. 케이트 윈슬럿의 연기는 정말 아름다웠기 때문에 영화를 보니 더 이상 한나를 평면적으로 이해할 수 없었다. 한나를 살아 있는 인간으로 받아들이게 되자, 수치심의 문제는 저절로 해결됐다.

그리하여 이제 여기에 이르면 간신히 베른하르트 슐링크가 만든 이 멋진 이야기를 음미할 준비를 갖추는 셈이다. 더 중요한 질문은 그 다음에 나온다. 한나가 살아 있는 인간이라면(케이트 윈슬럿은 더 이상 생각하지 말자!), 그래서 그녀의 처지를 이해한 내가 급기야 눈물을 주르르 흘릴 정도라면, 만약 그런 사람이 자신의 임무에 성실하게 임해 불쌍하고 죄없는 사람들을 죽였다면, 그녀가 저지른 행위의 본질은 무엇인가? 이건 나치 전범 아이히만의 재판을 지켜보던 (공교롭게도 같은 이름의) 한나 아렌트의 의문이자, 사회적 인류의 가장 근본적인 질문이다. 괜히 고민할까봐 말씀드리자면, 그건 일 년에 책 한 권 읽지 않고 사색 같은 건 절대로 하지 않으면서도 나라를 위해서라면 두 팔 걷고 나서는 사람들이 저지르는 악, 그러니까 진부하기 짝이 없는 악이다.

하지만 이런 얘기는 여기까지. 나는 케이트 윈슬럿에 대해서 좀더 말하고 싶다. 소설과 영화는 서로 다르다. 한나가 출옥하기 한 주전, 그녀와 마이클이 만났다가 헤어질 때. 소설에서는 한나가 마이클의 얼굴을 어루만지고 마이클은 한나를 안는다. 하지만 영화에서는 그렇지 않다. 식당 테이블에서 일어난 뒤, 마이클은 맞은편에 선 한나를 바라보다가 그녀를 지나쳐서 걸어간다. 한나는 그런 마이클을 보면서 여러 차례 주춤거린다.

그 장면에서 나는 알았다. 한나가 확인하고 싶어한다는 걸. 그 기억들이 실제로 자신의 인생에서 일어났던 일들인지를. 그러니까 마이클의 몸을 통해서. 그를 안아본 뒤에. 그 장면의 연기를 보고 나는 케이트 윈슬렛에게 완전히 반해버렸다. 그녀 덕분에 전혀 새로운 한나를 만나고, 내가 한 번도 읽지 못했던 〈더 리더〉를 읽게 됐으니까. 고향 친구는 여러모로 바쁠 것이다. 다음주에는 한 번 쉬어도 상관없을 듯. 대신에 케이트 윈슬렛의 답장을 받고 싶은데, 〈씨네21〉이여, 무슨 방법이 없을까? 〈센스, 센서빌리티〉부터 볼 테니까 아예 칼럼 제목을 '나의 친구 그녀의 영화'로 하면 안 될까?

천재들의 재능을
시샘하지 말자구

2009.04.30

안녕하세요, 김연수 작가님. 저는 케이트 윈슬렛이라고 합니다. 〈씨네21〉에 쓰신 글은 잘 읽었습니다. 〈더 리더: 책 읽어주는 남자〉(이하 〈더 리더〉)를 재미있게 보셨다니, 게다가 영화가 끝난 뒤에도 제 얼굴이 계속 눈앞에 아른거린다니, 저로서는 기쁘기 그지없습니다(이놈의 인기!). 그나저나 〈센스, 센서빌리티〉는 보셨나요? 그 작품도 괜찮지만 다른 작품을 하나 추천하고 싶네요. 영화는 아니고, 시트콤입니다. 영국 코미디언인 리키 저베이스가 주연을 맡은 〈엑스트라즈〉에 제가 카메오로 출연한 적이 있습니다. 2시즌, 에피소드3에 제가나옵니다. 독일군에 쫓기는 수녀 역할이었는데 촬영하면서 얼마나 힘들었는지 몰라요. 성질 많이 죽였죠. 하느님께 기도를 드리고 나서 제 입에선 이런 욕이 튀어나왔어요. "아, 씨팔, 무릎 아파 죽겠네." 제가 입이 좀 거친 편이죠. 저의 진면목은 매기에게 '폰섹스' 강좌를 할 때 제대로 드러나요. 저는 오른손으로 제 가슴을 움켜쥐고, 왼손으로 전화기를 든 채 이렇게 말했죠. "우흣, 나는 지금 침대에 누워서 베개를……." 그만할게요. 지면에 적긴 좀 거시기한 내용이니까 직접 찾아서 보시길 바랍니다. 〈더 리더〉의 연기만으로 저를 평가하는 우를 범하실까봐 걱정되어 편지 드렸습니다. 〈더 리더〉에 출연하게 된 것은 〈더 리더〉 같은 홀로코스트 영화를 찍어야 오스카를 탈 수 있을 것 같았기 때문이에요. 하, 하, 하.

(P.S.) 김연수 작가님, 앞으로도 좋은 글 부탁드릴게요. 매회 재미있게 읽고 있는데, 저는 김중혁 작가의 글이 훨씬 좋더라고요.

라는 내용의 편지를 Y는 케이트 윈슬럿에게 받지 않았을까? 만약 그랬다면, 나는 케이트 윈슬럿이 참 좋다. 나 역시 〈더 리더〉의 케이트 윈슬럿을 좋아한다. 마이클이 책을 읽어줄 때 그녀가 그 목소리에 반응하는 표정이나 아이들의 노래를 들으며 눈물을 글썽이는 대목에서의 표정은, 참 아름답다. 케이트 윈슬럿의 표정 못지않게 레이프 파인즈의 표정도 아름다웠다. 수십 년 만에 고향집 자신의 방에 돌아온 그가 옛 책을 들추어보면서 짓던 희미한 미소는 지금도 잊혀지지 않는다. 수십 년의 시간을 압축해서 보여주는 미소라니.

그 장면을 보면서 나도 고향집 책장에 꽂혀 있는 책들을 생각했다. 수십 년 만에 돌아온 레이프 파인즈와 달리 1년에 서너 번 고향집에 가지만 갈 때마다 책장에 꽂힌 책을 들추어본다. 어떤 곳에다 밑줄을 그었는지, 어떤 메모를 해두었는지, 그런 걸 보는 것만으로도 재미있다. '뭐 이런 데다 밑줄을 그었어, 깜빡 졸다가 볼펜이 미끄러졌나?' 싶은 곳이 많고, '이런 치기어린 감상은 또 뭐람' 싶은 메모가 많다. 대문호가 되었을 때를 대비해서 하루빨리 소각해야 할 자료들이다. 대문호가 되었을 때 꽤 값나가는 자료가 될지도 모르니 간수 잘하라는 사람도 있지만 그건 메모를 안 봐서 하는 소리다. 몇줄만 읽어도 온몸에 닭살이 돋을 것이다. 책들 사이에는 오래 전에 쓴―역시 하루빨리 소각해야 할―소설이나 일기장 같은 것들도 쌓여 있는데 그곳에는 Y가 내게 준 (유치)찬란한 시 뭉텅이도 있다. 어찌나 찬란한지 눈뜨고 볼 수가 없다. 그 자료는 잘 보관 중이다. 소각하지 않을 것이다. Y가 조금 더 유명해지면 비싼 값에 팔아먹을 수 있을지도 모르니까.

고향집 책들의 특징 중 하나는 저자 소개 페이지에 30, 27, 25와 같은 숫자가 적혀 있다는 것이다. 나는 그때 변변찮은 소설을 쓰고 있었고, 몇 군데의 출판사에서 거절 편지를 받았고, 문학상 응모에는 매번 떨어졌다. 책을 사면 늘 저자의 나이를 계산해봤다. 몇 년 생인지, 첫 번째 책은 몇 살에 펴냈는지 늘 확인하곤 했다. '이 사람은 서른두 살에 첫 책을 냈군. 아직 내겐 7년이 남았어'라며 스스로를 위로하거나 '스물두 살에 데뷔하다니, 천재네, 천재. 부럽군'이라며 나의 재능없음을 한탄했다. 천재가 아니라는 사실에 절망했으며 천재가 아닌 채로 점점 나이를 먹어간다는 사실에 또 한번 절망했다. 요즘에도 새 책을 사면 저자의 나이를 확인해보곤 하지만 이젠 천재들의 재능을 시샘하지 않는다. 천재라는 사실은, 살아가는 데 오히려 좀 불편한 게 아닐까 싶은 생각도 든다. 인생을 좀 깨닫고 있는 건가.

천재 물리학자와 천재 수학자의 뜨거운 대결이라는 카피로 선전되지만 실은 두 남자의 끈끈한 우정을 다룬 것이 아닌가 싶은 〈용의자 X의 헌신〉에는 이런 대사가 나온다. 천재 물리학자의 말이다.

"난 그를 라이벌이라고 생각해본 적은 없어. 수학자와 물리학자가 답에 이르는 과정은 완전 반대야. 물리학자는 관찰하고 가설을 세운 다음 실험으로 그걸 증명해나가지만 수학자는 머릿속에서 모든 걸 시뮬레이션하지. 수학자는 보는 각도를 달리해서 문제를 해결하는 거야."

확대해석하자면 세상에 라이벌은 존재하지 않는다. 수학자와 물리학자가 답에 이르는 과정이 전혀 다르듯 사람들이 자신의 목표에 이르는 방식은 모두 다르다. 100명의 사람이 있다면 100개의 방식이 존재하는 것이다. 그 중 어느 것이 더 낫다고 할 수는 없다. 1등과 2등을 가리는 스포츠는 그런 점에서 잔인하다. 김연아와 아사다 마오가 라이벌이라고 하지만 내가 보기에 두 사람은 전혀 다르다. 김연아는 아사다 마오보다 힘차고 정확하다. 아사다 마오는 김연아보다 우아하고 부드럽다. 김연아는 그렇게 자신을 완성해나갈 것이다. 아사다 마오는 그렇게 자신을 완성해나갈 것이다. 그 둘을 비교하는 잣대는 예술적 완성도가 아니라 회전의 정확성과 더 적은 실수다. 공평한 것 같지만 잔인하다.

내가 천재를 시샘하지 않게 된 것은 작가 역시 기술자라는 사실을 깨달았기 때문이다(역시 사람은 기술을 배워야 해!). 작가 역시 일종의 기술자라서 평생 자신의 기술을 반복 연습해야 한다. 그렇게 글을 쓰면서 연습하여 스스로를 완성해야 한다. 중요한 것은 얼마나 일찍 인정받느냐가 아니다. 중요한 것은 얼마나 오랫동안, 얼마나 끈질기게 자신의 기술을 연마할 수 있느냐다. 기술을 닦으면서 연습하는 동안 얼마나 행복한가이다.

작가든 스케이트 선수든 수학자든 물리학자든 모두 마찬가지가 아닌가 싶다. 바이올리니스트 이차크 펄먼은 수많은 연습을 통해 바이올린을 잘 켜게 되면 리허설을 수십 번 해도 매번 재미있다고 하는데, 나는 언제쯤 아무런 스트레스 없이 글을 쓰게 될까. 언제쯤이면 뚝딱뚝딱 글을 쏟아낼까. 언제쯤이면 '마감이 지났다고? 〈씨네21〉 원고쯤이야 1시간이면 해결하지, 하하하'라며 실제로는 30분 만에 원고를 완성하게 될까. 30분 만에 쓴 원고가 아니냐는 의심을 요즘에도 자주 받긴 하지만 말이다.

서른다섯이 지난 뒤
깨달았던 진리

2009.05.07

비록 고집 센 당나귀를 데리고 장에 나가는 것처럼 힘들기는 하지만 원칙적으로 나는 초등학교 동기생과 카페에 앉아서 다양한 문제에 대해서 떠들어대는 것을 좋아한다. 얘기하다가보면 내가 얼마나 멍청한 생각을 하고 사는지 깨닫게 되는 경우가 종종 있기 때문이다. 한번은 밥 말리의 〈No Woman No Cry〉에 대해 얘기하다가 나는 그 노래를 들을 때마다 그 가사를 중화풍으로 '여자 없으면 울 일 없다 해'라고 해석했다는 사실을 깨닫게 됐다. 동기생이 느끼한 목소리로 들려준 정확한 해석은 '그만, 그대여, 울지 말아요'였다. 이 얼마나 큰 차이인가. 그러기에 혼자서 미뤄 짐작하지 말고 다른 사람의 얘기를 잘 들어야만 하는 것이다.

그럼 이 제목은 어떻게 해석해야만 하는가? 〈Vicky Christina Barcelona〉. 이 영화를 보겠다고 '내 남편의 아내도 사랑해'를 봐야 겠다고 말했다가 망신만 당했다. 그 무슨 자기애적인 제목이란 말이 더냐? 그럼 '내 남자의 아내도 사랑해'인가, 아니면 '내 남편의 여자 도 사랑해'인가. 아무튼 지금까지도 정확하게 그 제목을 모르겠다. 아마도 막장드라마가 유행이어서 한국에서는 그런 제목을 붙인 모 양이었다. 하지만 나는 원제가 더 좋다. 운도 맞고, 깔끔하고. 덕분 에 막장드라마인 줄 알고 들어갔다가 '칠십대 노인이 어찌 이런 귀 여운 영화를 다 만드시나' 하고 감탄, 또 감탄하다가 나왔다. 언젠 가 홍상수 감독이 자기 영화는 35세 미만 관람불가 등급이라고 말 한 적이 있었는데, 말하자면 우디 앨런의 이 영화는 35세 미만 관 람불가 등급의 로맨틱코미디인 셈이다.

막장드라마에는 있는데 우디 앨런의 영화에는 없는 게 뭘까? 그 건 혼자서 곰곰이 생각해보는 일이다. 상상해보라. 우리는 한 번쯤 인생의 막장으로 내려간다. 눈앞이 캄캄하다. 어떻게 이 난국을 타 개해야만 할까, 전혀 해결책이 떠오르지 않는다. 거기서 우리는 혼 자 중얼거린다. 'No Woman No Cry.' 모든 걸 제멋대로 해석해버린 다. 그년만 없었어도 내가 이 막장까지는 내려오지 않았을 것을. 이게 다 그년 때문이야. 복수할 거야. 복수하고 말 거라고!!!(막장드라마 대본에 느낌표 세 개 정도는 필수다) 서른다섯 살이 지난 뒤에 내가 깨달은 인생의 진리는 다음과 같은 것이었다. 때로 우리가 왜 죽음과도 같은 절망 속으로 빠져드는지 아는가? 그건 스스로 무덤을 팠기 때문이다. 그럼 왜 우린 자기 무덤을 스스로 파는 것일까? 그게 다 혼자 중얼거려서다. 인생의 막장에 이르렀는데, 다른 사람의 도움도 없이 거기서 나올 수 있다고 믿는 것처럼 한심한 일이 있을까? 그러니 인생은 더 꼬이게 돼 있는 것이다.

바르셀로나로 간 우디 앨런의 두 여주인공이 이른 곳도 인생의 막장처럼 보인다. 후안 안토니오는 처음 본 비키와 크리스티나에게 주말을 함께 즐기자고 말한다. 셋이서 사랑을 만들자는 얘기다. 요컨대 스리섬. 결혼을 앞둔 비키는 음악에 취해서 그만 후안과 사랑을 만든다. 크리스티나는 지금은 이혼한 부부인 후안과 마리아를 동시에 사랑한다. 새로운 스리섬. 비키는 남편 몰래 친구의 애인이었던 후안을 찾아가 사랑을 나누려고 한다. 뭐, 아무튼 이런 식이다. 만약 이들 네 명의 남녀가 서로 떠들어대는 일 없이 각자 혼자서 이 사태들에 대해서 곰곰이 생각해봤다면 혼자서 그 일들의 의미를 해석해봤더라면 영화는 어떻게 됐을까? 뭐 어떻게 됐겠는가? 서로 죽이네, 살리네, 속았네, 당했네, 복수하네, 그랬겠지. 35세 미만의 시절에는 이런 일들이 빈번하게 일어났던 것 같다. 혼자서 생각하고, 혼자서 결정하고. 하지만 나이가 더 들면 그래 봐야, 아니 그렇기 때문에 막장에서 나오지 못한다는 걸 알게 된다. 혼자 있을 때, 우린 그다지 아름답지도, 총명하지도 않으니까.

대신에 우디 앨런의 주인공들은 항상 대화한다. 독백이라는 게 없다. 서로에게 맑고 밝고 투명하다는 얘기다. '비키 크리스티나 바르셀로나'라는 제목의 느낌 그대로다. 후안이 처음 본 비키와 크리스티나에게 주말을 함께 즐기자고, 더 노골적으로 말해서 섹스하자고 말하는 도입부를 보자. 원래 설정된 캐릭터대로 하자면 비키는 당장 자리를 박차고 일어나야만 하고, 크리스티나는 혼자서 후안을 따라가는 식으로 전개되는 게 옳다. 그런데 이들은 각자 자신의 캐릭터에 맞게 이 일에 대한 견해를 내놓는다. 토론의 결과, 모두를 만족시키지는 않지만 서로 타협을 보는 식으로 사건이 진행된다. 크리스티나는 여행과 섹스 모두 찬성, 비키는 여행은 찬성하지만 섹스는 반대, 후안은 원래 생각과 달리 한 사람과 섹스하는 일에 그냥 만족. 이런 문제도 서로 토론해서 합의를 보니 이 세상에 해결하지 못할 문제가 어디 있겠는가. 과연 선진국 사람들은 뭐가 달라도 다른 모양이다.

매사가 이런 식으로 결정되니 크리스티나가 이혼한 부부인 후안과 마리아를 동시에 사랑하는, 전무후무한 막장 설정이 나오는데도 이상하지가 않다. 항상 자신의 입장에 맞게 상황을 해석하고 서로 토론한 뒤에 절충안을 만들어 다음 행동을 결정하는 것이니 그 과정을 지켜보는 입장에서는 이해하지 못할 게 하나도 없는 것이다. 영화의 막판에 보면 비키가 혼란스러운 자신의 심정을 나이 많은 주디에게 고백하는 장면이 있다. 그랬더니 주디는 그 생각이 하나도 잘못되지 않았다며, 오히려 후안과 새로운 인생을 시작해보라고 격려하기까지 한다. 그런다고 비키가 옳다구나 하고 후안에게 연락하는 일은 없겠지만, 최소한 비키에게는 자신의 생각을 새로운 관점에서 바라보는 계기는 생기는 셈이다. 나는 이런 식으로 자신을 객관화하는 일이 바로 어른들의 일이라고 생각한다.

몇십 년 동안 밥 말리의 노래를 들을 때마다 '그래, 여자가 없으면 눈물도 없는 거지'라고 생각하며 상념에 젖었던 나는 그 뜻이 '그만, 그대여, 울지 말아요'라는 사실을 알고 과연 그렇겠다는, 그러니까 여자가 있어서 내가 눈물을 흘린 건 아니라는, 어쩌면 여자와 눈물은 아무런 관계도 없을 수도 있겠다는, 심지어 우는 여자마저도 나 때문에 우는 건 아닐지도 모르겠다는 생각을 처음으로 해봤다. 초등학교를 졸업한 이후로 동기생에게 뭘 배운 일이 없으니 이런 시시콜콜한 일까지 기억하는 것이겠지만, 어쨌든 그런 동기생이 있어서 다행이다. 아무런 생각없이 늘 해맑게 웃는 그의 얼굴을 보면, 그 어떤 막장에서도 우리는 웃을 수 있으리라는 믿음을 주니까.

너무 약해서,
너무 외로워서,
너무 힘들어서

2009.05.14

소설가이면서 〈대성당〉 〈스누피의 글쓰기 완전 정복〉 등의 작품을 번역한 번역가이기도 한 김연수 선생으로부터 영어와 관련된 칭찬을 듣고 나니 어찌할 바를 모르겠다. 그렇다, 내가 바로 김연수 선생에게 〈No Woman No Cry〉라는 말은 '여자 없으면 울 일 없다 해'가 아니라 '그만, 그대여, 울지 말아요'라는 뜻이 아니겠냐며, 슬쩍 영감을 준, 아무런 생각없이 늘 해맑게 웃으며 살고 있는, 그 사람이다. 나는 늘 번역하는 사람들을 대단하다고 생각하고 있었다. 두 개의 다른 언어 사이에서 균형을 잡고 자신의 색을 지워가면서 원작자의 의도를 최대한 유지시키려는 노력은 어지간히 성실한 사람이 아니면 할 수 없는 일이다. 나같이 게으른 사람은 서너 번 환생해도 꿈꾸기 어려운 경지다. 예전에 번역가 윤희기 선생을 인터뷰한 적이 있는데 돌아오고 나서 "번역은 반역^{反譯}"이라는 말이 오랫동안 머리에 남았다. 아무리 노력해도 반밖에 전달하지 못한다는 얘기였다. 오류를 줄이기 위해 사전을 끌어안고 책을 들여다보는 번역가의 모습은 숭고하다.

한때 나도 번역을 꿈꿔본 적이 있다. 오래전 일이다. 김연수 선생의 번역하는 모습이 너무 아름다워 보여서 나도 번역을 해보고 싶었다. 나의 끈질긴 간청을 못 이긴 김연수 선생은 영어책 한 장을 주며 번역을 해오라고 했다. 나는 능력을 보여주기 위해 밤을 지새우며 영어 문장을 파고들었다. 처음에는 좀 어렵더니 한 문장 한 문장, 꼬리에 꼬리를 무는 해석이 이어졌고, 문장과 문장 사이의 인과관계를 이해했고, 단어와 단어 사이의 비밀통로를 발견했고, 어떤 희열을 느끼는 경지에까지 이르게 됐다. 다음날 나의 번역을 읽은 김연수 선생은 이렇게 말씀하셨다. "문장은 참으로 훌륭하나 원문의 뜻과 너무나 다르도다."

그때 나는 번역가의 꿈을 접고 소설가가 되기로 했다. 지금도 가끔 영어책을 읽을 때가 있는데, 한 문장을 읽으면 다음 문장을 미리 추측하는 버릇은 여전하다. 내 생각대로 영어를 해석하는 것이다. 참으로 묘한 것은 그렇게 생각하면 그렇게 읽힌다.

김연수 선생이 추천한 〈내 남자의 아내도 좋아〉(원제는 Vicky Cristina Barcelona) 역시 나처럼 자기 생각으로 충만한, 아무 생각없이 늘 해맑게 웃으며 살고 있는 사람이 제목 번역 작업에 동참했던 모양이다. 비키와 크리스티나와 바르셀로나라는 세 개의 문장 사이에 숨어 있는 비밀통로를 발견하지 않고서야 어찌 저렇게 해맑은 제목을 지을 수 있겠는가. 한 발짝 더 나아가 '네 남자의 아내도 좋아' 정도의 일부다처제스러운 세계를 구현하려는 제목이나 '내 남자의 아내의 남자도 좋아'와 같은 미스터리한 관계를 드러내는 제목이라면 더 좋지 않았겠나 싶다. 아직 영화를 보지 않아서 그냥 해보는 소리다.

글로벌한 평소의 성품답게 바르셀로나가 주인공이라는 영화 〈내 남자의 아내도 좋아〉를 추천해준 김연수 선생의 호의에 답하기 위해 나도 파리가 주인공인 영화를 소개하고자 한다. 요즘 화제가 되고 있는 〈똥파리〉다(안 웃을 줄 알았다).

〈똥파리〉를 보고 처음엔 좀 불편했다. 욕 때문이다. 시작하자마자 주인공들이 욕을 내뱉고 또 내뱉고 급기야 길에다 욕을 줄줄 흘리고 다니는 모습을 보고는 극장을 나갈까도 잠깐 생각했다. 나는 욕을 견디는 게 힘들다. 어릴 때부터 그랬다. 친구들이 아무리 욕을 해도 나는 어지간해선 욕을 하지 않았다. 치고받고 싸울 때도 아주 단순한 형태의 욕만 했던 것 같다. 요즘에도, 술을 먹고 혼자 걸어 갈 때 땅바닥을 쳐다보며 '아이, 참, 씨발, 인생이 이따위예요, 정말, 내가, 기가 막혀서, 빌어먹을……'과 같이 귀엽기 그지없는 욕을 가끔 내뱉는 것 말고는 욕을 거의 하지 않는다. 나는 욕을 하면 지는 거라고 생각했다. 아무리 화가 나고 아무리 억울하고 아무리 힘들어도 욕을 하지 않는 게 이기는 거라고 생각했다. 씨부럴 것들을 아직 만나보지 못해서 그런 거라고, 진짜로 좆같은 상황을 겪어보지 못해서 그런 거라고 한다면 할 말 없다. 그래도 욕을 하지 않을 자신이 있긴 하지만 말이다.

〈똥파리〉의 주인공들이 욕하는 모습을 보면서 나는 좀 슬펐다. 그들이 욕을 하는 이유는 화가 났기 때문이 아니라, 분노로 가득 찼기 때문이 아니라, 자신을 지키기 위해서였기 때문이다. 욕을 해서 내가 약한 사람이 아니라는 사실을 상대방에게 알려주고 싶은 것이다. 그것은 공격적인 욕이 아니라 방어적인 욕이다. 너무 약해서, 너무 외로워서, 너무 힘들어서 욕을 하는 것이다. 욕으로 자신의 몸에다 방어막을 치는 것이다. 세상에는 존댓말을 하면서 다른 사람을 칼로 찌르는 사람도 있고 오만 가지 욕을 하면서 속으로 우는 사람도 있다.

영화를 계속 보고 있으니 어느 순간 욕이 들리지 않기 시작했다. 내 머릿속에서 욕이 묵음처리되고 대사만 들렸다. 욕이 들리지 않자 영화가 좀 심심하게 느껴졌다. 욕이 없었다면 〈똥파리〉라는 영화가 어떻게 됐을까. 〈똥파리〉가 흥행에 대성공하게 되면 클린버전의 〈똥파리〉도 한번 만들어주면 좋겠다.

욕이 나쁜 거라고는 생각하지 않는다. 욕도 문화의 일부분이고 표현의 방법이니까. 문제는 쓰는 방법이다. 학교에서 욕을 잘 쓰는 법을 가르쳐줄 때가 된 것인지도 모르겠다. 욕은 사람을 살리는 칼이 될 수도 있고 사람을 죽이는 칼이 될 수도 있다. 우리 마음속에서도 그렇다.

외국영화를 보다보면 그 다양한 욕의 세계에 놀랄 때가 많다. 그들의 욕도 참 궁금한데 역시 외국어인지라 번역이 쉽지 않은 모양이다. 반이라도 번역해주면 좋을 텐데 영화 자막에서는 생략될 때가 많다. 외화 번역가가 국내 정서에 맞게 자체 생략하는 것인지 아니면 그 많고 다양한 욕을 담기에는 화면이 좁은 것인지, 아쉽기 그지없다. 조금 심한 표현이다 싶은 것들을 너무나 부드럽게 의역하는 것도 마찬가지다. 그래서 지난주 우리의 〈개그콘서트〉 황현희 PD께서는 이런 고발을 감행하게 되었다. "자막에 대한 소비자 고발이 이어졌는데요. 영화에는 '고 투 헬, 왓 더 헬, 셧업' 한참 떠듭니다. 그러나 자막은 무조건 '꺼져'입니다. 어떻게 된 겁니까?" 정확한 지적입니다. 황 PD님. 이로써 번역가들에게 한 걸음 더 다가가는 계기가 되지 않았나 싶습니다.

다음주에는 '평소에 영화를 잘 보지 않는다'라는 말을 해서 주위의 영화 칼럼니스트를 안심시키고는 〈씨네21〉에 격주로 영화칼럼을 쓰는 것도 모자라 최근에는 영화배우로까지 영역을 확장해서 주위의 눈총을 사고 있는 소설가 김연수씨에 대해서 집중조명해보도록 하겠습니다.

두 가지 덫,
국개론과 법치에 무력화된
우리를 마주하다

2009.05.21

영화배우도 된 마당에 이번 어린이날에는 영화를 보면서 보내기로 결심하고 아침부터 딸과 함께 집에서 가까운 극장으로 나갔다. 그간 조조상영을 보면서 자유직업인의 이점을 한껏 활용했던 나로서는 입이 쩍 벌어질 수밖에 없을 만큼 많은 사람들이 아침부터 극장에 나와 있었다. 그런 식으로 1년에 한 번뿐인 어린이날을 때우려는 사람들이 이렇게 많다니. 좀 놀라웠다. 어쨌거나 우리에게는 세 편의 영화가 기다리고 있었다. 제일 먼저 〈몬스터 vs 에이리언〉, 그 다음 〈케로로 더 무비: 드래곤 워리어〉, 마지막으로 〈초코초코 대작전〉. 그 중에서 우리는 〈초코초코 대작전〉을 보기로 했다. 뭔가 달콤한 내용일 것 같아서.

그러나 보는 내내 아무런 생각이 나지 않더라. 내용은 다음과 같다. 투표에 의해 건강최고당의 헬시 총리가 집권한 이후, 새 정권은 건강 제일을 내세우면서 몸에 좋지 않은 초콜릿을 금지시키는 법안을 통과시킨다. 이 법안에 따르면 초콜릿을 제조하거나 판매하는 사람은 물론 그걸 먹는 사람까지도 경찰에 구속될 수 있다. 처음에는 우리가 건강을 중시하는 총리를 뽑은 것이지, 어디 초콜릿을 먹지 못하게 만드는 총리를 뽑은 것이냐고 반발하며 시민광장에 모여들던 국민들도 경찰들이 상상을 초월하는 진압 작전으로 사람들을 강제 해산하고 연행하자, 하나둘 자신들이 괴물을 뽑았다는 사실을 인정하게 된다. 국민들은 두 가지 덫에 걸렸는데, 하나는 자신들이 직접 투표해서 그 괴물을 뽑았다는 점이며(이른바 '국개론'), 또 하나는 국민이라면 정권이 제정한 법률의 바깥을 상상해서는 안 된다고 생각한다는 점(그러니까 '법치')이었다. 국민들의 저항은 이 두 가지 덫에 의해 무력화된다. 정권의 주된 공격 방법은 '우리를 뽑은 사람들은 너희들이다'와 '모든 불법적인 것은 나쁜 것이다'라는 논리를 번갈아 사용하는 것이다.

그리하여 헌법에 보장된 집회 및 결사의 자유와는 무관하게 주간이든 야간이든 모든 집회는 이 나라에서(어느 나라에서?) 금지된다.

정권은 초콜릿 금지 법안이 국회를 통과했기 때문에 그와 관련된 집회를 가지는 건 불법행위라고 말하지만, 한편으로는 그 불법행위가 헌법에 보장된 국민의 기본권과 합치한다는 사실에 대해서는 입을 다문다. 공권력은 합법 영역에 대해서 사유하지 않는다. 여기까지는 괜찮고 그 다음부터는 법적 논란의 영역이라는 식으로 신중하게 접근하지 않고, 오직 불법의 가능성에 대해서만 생각한다. 공권력은 그 불법의 가능성이라는 잣대로 기본권을 포함한 국민의 모든 행위를 구속 수사할 수 있다고 믿는다(이렇게 되면 '먼지털이'로 전락할 가능성이 많지만, 어쨌든). 그렇기 때문에 신고된 집회마저도 원천봉쇄하고 참가자들을 불법시위자로 연행한 뒤 엄중처벌할 수 있는 것이다.

이런 상황에서 국민의 기본권에 대해서 다시 생각하는 사람들이 하나둘 나오니 바로 '중딩 3학년'들이다. 이 중학생들의 주장은 간단하다. 왜 초콜릿을 먹을 수 없는가? 이에 대한 정권의 설명은 그건 불법적인 행위이기 때문이라는 것이다. 초콜릿을 먹는 게 불법적이라면 애당초 법이 잘못된 게 아닌가? 중학생들이 다시 되묻는다. 법의 잘잘못을 따지는 일은 정권의 영역을 벗어난 일이다. 법 자체가 그 정권의 사적 이익에 부합되게 제정됐기 때문이다. 그러므로 이 되물음에 대해 정권은 이런 식으로 빠져나간다. 나를 뽑은 건 너희들이지 내가 아니다. 고로 그런 법을 만든 건 너희들이지 내가 아니다. 나는 위임받은 권력을 정당하게 행사할 뿐이다. 어른들은 이 덫에 빠져서 무기력해졌지만, 중학생들에게는 어림없는 일이다. 그렇다면 모든 법률의 효력을 정지시키고 인간의 기본적인 권리에 대해서 근본적으로 다시 사유하자. 왜 초콜릿을 먹으면 안 되는가?

그리하여 이 무서운 중딩들은 '초콜릿 언더그라운드'라는 지하조직을 만들고, 헌책방을 뒤져 인터넷에서 검색이 금지된 초콜릿 제조법을 알아낸 뒤 밤마다 모여서 초콜릿을 먹는 불법집회를 연다. 정권과 그들의 사병으로 전락한 경찰, 그리고 알아서 스스로 통제하는 언론은 이들 중딩들을 체제전복세력으로 규정하고 검거에 나선다. 말하자면 이놈의 정권은 초·중·고생과 싸우는 셈이다. 결국 경찰은 다른 학생들이 지켜보는 가운데 채증자료를 토대로 불법집회에 적극 가담한 증거를 다수 확보한 중학생 한 명을 연행해 구속시킨다. 출동 직전, 경찰본부장의 독백은 경찰 수뇌부가 집회에 나선 이 중학생들을 어떻게 생각하는지 잘 보여준다. "법을 어기는 쓰레기 같은 놈들."

경찰이 친구를 강제 연행하는 데 흥분한 스매져가 정부의 편을 드는 반장 프랭키에게 소리친다. "데이브가 뭘 잘못했는데? 물건을 훔쳤어? 사기를 쳤어? 사람을 죽였어? 이런 사회가 무슨 건강한 사회야." 이런 사회가 무슨 건강한 사회냐고 비아냥거리는 데에는 이유가 있다. 정권의 통제를 받는 텔레비전과 라디오에서는 건강최고당 헬씨 총리가 나와서 연방 초콜릿 없는 건강사회를 만들어가자고 떠들어댔기 때문이다. 초콜릿에 대한 정당한 욕구를 강제 진압하면서 국민들의 속은 부글부글 끓어서 마침내 폭발할 지경이 되는데도 그걸 아는지 모르는지 건강최고당은 시민광장에서 무슨 페스티벌인가의 개막식을 한단다. 한마디로 제 무덤을 파는 것이다.

며칠 전에 서울광장에서 열린 이 개막식에서 무슨 일이 벌어졌더라? 만화영화를 보는데 이게 현실인지 허구인지 헷갈린다면 그 정신세계의 오묘함은 더 말할 필요도 없을 것이다. 그런데 내가 바로 그 꼴이었다. 어린이날을 맞이해서 딸과 극장에 갔다가 정부 말대로라면 폭력시위를 선동하는 좌파영화를 봤다고나 할까. 연초에 용산참사를 보면서 앞으로는 목숨 걸고 투표해야만 한다고 생각했는데, 이 만화영화의 주제 역시 정치를 외면하지 말고 반드시 올바르게 투표하자는 것이었다. 〈초코초코 대작전〉은 이명박 시대의 컬트 작품이 될 확률이 매우 높았다.

마지막으로 인상적인 건 초콜릿을 사수하려는 학생들을 진압하려는 경찰들 이름이 '초콜릿 경찰'이라는 것. 그게 꼭 '민주 경찰'이라는 말처럼 들렸다. 권력이 비판세력의 언어까지 선점하면 독선은 불가피하다. 마침 영화를 보고 난 뒤 뉴스에서 들으니 청와대로 초청한 어린이들 앞에서 대통령은 퇴임한 뒤에 '녹색운동가'가 되겠다고 말했다더라. 이 뭥미?

아버지 짐자전거에
묶여가던 풍경

2009.05.28

〈개그콘서트—소비자 고발〉의 황현희 PD가 자신의 예고를 지키지 않듯 소설가 고발의 본 PD 역시 소설가 김연수를 집중 조명하겠다는 지난편의 예고를 지키지 않을 예정이다. 아직 영화를 보지 못했다. 보는 게 겁난다. 파렴치한 남자일 뿐 아니라 강간범이기까지 하다는데, 아무리 영화라고 해도 친한 친구가 그런 나락으로 빠진 걸 어찌 눈뜨고 볼 수 있을까. 혼자서는 도저히 보지 못할 것 같으니 동네방네 수소문하여 소설가 단체관람이라도 추진해볼까 싶다. 관심 있는 소설가들은 연락주기 바란다.

지난주 김연수 배우가 따님과 함께 보았다는 〈초코초코 대작전〉의 뜬구름 잡는 듯하나 지나치게 리얼리즘(이라는 게 현실의 리얼한 사실에 입각한, 그거 맞지요?)을 표방하는 스토리를 읽고 나니 나 역시 아주 오래전 아버지와 함께 보았던 영화가 생각난다. 1937년생이신 아버지는 온몸에 두꺼운 뼈를 장착하고 계시며(현재 몸무게 97kg), 노인정에서는 온갖 잡무를 도맡아 할 정도로 활동적이시고 (노인정의 영계랄까) 드라마는 꼬박꼬박 챙겨 보지만 (아침 드라마 필수!) 스포츠는 절대 보지 않는 감성 풍부한 분이다. 나는 어린 시절 아버지에게서 영화 보는 법을 배웠다. 프랑수아 트뤼포는 영화를 사랑하는 방법 중 첫 번째가 같은 영화를 두 번 보는 것이라고 했는데 그렇게 따지자면 아버지는 영화를 '무척' 사랑하는 분이었다. 같은 영화를 세 번씩 보기도 했으니 말이다. 아버지가 보는 영화 장르는 단 하나였다. 무조건 액션이었다. 아버지는 극장에 가서 같은 액션영화를 두 번, 세 번 보았다.

극장에 가던 날을 생각하면 딱 떠오르는 풍경이 있다. 아버지는 (뒷좌석에 높은 손잡이 같은 게 세워져 있어 짐을 묶기 편하도록 만들어진) 짐자전거에 형과 나를 꽁꽁 묶고 극장을 향해 페달을 밟았다. 불면 날아갈까 자전거에 태우면 떨어질까 노심초사 걱정하는 아버지의 잔정이 느껴지긴 하지만 (그렇게 믿고 싶다) 짐자전거에 묶여서 거리로 나설 때는 창피해서 죽고 싶은 심정이었다. 형과 나는 적들에 생포된 포로의 모습으로 극장에 끌려갔다. 극장에 들어서면 아버지는 우리 둘을 앉혀놓고 영화 관람에 집중하셨다. 보고 또 보고 또 보았다. 아버지가 이소룡의 무술에 심취해 있을 때 형과 나는 잠에 취했다. 처음이야 열심히 보았지만 같은 영화를 두세 번 본다는 게 쉬운 일이 아니다. 그것도 극장에 앉아서. 아버지는 신비로운 무술을 보고 연방 껄껄 웃었고 (지금도 텔레비전을 보다 훌륭한 액션만 나오면 그러신다) 우리가 자든 말든 신경도 쓰지 않았다. 영화를 충분히 사랑한 아버지는 다시 우리를 짐자전거에 묶고 집으로 돌아갔다. 그때 보았던 영화는 단 한 편도 기억나지 않지만 형과 내가 잠에 심취했던 극장의 분위기만큼은 생생하게 기억하고 있다.

고등학생이 되고 영화를 열심히 보았다. 주로 야간자율학습을 땡땡이치고(그래요, 저, 그런 학생이었습니다) 시장 한복판에 있는 아카데미 극장에서 동시상영을 보았는데 극장 분위기가 참으로 남달랐다. 소도시 김천에서 좀 논다 하는 학생들이 극장에 모여들었는데, 이 학교 저 학교가 뒤섞이다보니 영화 '친구'의 극장 패싸움 장면까지는 아니더라도 소규모 충돌이 자주 일어났다. 극장의 최고 명당은 스크린 바로 앞 그러니까 제1열이었는데, 이곳은 동네에서 최고로 잘 노는 형들이 스툴처럼 생긴 의자에 다리를 턱 하니 올리고 담배를 피우며 영화 관람을 하는 자리였다. 극장에서 담배를 피우다니 지금 생각하면 도저히 이해가 되지 않는 풍경인데 그때는 그랬다. 화면에서는 비가 내렸고, 맨 앞자리에서는 담배 연기가 피어올랐다.

가스 제닝스의 영화 〈나의 판타스틱 데뷔작〉을 보면서 가장 부러웠던 것은 극장의 풍경이었다. 영화의 첫 장면에 극장이 등장한다. 동네에서 좀 노는 아이인 리 카터는 오래전 우리 동네 아카데미 극장의 형님들처럼 담배를 피우며 영화를 관람하는데 그 모습이 그렇게 부러워 보일 수가 없었다. (담배도 끊었는데) 한 대 피우고 싶었다. 영화의 맨 마지막 부분에도 극장이 등장한다. 주인공 윌이 리 카터를 위해 촬영한 단편영화를 상영하는데 온 동네 사람들이 모인 극장의 풍경은 어린 시절 아버지가 이소룡의 영화를 보던 풍경과 비슷했다. 언제부터 극장이라는 풍경이 사라진 걸까. 이런 극장이 동네에 있다면 얼마나 행복할까. 극장의 시작은 무조건 동네의 영화여야 한다는 규칙을 세운 다음, 영화 〈비카인드 리와인드〉에서처럼 동네 사람들이 함께 만든 영화를 상영하는 것도 좋겠고, 학교에서 내준 영화 만들기 숙제를 동네 사람들 앞에서 상영하는 것도 좋지 않을까. 나라면 어떤 영화를 보여주고 싶을까. 유명 소설가가 한편의 소설을 완성하는 동안 쫓고 쫓기고 속고 속이며 편집자와 싸워나가다 결국 마감이 한참 지나서야 자신의 정체성을 찾게 되는 휴

먼드라마가 좋을까, 아니면 유명 소설가가 우연히 한 영화에 파렴치한으로 등장했다가 점점 개성이 강한 조연을 맡게 되고 악역 전문배우가 된 뒤 자신의 실제 성격마저 그렇게 변했다는 사실을 깨닫고야 마는 본격 스릴러물이 좋을까. 써놓고 보니 둘 다 코미디물이 될 가능성이 높긴 하지만, 생각을 말자. 영화 시작하기 전에 젊은이들이 만든 단편영화 한 편 트는 것도 불가능한데, 꿈같은 이야기다.

가스 제닝스 감독의 전작 〈은하수를 여행하는 히치하이커를 위한 안내서〉는 뒤늦게 보고 호들갑 떨며 칭송하던 영화였다. 원작도 원작이지만 영화는 시종일관 뻔뻔하다. "아, 그런 리얼리티의 문제는 말이죠, 저의 영화에서는 취급하지 않습니다"라는 듯한 태도가 영화 전체에 깔려 있다. 〈나의 판타스틱 데뷔작〉도 마찬가지다. 가스 제닝스가 좋은 이유가 바로 그 때문이다. 장난치는 것처럼 영화를 만들고 굳이 영화 전체의 균형을 맞추려고 하는 것 같지도 않다. 어딘지 모르게 비어 있고 "그래서 이게 다야?" 싶기도 하고, 사건은 늘 뜻밖의 길로 전진하고 정답은 늘 하늘에서 뚝 떨어진다. 가스 제닝스의 영화는 아귀가 딱 맞물리면서 지독한 감동을 준다든지 엄청난 반전 때문에 손에 땀을 쥔다든지 하는 장면은 거의 없고 모든게 부실하고 널널하다. 가스 제닝스의 영화는 어쩐지 오래전의 극장을 닮았다.

황지우 총장 사퇴로 떠올린 애국 영화관, 그리고 한국의 〈스타트렉〉 같던 〈전원일기〉

2009.06.04

결국 한국예술종합학교 황지우 총장이 **사퇴했다.** 원래 학내 투표 결과, 총장으로 추대된 사람이니까 외부에서 오는 다른 임명직과 달리 내년 2월까지 임기를 모두 채운 뒤에 물러나겠다던 게 그의 생각이었다. 그러자 문화체육관광부에서는 공금 유용(액수를 보면 누군 가는 또 칼럼에서 잡범 수준이니 용서하자고 할 것 같은데)과 근무지 이탈(한 기사 댓글에 따르면 "총장이 대학교 수위냐고요?") 등의 책임을 물어 교수직 파면까지 가능한 중징계 절차에 나섰고, 그 결과 그는 압력을 이기지 못했다는 것. 듣자마자 그런 생각이 들더라. 한국문학사에 길이 남을 시인을 잡범 수준으로 만들어 내쫓다니, 문화체육관

134

광부는 문화를 체육적으로 관광하시는 곳인가효?

바야흐로 애국 정도는 한번 해주셔야지 총장 자리에 오를 수 있는 시절이 찾아온 것 같다. 거기까지면 좋은데, 여기서 더 나아가 애국 정도는 한번 해주셔야지 영화를 보는 시절까지 다시 찾아오는 게 아닌가 모르겠다. 우리 어릴 때만 해도 애국하느라 좀 힘들었는가. 극장에 가서도 반드시 애국한 뒤에야 애인의 손을 마음껏 만질 수 있었지 않은가. 지난호에 고향친구가 썼듯이 앞줄에서 담배를 피우려고 해도 애국 한번 정도는 해야만 했다. 애국은 어떻게 하는 거냐고? 모르는 친구들은 황지우의 시 〈새들도 세상을 뜨는구나〉를 읽어보길 바란다. 옛날 시집을 읽으면서 '이젠 어디로 떠야만 하나?' 하는 생각이 드니 참 한심하기만 하다. "영화가 시작하기 전에 우리는/일제히 일어나 애국가를 경청한다/삼천리 화려 강산의/을숙도에서 일정한 군#을 이루며⋯⋯." 맞다. 옛날에는 매너전쟁의 시작을 알리는 안내방송이 나올 즈음에 애국가가 흘러나왔던 것이다. 애국가가 흘러나오면 모든 사람들은 을숙도 새떼처럼 자리에서 일어나야만 했다.

그 시절, 한국 드라마의 최고봉이라면 〈전원일기〉였다. 제1화 '박수칠 때 떠나라'가 시작한 건 1980년 10월21일이었는데, 이날은 따져보지 않아도 화요일임에 틀림없다. 〈전원일기〉는 화요일. 그런 것도 모르고 어떻게 제5공화국 초등학생 노릇을 제대로 했겠는가.

〈전원일기〉에 등장하던 수많은 캐릭터들은 여전히 내 마음속에 남아 있다. 제일 먼저 양촌리 김 회장댁 식구들. 김 회장(최불암)도 참 인상적이었지만 할머니(정애란), 어머니(김혜자), 첫째며느리(고두심)로 이어지는 여성 삼대도 인상적이었다. 또 큰아들(김용건)과 둘째아들(유인촌)의 서로 다른 성격도 늘 플롯에 힘을 보탰다. 또 일용네를 뺄 수 없겠고, 원조 얼짱 응삼이나 구멍가게 숙이네 혹은 노인 삼총사도 기억난다. 워낙 캐릭터가 또렷한 드라마다보니 매회 흥미진진한 사건이 벌어지면서도 캐릭터가 서서히 성장해나가는 모습은 참 인상적이었다.

세월이 흐르면서 나도 초등학교 4학년에서 어느새 졸업반이 됐고, 양촌리에도 경사스러운 일이 여럿 일어났다. 김 회장댁에서는 둘째가 결혼해 분가하면서 둘째며느리(박순천)가 새로 등장했고, 둘째와 절친한 사이인 일용이도 제짝을 찾으면서 일용처(김혜정)가 합류했다. 그럴 때마다 나는 새로운 친척이 생기기라도 한 것처럼 그 여자들의 됨됨이를 따졌다. 둘째며느리는 좀 철이 없어서 처음 시집와서는 눈물깨나 쏟았는데, 가방끈 짧고 혈기가 넘치는 둘째와는 제법 어울리기는 했다. 하지만 큰며느리처럼 남편을 제대로 제어하지 못해 결혼한 뒤에 오히려 둘째가 분란을 일으키는 경우가 많았다. 일용처는 나름 한 성질했기 때문에 그간 일용네를 약간 낮춰보던 김 회장댁 식구들 앞에서도 전혀 꿀리는 바가 없었다. 이 때문에 일용이는 또 속을 썩이기도 했다.

　그런 식으로 화요일마다 〈전원일기〉를 시청하다보면 등장인물들의 과거가 궁금해지기도 했다. 그런 내 마음을 아는지 모르는지 이따금 드라마는 그들의 과거를 살짝살짝 보여줄 때가 있었다. 예를 들어 첫째며느리는 아무리 봐도 시골 아낙네처럼 보이지 않았다. 뭔가 배운 티가 좔좔 흘렀다. 한번은 이 첫째며느리의 과거에 대해서만 다룬 적이 있었는데, 아니나 다를까 그녀는 서울이 고향인 도시 여자로 (무려!) 대학교까지 졸업한 엘리트였던 것이다. 모처럼 서울 친정에 가서 달라진 서울의 모습에 적응하지 못하고 그녀가 혼자 씁쓰레 웃던 장면이 떠오른다. 두 형제 사이의 알 듯 모를 듯 팽팽했던 긴장감 역시 그들의 지난 사연이 방영되면서 그 이유가 밝혀졌다. 형(김용건)의 학업을 위해 동생(유인촌)이 일방적으로 희생됐던 것이다. 김 회장은 여느 어른들과 마찬가지로 형만 편애하고 동생에게는 일찌감치 농사를 짓게 했던 것이다. 언젠가 한번 둘째가 농사를 그만 짓고 서울로 올라가겠다고 말했다가 김 회장에게 박살난 적이 있었다. 그때 둘째가 울면서 형 때문에 망가진 자기 인생을 토로할 때 마찬가지로 동생의 처지였던 나는 가슴을 쓸어내렸다.

가장 유명한 미드인 〈스타트렉〉을 영화화한 〈스타트렉:더 비기닝〉을 보는데, 〈전원일기〉 생각이 났다. 캐릭터에 대해서 하나도 모른다는 게 억울해서였다. 물론 그 영화는 〈스타트렉〉의 캐릭터를 전혀 몰라도 감상에는 상관없게 만들었다. 스팍 같은 경우에는 등장해서 얼마 지나지 않아 그 특징을 금방 알아차릴 수 있었다. 커크 함장은 물론이거니와 맥코이, 우후라 등도 마찬가지였다. 하지만 그럼에도 〈스타트렉〉의 그 기나긴 역사를 예습하지 않고서는 전체적인 맥락을 이해하기가 곤란했다. 심지어는 예습했는데도 불칸과 로뮬란 사이의 갈등은 쉽게 이해되지 않아서 다시 복습해야만 할 정도였다. 워낙 우주를 배경으로 하는 영화를 좋아하니까 즐겁게 보기는 했지만, 〈스타트렉〉을 완벽하게 감상하지 못한다는 사실은 꽤 아쉬웠다.

그러다보니 〈전원일기〉가 생각났다. 미국에는 〈스타트렉〉, 한국에는 〈전원일기〉, 아니겠는가? 내 또래의 사람들은 타이틀에 흘러나왔던 색소폰 소리와 소 울음소리만 들어도 고향의 푸근한 정에 침을 질질 흘린다. 김 회장과 어머니의 연애 이야기나 첫째와 둘째의 학창 시절 같은 프리퀄이라고 해도 예습이나 복습 따위는 전혀 필요치 않을 것이다. 이 영화를 수출해서 미국 사람들에게도 맥락없이 프리퀄을 보는 괴로움이 어떤 것인지 일깨워줬으면 좋겠다. 인간

들이란 불칸인과 달라서 직접 당해보지 않으면 그 고통을 모른다. 〈스타트렉〉과 마찬가지로 시리즈를 만들었던 주역들이 점점 죽어가고 있거나 다시는 연기 안 할 생각으로 살고 있으니 서두르는 게 좋겠다. 제목은 〈전원일기: 더 보겠니〉.

그 자리에
샐비어가 있었다면…

2009.06.11

보고 싶지 않았지만 〈잘 알지도 못하면서〉를 어쩔 수 없이 보고야
말았다. 지난 칼럼을 읽고 관심 있는 소설가들에게서 연락이 온 까
닭이다. 소설가 두 명과 함께 극장을 찾았는데, 거기서 또 두 분의
유명한 소설가 선생님을 만나 인사를 드렸다. 이거 뭐 소설가 단체
관람도 아니고……. 아무튼 열다섯 명 남짓 들어찬 극장에 소설가
가 다섯 명이나 되는, 게다가 스크린에서는 김연수 소설가가 연기를
하는, 참으로 기이한 광경이었다. 나는 지퍼가 머리끝까지 올라가는
후드집업을 입고 갔는데 민망한 장면이 발생할 경우 뒤집어쓰기 위
한 것이었다. 다행히 쓸 일은 없었다. 연기 잘하는 배우들 사이에서

어찌할 바를 모르고 심하게 표류하여 영화 〈김씨표류기〉의 주인공으로 캐스팅되어도 좋겠다 싶은 파티장면을 빼고는 그럭저럭 봐줄 만했다. 특히 술 먹다 방으로 들어가는 장면은 훌륭하기까지 했다. 역시 연기란 생활에서, 체험에서 우러나와야 하는 것인가보다. 이제야 그토록 오랫동안 함께 술 먹은 보람이 있다.

소설가 김연수 씨의 사생활이 (혹시라도) 궁금한 팬들을 위해 한마디 덧붙이자면 김연수 씨가 술 먹다 혼자 들어가서 자는 일은 거의 없다. 모든 일에 적극적인 평소의 성품답게 술자리에서도 꽤 적극적이어서 술 먹다 그 자리에 엎어져 자는 일은 자주 있지만 (탁자도 비좁은데 제발 좀 머리를 뒤로 젖히고 자면 안 되겠니?) 먼저 들어가는 일은 드물다.

둘이서 참 오랜 시절 여러 가지 이유로 다양한 상황에서 술을 마셨는데, 내가 참 미안하다(뭐 그렇게 따지면 나도 고생을 안 한 건 아니지만). 김연수 씨가 고생이 많았다. 길거리에서 밤 12시에 경찰을 붙들고 미셸 푸코에 대한 강의를 하는가 하면, 술 취해 넘어지면서 클럽의 드럼 세트를 망가뜨리는 등 온갖 나쁜 술버릇을 다양하게 선보였던 나를 참으로 잘 보살펴주었다. 고맙게 생각한다(나 때문에 고생을 많이 해서 요즘 술자리에서 일찍 잠자리에 드는 것인지도 모른다는 생각을 하면 마음이 아프다). 나도 언제부턴가 어른이 되어서 (하하, 진짜라니까요)

술버릇이 참해졌고, 요즘은 적당히 마시고 조용히 집에 가서 잔다.

술에 만취했을 때는 아무것도 기억나지 않기 때문에 내 술버릇 나도 모르지만 선명하게 기억나는 게 하나 있다. 아주 오래 오래 오래전 (체감상으로는 전생에 가까운) 일이다. 신촌에서 술을 마셨고 어쩐 일인지 나 혼자 버스정류장에 서 있었다. 그 이전의 상황은 기억나지 않는다. (시간 경과) 눈을 떠보니 내가 버스에 타고 있다. 버스는 제대로 탄 것일까. 아무튼 일산 방향인 건 확실했다. 그런데 발이 허전하다. 신발이 없다. 눈앞에 어떤 장면이 빠르게 떠오른다. 조용히 신발을 벗고 버스 계단을 오르는 한 남자. 내 기억이 아니라 다른 사람의 행동을 보고 있는 것 같다. 그런 와중에도 다시 졸음이 몰려온다. (다시 시간 경과) 눈을 떠보니 창밖의 풍경이 낯설다. 일산은 일산인 모양인데 어딘지 모르겠다. 나는 맨발로 버스운전사에게 가서 (다행히 승객은 몇 명 없었다) 여기가 어딘지 물어본다. 어디라고 얘기해준다. 어딘지 모르겠다.

나는 버스에서 내렸다. 버스에서 내리고 보니 주위에 가로등 몇 개가 전부였다. 세상에 이런 동네가 있나 싶을 정도로 주위가 어두웠지만 그때는 그런 동네가 일산에 있었다. 나는 버스가 온 길을 되짚어갔다.

밤은 깊었고, 별은 밝았고, 달은 찼고, 목은 말랐고, 신발은 없었다. 신발이 없다는 게 생각보다 불편하지 않았다. 나는 양말을 벗고 맨발로 걸었다. 논둑길도 걸었고 아스팔트길도 걸었다. 걷다보니 제법 재미가 있었다. 그때 보았던 별빛을 아직도 기억하고 있다. 달빛도 밤의 차가운 공기도 기억하고 있다. 그때 나는 오롯이 혼자였다. 무섭다는 생각보다 외롭다는 기분이었다. 한 1시간을 그렇게 걸었던 것 같다. 그게 나의 '표류'에 대한 유일한 기억이다.

〈김씨표류기〉를 보면서 그때의 기분을 다시 생각했다. 혼자라는 것이 얼마나 소중한 것인지, 그러나 또한 얼마나 조용한 것인지, 그래서 얼마나 외로운 것인지 생각했다. 올해 본 한국영화 중 〈김씨표류기〉만한 게 없었다. 보는 내내 키득거렸고 유쾌했고 쓸쓸했다. 눈물도 흘렸다. 지금 다시 생각해봐도 자꾸만 웃음이 나오는 장면이 많다. 아, 정재영 씨, 왜 이렇게 웃기는 겁니까.

〈김씨표류기〉에 명장면이 많지만 샐비어(사루비아) 장면이 제일 좋다. 자살하려다 실패하고 섬에 표류하게 된 김씨는 제대로 자살하기 위해 목을 매달려고 한다. 강물을 과음한 다음이라 속이 부글거리는 김씨, 똥 먼저 누고 자살을 뒤로 미룬다. 그런데 똥 싸는 그의 앞에 샐비어가 활짝 피어 있다. 꽃 하나 따서 꿀을 빨아먹는데, 눈물이 난다. 울고 있는 김씨와 어쩔 줄 모르고 엉거주춤한 그의 엉덩이와 엉덩이 주변에 흐드러지게 핀 샐비어를 천천히 보여주는 장면은 〈김씨표류기〉의 압권이다. 자살은 해야겠고 그런데 똥은 마렵고 샐비어를 빨아먹어보니 이건 또 왜 이렇게 달착지근한 것이며 일어나려니 다리는 저린데 똥 무더기는 엉덩이와 너무 가까우니 눈물이 날 법도 하다. 사는 게, 참, 그렇다. 가끔은 샐비어와 똥이 사람을 살리기도 한다. 희망이란 게, 참, 그렇다. 희망은 거대할 필요가 없다. 한 사람을 자살하게 만드는 절망의 크기가 다른 사람이 보기엔 터무니없이 작아 보일 수 있고, 한 사람을 다시 살아나게 만드는 희망이 다른 사람의 눈에 보이지 않을 정도로 작을 수 있다.

지난 토요일 아침, 그가 운명을 달리했다. 소식을 처음 들었을 때 부엉이바위에 서 있던 그의 모습이 보이는 것 같아 눈물이 날 뻔했다. 그가 죽었다는 사실보다 죽고 싶었던 그의 마음이 먼저 와닿았다. 그 위에서 그는 무슨 생각을 했을까. 얼마나 외롭고 아득했을까. 얼마나 무거웠을까. 얼마나 무서웠을까. 얼마나 세상이 무거워야 그 위에서 뛰어내릴 수 있는 것일까. 나는 그의 결심이 옳다고 생각하지 않지만 그의 외로움을 이해할 수도 없을 것이다. 주위에 샐비어 같은 게 없었을까. 샐비어 같은 거라도 있었으면 뛰어내리려는 그를 붙잡을 수 있었을까. 그 아래로 사람들이 지나갔는데, 사람들이 샐비어 같은 거라고 생각했다면 뛰어내리지 않아도 되는 거 아니었을까. 아니다. 아닐 것이다. 세상에는 샐비어로도 해결할 수 없는 죽음이 있을 것이다. 그의 명복을 빈다.

〈마더〉에 존재하는 건 모성이 아닌 스스로 복제하려는 분열된 자아뿐

2009.06.18

〈마더〉를 봤다. 워낙 스토리텔링이 좋은 감독이 만든 영화라 아무런 생각없이 재미있는 이야기나 즐길 생각으로 극장에 들어갔는데, 머리만 더 복잡해져서 나왔다. 봉준호 감독은 왜 이런 영화를 만들었을까나. 좀 원망스러웠다고나 할까. 영화 속에서 엄마는 마구 달린다. 골목과 골목을, 도로 위를, 벌판을. 그걸 보는데 한 이십 년 전쯤이 떠올랐다. 요새 그 시절이 자주 떠오른다. 늙어가는 모양이다. 1988년 무렵이랄까, 팔팔올림픽의 열기로 타오르던 시절이랄까. 그해 늦가을, 고등학교 3학년이었던 나는 자습시간에 몰래 빠져나와 일제시대 때 지은 낡은 학교 건물의, 더 이상 사용하지 않는 교실에서 친구와 둘이 라디오를 켜놓고 백담사로 떠나는 전두환 전 대통령에 대한 뉴스를 듣고 있었다. 내 청춘이 언제 시작됐느냐고 묻는다면, 그 뉴스를 들을 때부터라고 대답할 수 있겠다.

전두환 전 대통령에 관한 뉴스를 듣고 난 그 다음해에 나는 대학에 들어갔다. 그러니까 89학번이다. 70년대생의 맏형이 되고 싶었지만, 80년대 학번의 막내가 될 가망성이 많은 학번이랄까. 그 무렵, 영화 속의 엄마처럼 나도 자주 거리를 달렸다. 요즘의 '웰빙'이라는 말처럼 그 당시의 '운동'은 일종의 라이프스타일 같은 것이었다. 운동하는 삶은 독서를 포함한 취미생활, 헤어스타일, 복장과 태도, 식습관과 음주성향, 말투와 행동방식, 인간관계와 대화술, 심지어 연애관에 이르기까지 삶의 모든 국면에 영향을 끼쳤다. 그 모든 것을 관통하는 핵심은 바로 촌스럽다는 것이었다. 촌스럽다는 건 정치적으로 좋지 않은 표현이지만, 이번만 이해해달라. 어쨌든 이십 년 전의 일이라 촌스럽다는 게 아니라 삶의 모든 요소를 한 방향으로 줄지어 세우는 그 일사불란함이 촌스럽다는 것이다. 일사불란. 그렇기에 이 촌스러움에 손을 대본다면 우린 그 표면이 꽤나 매끄럽다는 걸 느끼게 될 것이다. 예컨대 이발소에 걸린 그림이나 부동산으로 갑자기 부자가 된 지방 유지의 집에 있는 고려청자 복제품처럼.

〈마더〉에 나오는 엄마가 꼭 그런 모습이었다. 매끄럽게 촌스러운 느낌. 〈마더〉에 나오는 엄마는 TV드라마를 통해 만들어진 이미지, 그러니까 국민 어머니를 복제한 듯한 느낌이 든다. 그런 국민어머니라면 김혜자가 되겠다. 봉준호 감독은 이미 김혜자 때문에 〈마더〉를 만들었다고 말했다. 영화에서 김혜자는 TV드라마로 구축된 자신의 이미지를 복제해야만 하는데, 여기서 이상한 일이 발생한다. 김혜자는 김혜자를 그대로 재현하지 못한다. 균열이 생기는 지점은 바로 여기다. 나는 〈마더〉란 매우 이상한 방식으로 지금 우리 시대를 이야기하는, 정말 이상한 영화라고 생각하는데 그 생각의 연원이 바로 여기에 있다. 자신이 자신을 그대로 재현하지 못해서 생기는 균열, 내파, 내출혈, 마침내 정신착란의 세계. 이로써 〈마더〉는 모성을 다루는 영화가 아니라 정신분석적 처방이 필요한 심리적 공포영화가 된다. 기기묘묘한 첫 장면은 이로써 지금 우리의 내면을 가장 잘 형상화한 불편한 재현이 된다.

내가 가장 의아하게 생각한 것은 엄마가 의외로 잘 달린다는 점이었다. 벌써 금연한 지 1년이 넘은 고향친구의 영향으로 담배를 끊었다가 최근에 다시 피웠다. 담배는 달리기의 적이다. 하루에 10km씩 달리면 담배는 저절로 끊어진다. 반대로 담배를 피우면 하루에 10km씩 달리는 걸 꺼리게 된다. 오래전의 농담처럼 흡연을 위해서 지나친 건강을 삼가게 되는 것이니까. 다시 담배를 끊을 것이다. 그럭저럭 마흔이 되다보니 이런저런 사물에 추억의 찌꺼기들이 들러붙는다. 예를 들면 오래전에 헤어진 여자가 나만을 위해서 불러준 노래 같은 것에는 미처 다 해소하지 못한 심리적 찌꺼기들이 남아 있다. 이제 담배에도 그런 게 생겼다. 담배를 보면 어떤 상처가 떠오른다. 그래서 끊을 것이다. 안 그래도 하루에 10km씩 달리자면 담배를 끊을 수밖에 없다. 어느덧 마흔이니까.

그런데 저 늙은 엄마는 왜 저렇게 잘 달린단 말이냐? 그것도 어두운 골목길을. 이 영화가 모성을 다룬 영화라고 생각했을 때, 그녀는 진실을 찾아 달리는 것처럼 보였다. 진실은 아마도 여고생 문아정이 서 있던 그 어두운 골목 속에 있었을 것이다. 거기는 죽음과 공포의 공간이지만, 아들의 누명을 벗기기 위해서는 반드시 들여다봐야만 하는 공간이다. 그런데 그 공간 속으로 엄마는 일말의 반성도 없이 달려간다. 나는 그게 이상했다. 왜 달리는 것일까? 더듬더듬 하나하나 확인하며 천천히 걸어갈 수도 있지 않은가? 왜 엄마는 시종일관 달리고 또 달리는 것일까? 그건 아마도 엄마는 이미 그 공간이 텅 비어 있다는 걸, 거기에 진실이 부재한다는 걸 알기 때문일 것이다. 진실은 엄마에게 '이미' 있다. 그건 선험적으로 주어진 것이다. 엄마의 달리기, 즉 '운동'은 그 진실을 좀더 빨리 증명하려는 욕망일 뿐이다. 진실을 선취한 자들에게는 모든 건 시간의 문제니까. 세계는 저절로 본 모습을 드러내지만, 엄마는 그 세계를 마중하기 위해 달린다. 운동이란 본래 그런 것이다.

엄마의 촌스러움은 여기서 비롯한다. 진실을 선취한 자들은 삶의 모든 국면을 그 진실에 맞춰서 행동하기 때문에 어쩔 수 없이 촌스러워진다. 스스로 뼈를 분질러버리는 것처럼 아픈 이야기지만, 내가 스스로 나를 복제한다는 사실을 인정하기란 쉽지 않다. 〈마더〉를 면밀하게 살펴보면, 3인칭 시점을 가장한 1인칭 시점을 사용했다는 걸 알게 된다. 이건 반칙이지만, 이 반칙은 우리 시대에 일반적이다. 서초동 검찰청사에 계신 분들뿐만 아니라 나 역시. 그리고 엄마 역시. 엄마는 3인칭 전지적 시점을 가장하는 1인칭 주인공이다. 거기에 모성이란 없다. 존재하는 건 스스로 복제하려는 분열된 자아뿐이다.

지난 5월 말, 1988년 이후 우리 세대가 흉내내며 살았던, 거대한 3인칭 전지적 시점의 세계는 붕괴했다. 내 시점을 타인과 공유할 때, 3인칭 전지적 시점의 세계가 존재할 것이다. 하지만 이제 나와 타인 사이에는 거대한 장벽이 최종적으로 구축됐다. 여긴 상대성의 세계다. 고물상은 국민어머니를 흉내냈던, 그러니까 김혜자를 흉내냈던 김혜자가 최종적으로 보게 되는 이 세계의 풍경이다. 그 풍경은 추악하기 짝이 없다. 이제는 그걸 인정해야만 할 것이다. 그게 우리가 사는 세계다. 기나긴 청춘이 이로써 끝났다. 이제 우리에게는 정신분석학적 치료가 필요하다. 허벅지를 찌르는 침술로는 어림도 없다. 봉준호 감독은 왜 이런 영화를 만들었을까? 며칠이 지났지만 아직도 원망스럽다.

춤추는
엄마들의 실루엣에
숨이 멎다

2009.06.25

내 영향 때문에 담배를 끊었고 최근에 다시 피우게 됐지만 다시 담배를 끊을 것이라고 (이번에만 서른 번째쯤이었던가) 다짐했던 고향 친구를 오늘 오후 동네 커피숍에서 만났는데, 아니나 다를까 아직도 끊지 못하고 있었다. 소설 연재 마감이 코앞인데다 그것 말고도 써야 할 글이 어마어마하게 많으니 당분간은 끊지 못할 것이다. 금연을 위해서는 지나친 글쓰기를 삼가야 하는 법인데 직업이 직업이다 보니 쉽지 않을 것이다. 나로 말할 것 같으면 1년 전 홀연히 모든 글쓰기를 중단하고 금연에 돌입한 뒤 지금까지 꿋꿋하게 금연의 깃발을 높이 세워 폐가 좋지 않은 동네의 골초들에게는 모범적인 롤

모델이 되어왔으나 작가들로부터는 "저 봐라, 담배를 끊으니 글을 못 쓰지 않느냐"라는 놀림감이 된 휴업 상태의 소설가로 다들 알지만, 그건 잘 몰라서 하는 얘기고 담배 끊고도 여전히 열심히 잘 쓰고 있는 현업 소설가다. 주위 사람들에게 단 한 번 만에 담배를 끊었다고 이야기하면, 게다가 끊고 나서 단 한 번도 담배의 유혹을 느낀 적이 없다고 하면, "거 상종 못할 사람이네"라거나 "우와 성격이 독하신가봐요"라는 다소 식상한 반응을 보이는 분들이 많은데 나로서는 모든 것이 너무나 단순하다. 어느 날 담배가 맛이 없어졌다. 그게 다다. 나 역시 어느덧 마흔이 되어서 그런 것인지도 모르겠다. 맛이 없는데 굳이 담배를 찾을 이유가 없다.

담배를 피우지 않으니 나쁜 점도 있다. 담배 피우는 직장인들은 알겠지만 삼삼오오 커피자판기 옆에 모여 서서 (누군가의 험담을 하며) 담배 피우는 재미는 맛과 상관없이 놓치고 싶지 않은 오락거리다. 그걸 못하니 아쉽긴 하다. 요즘에는 금연자 대표로 그런 자리에 슬쩍 끼어 있곤 하지만 담배를 피우지 않으면 재미는 반감될 수밖에 없다. 영국 작가 닉 혼비의 〈런던스타일 책읽기〉를 보면 비슷한 이야기가 나온다. 어떤 파티에 참석해 발코니에서 담배를 피우다 (세상에!) 커트 보네거트를 만났다는 것이다. 닉 혼비는 커트 보네거트를 추억하며 이렇게 덧붙였다. "그러니 자녀에게 담배를 피우지 말라고 가르치되 대신 금연에는 단점도 있다고 알려주는 게 정당하다. 담배를 피우지 않으면 미국에 현존하는 가장 위대한 작가에게 담뱃불을 붙여주는 기회도 얻지 못하게 되리라고 말이다." 내가 이런 얘기를 읽고도 담배를 다시 피우지 않는 이유는 간단하다. 커트 보네거트는 2007년에 죽었다.

솔직히 단 한 번도 담배의 유혹을 느낀 적이 없다는 건 거짓말이다. 가끔 매캐한 담배 연기로 목구멍을 가득 채우고 싶을 때가 있다. 맛과는 상관없이 그저 연기로 내 가슴을 채우고 싶을 때가 있다. 지난 5월에는 (이례적으로) 세 번이나 그랬다. 첫 번째는 노무현 전 대통령 때문이었고(내가 만약 노무현 전 대통령의 마지막 경호원이었고, 나에게 담배가 있냐고 물어봤다면 얼마나 괴로웠을까. 피우지 않더라도 평생 담배를 들고 다녔을 것이다), 두 번째는 행사 때문이었고(뜻하지 않게 사람들 앞에서 사회를 봐야 하는 자리였는데 긴장이 극에 달하니 무지하게 피우고 싶었다), 세 번째는 영화 〈마더〉 때문이었고, 배우 김혜자 때문이었다. 담배 피우는 김혜자의 모습을 보고 있자니 영화가 너무 아프게 느껴지더라. 나도 옆자리에 앉아서 한 대 피우고 싶었다.

나도 〈마더〉를 봤다. 영화 〈마더〉에 대해서 여러 가지 이야기를 할 수 있겠지만, 나는 모두 다 생략하고 싶다. 마지막 장면을 위해서다. 〈마더〉의 마지막 장면은 너무나 아름다워서 보는 순간 숨이 멎는 줄 알았다. 그냥 하는 말이 아니다. 버스 속에 있던 카메라가 갑자기 바깥으로 나와서 석양을 배경으로 춤추는 (마더가 아닌) 엄마들의 실루엣을 잡는 순간, 내 입에서 '헉' 소리가 났다. 고향 친구는 영화 〈마더〉가 3인칭 시점을 가장한 1인칭 시점을 사용했다고 썼는데, 그 말이 맞다면 카메라가 바깥으로 나오면서 1인칭 시점은 완벽한 3인칭 시점으로 바뀌었다. 아니, 3인칭이 뭔가, 한 8인칭쯤 되지 않을까. 내 눈앞에 〈마더〉의 마지막 장면이 오랫동안 어른거린다.

지금으로부터 13년 전, 나는 어머니와 함께 관광버스를 탄 적이 있다. 형의 결혼식 때문이었다. 결혼식은 다른 도시에서 있었다. 관광버스를 빌렸고, 그 안에 어머니와 아버지, 어머니와 아버지의 동네 친구들이 함께 탔다. 결혼식을 마치고 집으로 돌아오는 버스 안에서 어머니와 아버지와 어머니와 아버지의 동네 친구들은 신나게 춤을 추었다. 어떤 음악이었을는지는 얘기 안 해도 다 잘 알 것이고, 어떤 춤사위였을지도 얘기 안 해도 다 잘 알 것이다. 나는 그 순간 아버지와 어머니가 조금 부끄러웠다. 지금은 부끄러워했던 내가 부끄럽지만 그때는 어쩐지 어머니와 아버지가 부끄러웠다. 도대체 뭐가 부끄러웠던 것일까. 춤 실력이 너무 형편없어서?(아이고 어머니, 그 춤의 핵심은 그게 아니고, 두손을 들고 엄지손가락을 세운 다음 여기에

서 한 바퀴 턴을 해주셔야……) 선곡이 마음에 들지 않아서?(뭡니까 어머니, 태진아, 송대관 말고 이박사 정도는 틀어주셔야 뭔가 컬트스러운 분위기가……) 버스가 너무 좁아서?(그러게 어머니, 이 정도로 노실 거면 돈 좀 많이 벌어서 더 큰 관광버스를 빌렸어야죠) 그 좁은 통로에 서서 어머니와 아버지와 어머니와 아버지의 동네 친구들이 '부비부비'하는 모습을 보면서 나는 안쓰러웠고 겸연쩍었고 눈을 감고 싶었고 버스에서 내리고 싶었다. 버스를 타고 집으로 돌아가는 내내 나는 (버스 내 막춤의 배후이자 춤의 축이랄 수 있는) 어머니의 눈을 피하려고 애썼다.

부끄럽지만 이제는 나도 그게 어떤 춤인지 안다. 그것은 불가피한 춤이고 최소한의 춤이며 최대한의 춤이다. 어쩔 수 없는 춤이며 그냥 춤이다. 버스에서 배에서, 혹은 꽃구경 나온 산에서, 바닷가에서 계곡에서 큰소리로 음악을 틀어놓고 춤을 추는 어른들을 만날 때면 (아주 작은 소음에도 까칠한 나지만) 마음으로 응원한다. "열심히 노세요. 더 흔드세요. 앗싸, 꽃잎은 금방 지고 시간은 부족하니까요." 멀리서 어른들 춤추는 모습을 보고만 있어도 흐뭇하다.

13년 전의 내가 버스에서 빠져나와 바깥에서 그 장면을 보았더라면, 〈마더〉의 마지막 장면처럼 어머니와 아버지와 어머니와 아버지의 동네 친구들을 바깥에서 볼 수 있었더라면, 나는 좀더 일찍, 어머니와 아버지를 부끄러워했던 나를 부끄러워했을는지도 모른다. 〈마더〉의 마지막 화면은 끝날 때까지, 하염없이 어른거린다. 눈 앞이 어른거려야 또렷해지는 풍경들이 있다.

정색하면
지는 거다

2009.07.02

술의 이름은 칭기스. 들판을 호령하던 그 호연지기 그대로 뜨거운
보드카. 대가족을 이끄는 주인아저씨가 나를 상석에 앉히더니 그
술을 한 잔 내게 따랐다. 냉큼 마셔보니까 호연지기가 속속들이 스
며드는 듯했다. 별로 씻은 적이 없었던 게 아니라면 칭기즈칸 시대
의 유적지에서 막 발굴한 듯한 청동잔을 탁자에 내려놓으니 주인
아저씨가 다시 술을 가득 붓고는 손가락 세 개를 펼친다. 아무래도
'후래자 삼배'라고 말하는 듯한 느낌이 들어 통역을 쳐다봤더니 그
게 맞단다. 닥치고 석 잔을 원샷해야지, 손님 대접을 해주겠단다.
잔은 다시 정종잔 크기의 청동잔. 한 잔 더 마셨다. 3분의 2 정도

손님이 됐더니, 기분이 좋아지기 시작했다. 그리고 마지막 한 잔까지 마시고 났더니, 목구멍 저편에서 뜨거운 호연지기가 솟구쳐 오르면서 제대로 된 손님 행세가 시작됐다. 그로부터 10분이 지나지 않아 나는 '그럼 그렇지, 재롱이라도 떨어야지 하룻밤 재워주지', 그런 표정으로 앉은 사람들 앞에서 '천둥산 박달재~'를 부르고 있었다. 지난해 다큐멘터리를 찍으러 몽골에 갔을 때의 일이다. 그 장면이 방송됐다면 〈잘 알지도 못하면서〉에 나온 내 모습에 대한 평 따위는 웃으면서 넘겨버렸을 것이다. 이런 게, 바로 대인배의 호연지기였던가.

　몽골에 가서 내가 비로소 알게 된 건 그 사람들이 나하고 별로 다르지 않다는 기막힌 사실이었다. 그날 저녁, 술이 취해서는 염소의 뿔을 붙잡고 누가 힘이 센지 겨뤄보고 있는데 몽골인 통역이 나를 불렀다. 사장님, 사장님. 난 누가 나를 사장님이라고 부르면 지갑부터 움켜잡는 사람이다. 얼굴은 벌게진 채, 엉거주춤 다가갔더니 동네 청년들이 모두 모여서 나를 바라보고 있었다. 몽골인 통역은 꽤 난감하다는 표정으로 그 친구들도 좀 놀아야 하니까 돈을 줘야지, 안 그러면 촬영이 불가능하다고 말했다. 우리가 놀러온 건 아니었지만, 듣고 보니까 그렇기도 했다. 사실 일산 내가 사는 곳 옆 동네도 어디선가 촬영 오면 이만저만 텃세를 부리는 게 아니었으니까.

그래서 일단 나는 사장님이 아니라는 걸 거듭 주지시킨 뒤에 PD님을 소개시켜드렸다. 나는 작은 도시에서 컸기 때문에 동네 청년들끼리 그렇게 몰려다니면서 이른바 '삥'을 뜯고 노는 모습에 익숙하다. 말하자면 그건 세시풍습과 같은 고유한 전통이랄까. 그래서 흐뭇하기는 했지만, 고향 방문도 아니고 몽골에 와서 역시 우리 고향과 별로 다를 게 없구나 하고 생각하게 될 줄이야.

하지만 다시 생각하면 그렇다고 또 다를 게 뭐가 있겠느냔 말이다. 내가 몽골 전통 의상을 입고 나무 안장에 앉아 말을 타는 동안, 오토바이를 타고 온 이웃 사람들이 그 모습을 구경하고 있더라. 나무 안장 위에서 호들갑 떨고 하는 게 웃기더란 말이지. 나중에 그 모습이 방송됐을 때, 한국 사람들이 웃었던 포인트에서 몽골 이웃들도 웃었다. 역시 연예인들의 호들갑이란……. 영문도 모르는 몽골인들은 안장 위에서 사색이 된 나를 보고 그렇게 생각했을지도 모른다. 그냥 하는 얘기가 아니라 홉스굴에 가서 소수인종인 차탄족을 만났을 때 들었던 얘기가 있었기 때문이다. 홉스굴에 가면 관광객을 위해서 유목 생활을 버리고 사는 차탄족 일가가 있다. 그 사람들은 호수 옆에 차탄족 전통 게르를 설치한 뒤에 사진을 찍을 때는 얼마, 동영상은 얼마 더, 순록 한 번 타는 데는 또 얼마, 이런 식으로 돈을 벌어서 산다. 그 집 아버님은 순록을 태워주고 어머님은 점을 봐주신다. PD님이 나를 가리키면서 물었다. 이 사람은 뭐 하는 사람 같아요? 어머님이 나를 한번 째려보더니 말했다. 방송국에서 일하는 사람이네요. (어머님! 그게 무슨 인상비평, 아니 인상점치기랍니까!)

그런 허술한 모습, 그러니까 나와 별반 다르지 않은 모습을 볼 때면 나도 모르게 지갑을 움켜쥔 손이 슬그머니 풀린다. 그때부터는 슬슬 장난기가 발동하기 시작한다. 말이 안 통해도 웃기게 만드는 방법은 충분하니까. 몽골어로 염소는 '야마'다. 외우기 쉽지 않은가. 게다가 주위에 야마는 흔하게 보인다. 아이들을 모아놓고 염소를 가리키면서 외친다. 야마. 그러면 모든 아이들이 깔깔거리고 웃는다. 왜 웃는지는 나도 모르겠지만. 한 번 더 외친다. 야마. 다들 넘어간다. 그 다음에는 나를 끌고 다니면서 온갖 것들을 가리키며 몽골어를 가르쳐준 뒤에 따라해보라고 시킨다. 그걸 따라하면 또 웃는다. 그렇게 웃다보면 우린 좀 친해진다. 통역이 없어도 이름도 알고 나이도 알게 된다. 달리기도 하고 씨름도 하게 된다. 외국에서 지내다보면 아주 간단한 법칙을 하나 알게 되는데, 그건 정색하면 제아무리 많은 돈을 들였더라도 그 여행은 실패라는 점이다. 음식이 나왔는데 정색하면 지는 거다. 식은땀이 흘러나와도 웃으면서 먹는 사람이 승리의 여행자다. 지하철역에서 올라왔더니 동서남

북 구분이 안 된다고 정색하면 역시 지는 거다. 등골이 오싹해도 일단은 돌아갈 지하철역은 알고 있으니 다행이라고 여겨야만 한다. 제아무리 반바지에 샌들을 신고 선글라스를 끼고 있다고 한들 정색하고 서 있으면 현지인들은 호칭부터 다르게 부른다. 그러니까, 사장님.

웃고 있는 한에는 우린 다 같은 인류라는 생각이 든다. 몽골에서 내가 제일 정색했을 때는 촬영을 위해 부득이하게 살아 있는 양을 잡을 때였다. 양의 다리를 묶은 뒤에 심장 부근에 칼집을 내고는 그 안으로 손을 밀어넣었다. 피 한 방울 낭비하지 않고 양을 잡는 진통적인 방식이었다. 양을 잡는 사람은 심장으로 통하는 핏줄을 끊은 뒤에 심장을 통째로 꺼냈다(고 들었다. 나는 보지 않았다). 내가 정색하고 고개를 돌리는 동안, 우리의 몽골인 친구들과 어린이들은? 침을 삼키고 있었다. 살아 있는 한, 양은 그들에게 연년토록 젖과 털을 주기 때문에 웬만해서 그들은 양을 잡아먹지 않는다. 일 년에 한번 양을 잡아서 부족한 단백질을 섭취한다고 들었다. 그러니 그날은 특식이 나오는 날이었던 셈이다. 그날 촬영을 위해 잡은 양으로 가족들과 이웃들은 웃음꽃이 만발한 가운데 배가 터지도록 양고기를 먹은 것은 물론이거니와 다들 신문지에 남은 고기를 싸가지고 갔다. 양 잡는 날은 봉 잡는 날인 셈이다. 〈히말라야, 바람이 머무는 곳〉을 보니까 똑같은 장면이 나왔다. 하지만 거기서 염소를 잡는 네팔 사람들은 어째 정색한 표정이더라. 고기에 물렸나? 그럴 리가. 영화를 보는 내내 불편했던 이유를 이제 알겠다. 다시 말하지만 정색하면 지는 거다. 사장님 소리 안 들으려면 웃고 살자.

소리의 기억을 통한
여행의 즐거움

2009.07.09

외국에서 오랫동안 지내본 경험은 지난해 겨울 유럽에서의 석 달이 전부였지만 지난주 김연수 씨의 충고는 깊이 새겨둘 만하다. 외국으로 여행 갔을 때 정색하면 지는 거다. 어떻게든 웃으면서 즐겨야 하고, 모든 것을 기쁜 마음으로 새롭게 받아들여야 한다. 당황하거나 외로워하거나 허둥지둥하면 지는 거다. 여행이 사람을 성숙하게 만든다는 이야기는 아마도 정색하지 않는 법을 배울 수 있다는 의미가 아닌가 싶다. 하지만 가끔은 당황하거나 외로워하거나 허둥지둥하는 게 여행의 묘미이기도 하다. 나를 아는 사람이 아무도 없는 곳에서 일이 꼬였는데 말은 통하지 않을 때 느끼는 막막함이란 인간이 느낄 수 있는 외로움의 정수가 아닐까 싶다.

여행 준비를 할 때마다 제일 먼저 챙기는 것은 음악이다. 음악을 챙기는 이유는 간단하다. 외로울 때 듣기 위해서다. 영국 리버풀의 사람들 틈에 끼어 비틀스를 듣는다면 어떨까, 추운 북극의 나라에 가서 시규어로스의 살 떨리는 목소리를 듣는다면 어떨까, 브리스톨에 가서 포티셰드의 베스 기븐스 목소리를 듣는다면 어떨까, 그런 생각을 하다보면 전 세계의 음악을 챙기게 된다. 모든 상황에 대비해서 모든 장르의 음악을 챙겨간다. 그런데 막상 외국에 나가면 음악을 듣는 일은 거의 없다. 여행을 하면 언제나 귀를 열어두어야 하기 때문이다.

나는 여행을 잘하는 방법 중 하나가 귀를 활짝 열어두는 것이라고 생각한다. 모든 도시에는 각각의 독특한 소리가 있어서 그 소리들을 기억하는 것만으로도 여행의 즐거움을 만끽할 수 있다. 나는 비엔나를 생각하면 트램 지나가는 소리와 횡단보도의 째깍째깍하던 경보음이 떠오른다. 런던을 생각하면 템스 강 위로 보트가 지나가던 소리가 떠오른다. 로마는 사람들 떠드는 소리가 떠오르고, 스톡홀름은 새가 날아가는 소리가 유독 생생하다. 당연히 저마다 기억하는 소리가 모두 다르다. 정답이 있을 리 없다. 소리를 떠올리면 풍경이 살아나고 풍경이 살아나면 감정이 동영상으로 재생된다. 나는 가끔 소리를 녹음해 오기도 한다. MP3플레이어에다 넣어두고 가끔 도시의 소리를 듣는다. 그러면 도시가 생각난다.

아주 가끔은 준비해간 음악을 듣는 경우도 있다. 기차를 탔는데 목적지가 종착역일 때 (그래서 기차 방송에 신경 쓰지 않아도 될 때), 배를 탔는데 목적지까지 열 시간 이상 걸릴 때 (배 구경을 다 하고도 여섯 시간 이상 남았을 때) 가끔 음악을 듣는다. 바깥의 낯설지만 단조로운 풍경을 바라보고 있으면 도대체 이곳이 어디인지, 나는 여기서 도대체 뭘 하고 있는지, 모든 게 막막할 때가 있다. 그럴 때 듣는 음악은 귀가 아니라 심장에다 이어폰을 꽂은 것처럼 온몸을 뒤흔든다. 그럴 때는 비틀스도 좋고, 바흐도 좋고, 시규어로스도 좋겠지만, 우리말 가사가 있는 '유행가'보다 더 좋은 게 없다. 한 줄 한 줄 가사에 밑줄이 그어지고, 모든 말이 시처럼 느껴진다. 한국말을 처음 배운 사람처럼 모든 단어와 조사와 표현이 새롭다. 몇 시간 전에 사랑을 떠나보낸 사람처럼 사랑 이야기에 가슴이 아프다. 지난 겨울 유럽에서 내가 가장 많이 들었던 노래는 김범수의 〈슬픔활용법〉이다. '그때처럼 웃어본 적 없어, 세상이 마냥 좋은 적 없었어'라는 가사만 들으면 어쩐지 울컥, 하면서 모든 게 그리워지곤 했다. 지금 생각하면 너무 감상적이었다는 생각이 들지만, 감상이란 여행에서만 제대로 누릴 수 있는 특권 같은 게 아닐까. 요즘도 〈슬픔활용법〉을 들으면 그때가 생각난다.

고레에다 히로카즈의 영화 〈걸어도 걸어도〉의 제목은 1970년대에 히트했던 노래 〈블루 라이트 요코하마〉의 가사에서 따온 것이다. 영화에서 〈블루 라이트 요코하마〉는 중요한 부속품이다. 이 노래는 아버지가 몰래 불렀던 노래이며, 어머니가 숨어서 들었던 노래다. 아버지는 며느리 앞에서 음악에 대한 자신의 취향을 이야기한다. 클래식을 좋아하고 비틀스와 마일스 데이비스까지는 인정할 수 있지만 힙합은 음악도 아니라고 평가한다. 음악에 대한 취향을 드러내는 대목은 병원 원장이었던 아버지의 허세를 드러내는 대목이기도 하다. 집에서는 병원 원장의 체면 때문에 슈퍼마켓 비닐봉지를 들고 다니지도 않고, 빨래도 빳빳하게 널지 않게 구겨버리는 성격이지만 다른 여자 앞에서는 사랑 노래를 불러주는 사람이다. 사람들에게 자신을 내세울 때는 클래식이나 마일스 데이비스가 좋지만 정작 사랑받고 싶을 때는 〈블루 라이트 요코하마〉를 부르는 아버지다. 〈블루 라이트 요코하마〉는 아버지의 길티 플레저였던 셈이다.

영화를 다 보고 나면 쓸쓸하다. 어머니의 삶도 아버지의 삶도 쓸쓸하다. 아버지가 〈블루 라이트 요코하마〉를 아무 데서나 부르고 다녔으면 어땠을까. 병원 원장이어도 〈블루 라이트 요코하마〉를 좋아할 수 있다고 자신있게 말할 수 있었으면 어땠을까. 어머니는 자신의 마음에 상처를 입힌 모든 일에 화를 냈으면 어땠을까. 혼자서 몰래 〈블루 라이트 요코하마〉를 듣는 게 아니라 그냥 대놓고 따졌으면 어땠을까. 그러지 못한 데는 다 이유가 있었을 것이다. 시간이 지나면서 그 이유는 바꾸거나 옮길 수 없는 생활이 되었을 것이다.

〈걸어도 걸어도〉의 모든 장면을 좋아한다. 하지만 마지막 몇 장면은 마음에 들지 않는다. 내가 감독이었다면 아마도 어머니와 아버지가 버스정류장에서 집으로 향하는 계단을 오르는 장면에서 끝냈을 것 같다. 어머니와 아버지가 사라진 계단을 마지막 화면으로 남겨두고 영화를 끝냈을 것 같다. 걸어도, 걸어도, 끝이 없는 이야기니까. 우리는 그 사람들을 잊고 있으니까. 두 사람을 남겨두고 우리는 잘 살고 있으니까. 인간은 역시, 상대방을 배려하기에는 지나치게 이기적인 동물이다. 타일을 고쳐주겠다고 큰소리 뻥뻥 치곤 낮잠만 자다 간 사위처럼 '1년에 한 번만 찾아와도 충분하겠지'라고 생각하는 아들처럼, 모두들 제 생각하기에 바쁘다. 그러니 남 신경 쓸 필요없다. 〈블루 라이트 요코하마〉가 마음에 든다면 마음껏 불러야 하고, 싫으면 싫다고 소리질러야 하고, 상처를 받았으면 따져야 한다. 어머니와 아버지는 그렇게 살지 않았지만 우리는 그렇게 살아야 한다. 말은 이렇게 했지만, 그러나, 정말, 솔직히, 잘 모르겠다. 어떻게 살아야 하는 건지.

인생에서 중요한 건
디테일이야

2009.07.16

〈걸어도 걸어도〉를 다 보고 나서 한없이 쓸쓸해져서 '정말, 솔직히,
잘 모르겠다. 어떻게 살아야 하는 건지'라고 생각하게 된 일산 변두
리 거주 고민남(39)에게.

1. 먼저 고민남의 절절한 심정에 감정이입하기 위해서 김범수의
〈슬픔활용법〉이라는 노래를 틀었습니다. 오늘은 장마가 시작된 지
사흘째 되는 날입니다. 하지만 누군가가 "지금 떨어진 그 빗방울부
터 장마가 시작되는 거야"라고 말해주는 것은 아니니 역시(일본영화
를 보고 나면 아무튼 이 말만 입에 붙는다니까요) 그 사흘째라는 건 제 쪽

의 일방적인 판단입니다(미안합니다만, 잠시 커피를 가져오겠습니다). 분위기 좋습니다. 뜨거운 커피를 한 모금 마시고 다시 한번 노래에 귀를 기울입니다. 소박한 의문 하나가 떠오르네요. 왜 이 남자는 슬픔까지 활용할 생각을 하는 것일까요? 설마 하나뿐인 지구를 살리기 위해서? 하지만 폐품 지경이 되어 재활용해야 할 건 지구가 아니라 노래 속의 남자군요. "너 때문에 못 쓰게 된 나"라고 절규하니까요. 여자 앞에서 까불다가 어디 뼈라도 분질러진 것일까요? 도대체 이 남자, 왜 못 쓰게 됐을까요? 어쨌든 오늘은 장마가 시작된 지 사흘째가 되는 날입니다. 그 하늘 아래 어딘가에 뼈라도 분질러졌는지 사랑하는 여자를 만나러 기지도 못하고, 슬픔을 활용해서 그녀를 눈앞으로 데려오는 정신승리법을 연마하는 폐품 남자가 있다고 해도 믿을 수 있을 정도로 어두운 구름들이 하늘을 가득 메우고 있습니다. 우리가 울고 웃는 사이에 세상은 다시 여름입니다. 봄에 죽은 누군가에게 이 여름은 그의 인생에 한 번도 존재하지 않았던, 그런 여름입니다. 만든 지 사흘 정도가 된, 완전히 새로운 여름이라고나 할까요. 그러니 당연합니다. 이런 여름, 정말, 솔직히, 어떻게 살아야 하는 건지, (대충남이 고민남에게 답합니다) 사실 저도 잘 모르겠습니다.

조언하자면 그냥 대충 살아요. 따지지 말고. 괜히 싫은 사람 찾아가서 싫다고 소리 지르지 말고, 상처 주는 인간들 앞에서 상처 헤집어 보여주지 말고. 〈블루 라이트 요코하마〉가 마음에 든다면 마음껏 부를 것 같지만, 그게 또 그렇지 않습디다. 대충대충, 부르게 됩디다. 지금 저는 김범수의 노래를 벌써 여섯 번째 듣고 있습니다. "너 때문에 못 쓰게 된 나라고"라며 나도 모르게 따라 부를 지경이군요. 이 여름도 그렇게 몇 번을 반복재생할 수 있다면 얼마나 좋겠습니까? 한 세 번째 재생될 때쯤이면 우린 알 수 있을 것입니다. 어떻게 살면 되는지. 하지만 인생이 재활용되는 거 본 적 있습니까? 우리 앞의 인생은 늘, 언제나, 만든 지 사흘 정도가 된, 완전히 새로운 인생이니까 다들 도대체 어떻게 살아야만 하는 것인지도 모른 채 우왕좌왕 좌충우돌의 삶을 살아가는 것 아니겠습니까? 그러므로 우리는 본디 이기적인 인간이 될 수밖에 없습니다. 고민남(39, 일산 변두리 거주)의 솔직한 고백처럼 아는 게 없기 때문에 싫으면 싫다고 소리 지르고, 상처를 받으면 꼭 따지고 드는 것입니다. 사람들이 이기적이라서 도대체 어떻게 살아야만 할지 알 수 없는 게 아니라 말입니다.

그러니 올바른 순서는 다음과 같습니다. 우리는 이 인생에 대해서 아는 게 없습니다. 그래서 우린 어쩔 수 없이 이기적입니다. 싫다고 소리칠 때조차 우리는 그게 과연 싫은 것인지 알지 못합니다.

(김범수가 고민남에게 답합니다.) "너 때문에 이렇게 산다고, 너 때문에 못 쓰게 된 나라고, 바보처럼 너를 미워할 핑계를 찾곤 했"던 시절이 다들 있었겠지만, 그렇게 말할 때조차도 우리는 그녀를 정말 미워하는 것인지 알지 못합니다. 그러니까 따지지 말고, 일단 살아요. 나중에 다 알게 될 거니까.

2. 분명히, 여기까지 읽고도 도대체 어떻게 살아야만 하는 것인지 모를 것 같아서 일부러 시간을 내어서 〈걸어도 걸어도〉를 보러 갔습니다. 빌어먹을 변신로봇들이 동네 상영관을 모두 점거하는 바람에 서울까지 가야만 했던 것인데, 고민남은 그 외진 동네에서 어떻게 이 영화를 보려고 마음먹었는지 궁금하더군요. 영화를 보다가 고민남이 말한 문제의 장면, 그러니까 할머니가 추억의 노래라면서 〈블루 라이트 요코하마〉를 틀어놓고 노래를 따라 부를 때, 저도 모르게 "마찌노 앙가리가 도떼모 끼레이네, 요코하마 부르 라이또 요코하마"라면서 흥얼거리게 되더군요.

그건 우리 어머니가 유일하게 남들 앞에서 불렀던 노래였기 때문이지요. 그때가 우리 어머니 마흔다섯 살 때의 일입니다. 나중에 어머니 칠순 잔치에 저는 직지사 관광호텔 뷔페 무대에 올라 그 노래를 불렀습니다. "이건 어머니에게 배운 유일한 노래입니다"라고 제가 그 곡을 소개했지요. "걸어도 걸어도 작은 배처럼 나는 흔들리고 흔들려 당신의 품속." 그 노래를 부르는데 제가 처음 그 노래를 들었을 때, 어머니가 얼마나 젊었는지 떠올랐습니다. 그러다가 문득 다음에 그 노래를 들을 때, 저는, 그리고 어머니는 어디서 무엇을 하고 있을지 궁금하기도 하고 두렵기도 했는데, 결국에는 그처럼 유쾌하고 즐거운 영화에서 듣게 된 것입니다. 2009년의 여름은 김범수의 노래로 기억될까 싶었는데, 역시 〈걸어도 걸어도〉로 떠올리게 되겠군요.

이번 여름이 시작되기 전에 저 역시 고민남처럼 거대한 질문을 안고 있었습니다. 세상은 과연 점점 나아지는 것인가? 여긴 조금 더 살 만한 가치가 있는 곳인가? 이 질문에 대해서는 고민남이 답해줬으면 좋겠습니다. 어쨌든 저는 〈걸어도 걸어도〉를 보면서 잠시 그런 질문 같은 건 잊을 수 있었습니다. 그건 백일홍과 노란 나비와 수건 위에 놓인 세 자루의 칫솔과 뒤늦게 산 RV와 타일이 떨어져나간 목욕탕과 늙은 참치집 주인이 자꾸만 내놓는다는 참치 뱃살 같은 것들 때문이었습니다. 그 섬세한 디테일들은 우리 인생이 얼마나 복잡하게 얽혀 있는지, 사랑했던 시절들이 어떻게 사물에 달라붙는지, 그리고 나중에 그 사물들이 우리에게 어떤 식으로 사랑을 다시 환기시키는지 잘 보여줍니다.

누군가가 어떻게 살면 좋겠느냐고 물을 때마다 대충 대답합니다만, 몇 년에 한 번 우연히 〈블루 라이트 요코하마〉를 들을 때마다 저는 잘사는 방법이 뭔지 알 것만 같습니다. 사물에 담긴 추억으로 우리는 같은 인생을 여러 번 살아갈 수 있습니다. 이로써 디테일이 왜 영화뿐만 아니라 우리의 삶에서도 그토록 중요한지 알 수 있습니다. 인생의 여러 가지 일들이 이런 식으로 재활용되는 것이라면 (딱히 고민남이 그렇다는 건 아닙니다만) 폐품 인생한테도 구원이 있지 않겠습니까? 그러니 너 때문에 이렇게 산다고 욕하지 맙시다.

물어도 물어도…
답은 얻지 못하리

2009.07.23

1. 미남 고민남 고민 상담한 안미남 상담남 고민 해결한 미남 고민남

안녕하세요, 저는 일산 '변두리'에 거주하는 미남 고민남(39·소설가)입니다. 일산 '중심부'에 거주하는 안미남 김연수 작가님(40·소설가)께서 보내주신 상담글은 잘 읽었습니다. 사실 제 고민 사연은 〈한겨레〉 esc 지면의 '김어준의 그까이꺼 아나토미'에 보냈던 것인데, 착오가 있었나봅니다. 〈한겨레〉와 〈씨네21〉이 같은 건물에 있기 때문에 생긴 착오가 아닌가, 저 혼자 추측하고 있습니다(설마 제 고민 사연을 가로챈 건 아니겠지요?). 원하는 분께 상담을 받지 못하여 실망이 크긴 하지만 김연수 작가님도 인생 좀 살아보신 분이라니(저보다는

무려 1년이나 더 살아보신 분이라니) 뭔가 도움이 되지 않을까 싶어 열심히 글을 읽었는데, 이게 뭡니까, 대충 살라니요. 따지지 말고, 일단 살라니요, 나중에 다 알게 된다니요. 김연수 작가님, 실망이 큽니다. 저로 말할 것 같으면 39년 동안 너무 대충 살아서 "이름을 DC KIM(대충 김씨)으로 바꾸는 게 어떻겠냐"는 제안을 받을 정도였으며, 텔레비전 프로그램 제목도 대충 보는 바람에 〈대추나무 사랑 걸렸네〉를 〈대충나무 대충 걸렸네〉로 읽어 주위 사람들을 당황케 하기도 했습니다. 이거 보십시오, 돈 받고 쓰는 글도 이렇게 대충 쓰고 있지 않습니까. 영화 이야기는 꺼내지도 않고 벌써 원고지 3매 채웠습니다.

김연수 작가님은 언행일치를 몸소 실천하는 분이 아닌가 싶습니다. 대충 살라더니, 자신도 대충 살더군요. 고민을 해결해주는 척하면서 은근슬쩍 고민남에게 자신의 고민을 상담 받으려 하다니, 정말 돈 받고 쓰는 글을 이렇게 대충 써도 되는 것입니까. 아무튼 저에게 질문하셨으니 저도 답변을 해드리렵니다. 질문은 이랬지요. 세상은 점점 나아지는 것인가? 여긴 조금 더 살 만한 가치가 있는 곳인가? 답이야 간단합니다. 답은 없습니다. 이것은 질문으로만 존재가 가능한 질문입니다. 세상에는 두 가지의 질문이 있지요. 답과 함께 짝패를 이루는 질문이 있는가 하면, 질문으로만 존재가 가능한 질문이 있습니다. 두 번째 종류의 질문은 답을 얻는 순간 질문이 사라지기 때문입니다. 아, 제가 너무 진지했지요. 대충 살아야 하는데, 잠깐 딴생각을 하다보니 너무 진지했습니다. 죄송합니다. 앞으로 서로의 고민은 각자 알아서 풀도록 하는 것은 어떨까요. 이상 변두리에서 대충 김씨였습니다.

2. 삶은 우연과 필연이 뒤섞인 혼돈

태어나서 한 번도 상담 같은 걸 받아본 적이 없다. 누군가의 고민을 열심히 들어준 적도 없고, 누군가에게 내 고민을 털어놓은 적도 거의 없다. 고민을 잘 듣지 못하니, 고민 얘기 하기도 미안한 거다. 내 고민 얘길 잘하게 되면 남의 고민도 잘 듣게 되려나. 상담의 중요성은 알고 있다. 어깨에 짊어진 짐이 아무리 무겁더라도 누군가에게 얘기하고 나면 한결 가벼워진다. 그 어떤 초특급 비밀이라도 누군가에게 발설하고 나면 별것 아닌 것처럼 느껴지기도 한다. 상담이 한 사람의 목숨을 살리기도 한다. 가끔은 나도 상담 같은 걸 받아볼까 싶은 마음이 들다가도 '에잇, 그 돈으로 김연수랑 술이나 마시자' 싶은 마음이 들고 실제 술을 마신다. 술을 마시다보면 고민은 온데간데없어지고—물론 해결되는 게 아니라 뒷전으로 밀리는 거다—결국 남는 건 두통과 속쓰림뿐이지만 고민 얘기할 친구가 있다는 사실을 확인한 것만으로도 본전은 건진 게 아닌가 싶다(라고 위안해야지).

사람들은 결정적인 선택을 해야 할 때 상담을 필요로 하는 것 같다. 어떻게 할지 모르는 거다. 이거냐 저거냐, 이 길이냐 저 길이냐, 이 사람이냐 저 사람이냐, 갈 거냐 말 거냐, 죽을 거냐 말 거냐. 그래서 사람들은 묻고 또 묻고, 점집에도 가보고, 종교에도 의지하고, 그러는 게 아닌가 싶다. 그런데 우리는 과연 올바른 선택을 할 수 있는 걸까. 더 많은 사람에게 물어보면 더 나은 선택을 할 수 있는 걸까. 아니, 문제는 그게 아닐 수도 있다. 정작 우리가 며칠 밤을 새우며 고민하는 선택의 갈림길들이 훗날 돌이켜보면 별것 아닌 것일 수도 있다. 우리가 아무렇지도 않게 선택한 것이 엄청난 파장을 몰고 올 수도 있다. 우리가 그 결과를 어떻게 알 수 있겠나.

샘 레이미 감독의 최근작 〈드래그 미 투 헬〉을 보며 그런 생각이 짙어졌다. 주인공 크리스틴은 정말 별것 아닌 일로 저주를 받고, 삶이 꼬인다. 대출 연장을 신청한 집시 노파의 부탁을 거절하며 모욕을 주었다는 게 이유인데, 내가 보기엔 모욕도 아니다. 단순한 선택이 만들어낸 최악의 결과다. 우리가 사는 이 세상이 원인과 결과로 이루어진 합리적 세계라면 좋은 원인에는 좋은 결과가, 나쁜 원인에는 나쁜 결과가 따라붙는 단순한 세계라면 우리가 어떻게 살아야 할지는 분명하다. 잘 살면 된다. 좋은 원인만 만들면 된다. 하지만 삶이란 일직선도 아니고 원인과 결과가 분명한 것도 아니고 우연과 필연이 아무렇게나 뒤섞인 혼돈일 뿐이다. 우리의 선택은 아무런 의미가 없을지도 모른다. 그러니 지난 칼럼에서처럼 다시 묻게 된다. 정말, 솔직히, 모르겠다. 어떻게 살아야 하는 건지. 역시 김연수 작가의 충고처럼 대충 사는 것 말고는 길이 없는 건가.

나는 〈드래그 미 투 헬〉이 즐겁지 않았다. 〈이블 데드〉 시리즈를 도대체 몇 번이나 보았는지 브루스 캠벨의 표정까지도 기억하며 모든 장면에 열광했던 나인데, 샘 레이미의 귀환은 너무 싱거웠다. 예전에 비해 장난도 덜했고, 까무러치게 웃기는 장면도 적었다. 거장인 건 알겠지만 장르 특유의 쾌감에 좀더 충실했으면 좋았을 텐데라는 아쉬움이 크다. 무엇보다 가장 싱겁고 허무했던 것은 결말이다. 튀어나오는 내장들과 똑, 똑, 으스러지고 부러지는 뼈들과 나부끼는 핏자국에 놀라면서도 배꼽을 붙잡고 낄낄거리며 몇 번을 다시 볼 수 있었던 것은 해피엔딩(이라고 하기엔 뭔가 쑥스럽고, 해피엔딩 비슷한 결말)이었기 때문이다. 원인이야 어쨌든 결과는 해피엔딩이고, 적들이야 어쨌든 우리는 승리할 거라는 걸 알고 있으니까 웃을 수 있었던 거다. 나도 안다. 현실은 〈이블 데드〉보다 〈드래그 미 투 헬〉에 가깝다는 것을. 원인을 훌쩍 뛰어넘는 해피엔딩보다 원인과는 아무런 상관없는 끔찍한 엔딩이 우리의 현실이라는 것을, 나도 알고 있다. 너무나 잘 알고 있다. 그래서 하는 말이다.

영화 〈레인〉에서
내리는 비를 보며
세상에 대한 고민의
대답을 들은 듯

2009.07.31

벌써 알고 지낸 지가 햇수로……, 그게 그러니까 몇 년이더라? 아무
튼 까마득한 사이인데 내가 왜 몰랐겠는가? 내가 6학년4반이고, 중
혁이가 6반이었던 시절부터 나는 그가 좀 예술가 스타일이라는 사
실을 눈치챘다. 특히 심각한 질문을 던질 때마다 6반 친구는 예술
가적인 답변을 내게 들려준다. 예술가적인 답변이 어떤 것이냐면,
음, 그러니까 우리 정겨운 '시오이엔' 코언 형제를 예로 들면 좋겠다.
다음은 〈위대한 레보스키〉를 찍고 난 뒤에 가진 인터뷰.

Q: 뉴요커를 주인공으로 마리화나 상용자 영화를 만들 순 없으셨나요?

A: 아마 다른 영화가 나오겠죠……. 네, 아주 다를 거예요. 아마도 좀더 폭력적인……. 아니, 그렇지 않을 수도 있고요!

Q: 버니 레보스키와 독일 갱들 사이의 관계는 정확히 무엇인가요?

A: 그저 포르노영화를 함께 만들었다는 것뿐이죠……. 네, 그저 포르노영화.

Q: 그럼 그들은 납치를 공모한 게 아니죠?

A: 음, 한 건가? … 음, 아니, 난 그렇게 생각하지 않아. …… 어쩌면? …… 아니야, 그렇지 않아.

요컨대 폭력적일 수도 있고 그렇지 않을 수도 있으며, 납치를 공모한 것이기도 하고 그렇지 않기도 하다는 대답이다. 무릇 예술가처럼 보이려면 모든 진지한 질문에 대해서 이렇게 대답해야만 한다. "세상은 점점 나아지는 것인가? 여긴 조금 더 살 만한 가치가 있는 곳인가?" 이런 질문에 대한 예술가스러운 대답은 다음과 같다. "답은 없습니다. 이것은 질문으로만 존재가 가능한 질문입니다." 어떤 질문을 던져도 이런 답이 돌아올 것이다(지금 심각하게 의문이 드는 것은, 어쩌면 '시오이엔' 코언 형제도 '진짜' 몰랐던 게 아닐까? 그렇다면 이 6반 친구도 혹시?). 어쨌거나 예술가처럼 말하려면 "이번 소설은 좀 대중적이라고 볼 수 있나요?"라고 누가 물을 때, "음, 아무래도 대중적이겠지만, 어떤 점에서는 상당히 비대중적이랄 수도 있어요"라고 대답하는 게 포인트다(나는 이런 거 연습하는 사람이고, 6반 친구는 이런 게 그냥 되는 사람이다. 억울하다).

하지만 다음과 같이 말하는 사람이 있다면 착하다고 해야 할까, 순진하다고 해야 할까. "우리가 만드는 모든 영화의 주제는 '사람이 바뀔 수 있을까?'이다. 거기에 대한 답은 아주 드물고 어렵긴 하지만 그렇다는 것이다." 나는 이 문장에서 '아주 드물고 어렵긴 하지만'이라는 전제가 무척 마음에 든다. 기나긴 친교의 역사적 경험에 비춰 6반 친구에게 내 의문에 대한 해답을 구하기는 글렀다고 비관하던 어느 날, 나는 관련문헌(이라기보다는 그냥 책상 위에서 뒹굴던 〈씨네21〉)을 열심히 뒤적이다가 위의 문장을 발견했다. 영화 〈레인〉을 찍은 아녜스 자우이 감독의 말이었다. 예술가처럼 말하려면 "사람은 절대 바뀌지 않아요. 아니, 하긴 바뀌는 사람들도 있긴 하지만"이라고 대답해야만 할 텐데, 이 감독은 '아주 드물고 어렵긴 하지만'이라는 말을 방패 삼긴 했어도 순진하게도 "그렇다는 것이다"라고 말해준 것이다. 심각한 질문에 대한 답을 구하기가 이토록 어려운 시대에 이렇게 대답해주니 얼마나 고마운가. 내가 6반 친구의 대답은 기다릴 생각조차 하지 않고 〈레인〉을 보러 간 건 이 문장 때문이었다.

예술가들이 어떤 질문에 애매한 답변으로 말끝을 흐리는 건 시시껄렁한 질문에는 불성실한 태도로 일관해야만 한다는 업계의 규약 같은 게 있기 때문은 절대로 아니다. 아녜스 자우이의 말을 빌리자면, 내가 쓰는 모든 소설의 주제는 '우리는 왜 당장 죽지 않고 그토록 오래 살아가는가?'라는 것이다. 그 질문에 대해서 답을 구하기 위해 사람들이 살아가는 방식을 자세히 살펴보면 살펴볼수록 해답은 오리무중이다. 6반 친구의 말처럼 해답은 애당초 없는 것처럼 보인다. 이렇게 해서 애당초 원대한 포부와는 달리 이도 저도 아닌, 상당히 어정쩡하고 어물쩍하게 끝나리라는 걱정이 들 즈음에 예술가가 수습이라고 하는 일이 대충 괜찮은 그림 하나를 보여주는 것이다. 도저히 해석할 수 없는 멋진 풍경 같은 것이라면 제일 좋겠다. 하늘에 턱 하니 걸린 보름달을 묘사한다든지, 그게 아니라면 노을을 보여준다든지. 믿기지 않겠지만, 내 경험에 비춰보면 그런 '본격 예술'적인 이미지들은 대개 그런 식으로 만들어진다.

올여름 비 참 많이 내렸는데, 요즘 내게는 비라는 게 꼭 그런 것이더라. '사람은 바뀔 수 있는가?'라는 궁금증을 해결하기 위해서 찍었다는 〈레인〉을 보면 인간이라는 게 얼마나 바뀌기 힘든 것인지 여실하게 느껴진다. 성공한 페미니스트 작가처럼 보이지만 아가테는 사실 여전히 독불장군 같은 언니로 살고 있다. 20년째 입으로만 걸작 다큐멘터리를 만드는 미셸은 또 어떤가? 엄마 때문에 화가 난 카림의 얼굴을 보노라면 어린 시절의 표정도 고스란히 보이는 것 같다. 시간이 지나면 모든 게 달라질 것이라고는 말하지만, 아무리 봐도 달라지는 건 하나도 없는 것 같다. 어쩌면 이게 바로 아녜스 자우이 감독이 말한 '아주 드물고 어렵긴 하지만'의 의미일 것이다. 프랑스의 풍경을 찍어야 한다는 미셸의 주장에 산꼭대기까지 올라갔다가 비에 쫄딱 젖어버린 아가테의 꼴이 그녀의 변치 않은 모습이라고 감독은 말하는 것 같다.

마찬가지로 나는 세상이란 살면 살수록 힘들어지는 곳이라는 사실을 최근에야 알게 됐다. 이렇게 오래 살지 않았더라면 절대로 몰랐을 진리다. 하지만 이런 세상에 비라는 게 내린다. 시간당 30mm씩, 잘도 내린다. 영화에서, 또 현실에서 내리는 비를 보면서 나는 속으로 "이건 반칙이야!"라고 외쳤다. 바뀌는 것은 하나도 없는, 찌질하기만 한 우리의 모습을 시종일관 비춰주다가 갑자기 내리는 비를 보여주면서 모든 걸 무마시키다니. 그래놓고서는 '아주 드물고 어렵기는 하지만' 사람은 바뀌는 것이라고 결론내리다니. 역시 아녜스 자우이도 예술가였단 말인가? 이런 식으로 얼렁뚱땅, 그런 것 같기도 하고 아닌 것 같기도 한 상황으로 넘어가려고 하다니. 그런 게 예술가의 일이라면 우리의 인생은 또 누구의 작품이기에 이 모양일까? 역시 이런 질문에도 메아리는 없고, 다만 비만이, 그런 것 같기도 하고 아닌 것 같기도 한 빗줄기만이, 예술영화의 마지막 장면처럼, 애매하게, 모호하게, 잘도 내린다. 그 비만 보는데도 나는 대답을 들은 것처럼 마음이 흡족해지니 이건 또 무슨 조화인지 모르겠다(이른바 예술관객? 켁).

인간이란 동물에
"의심이 들어요"

2009.08.06

한동안 시시껄렁한 이야기로 칼럼을 도배하는 바람에 국내 최고의 잡지 〈씨네21〉의 품위를 손상시키던 김연수와 내가 이제는 매회 '어떻게 살아야 하는가?' '세상은 점점 나아지는 것인가?'와 같은 심하게 철학적인 주제에 대해 토론하는 걸 보면, 아녜스 자우이가 영화를 만들면서 던졌던 질문 '사람이 바뀔 수 있는가?'는 이미 답이 나온 셈이다. 사람은, 칼럼은, 바뀔 수 있다. 아녜스 자우이는 '아주 드물고 어렵긴 하지만 사람은 바뀔 수 있다'고 했지만 우리는 뭐, 별로 어렵지 않던데……. 그게 문제이긴 하다. 나는 바뀌었다고 생각하는데, 사람들은 전혀 모를 수도 있고, 사람들은 날더러 바뀌었다고 하는데, 나는 아니라고 생각할 수도 있다. 나는 하나도 바뀌지 않았는데, 사람들이 날더러 변했다고 하는 바람에 내가 화를 내며 딴사람처럼 행동하자, 사람들이 "어라 이 자식 뭐야 하나도 안 변했네"라고 말하면, 다른 사람으로 변해버리는 내가 실은 바뀌지 않은 내 모습이라는 것이고……, 워워, 그만하자.

객관적 기준이 없는데 바뀌었는지 아닌지를 어떻게 평가하나. 예전부터 '인간측정기준표' 같은 게 있으면 좋겠다는 생각을 했다. 인간을 숫자로 측정하는 거다. 이거 은근 재미있을 것 같지 않나. 우선 김중혁을 기계에 넣어보자. 만점은 10점이다. 외모지수 7, 대인관계지수 8, 소설 쓰는 능력 6, 목소리 7, 뒤끝지수 9, 배려심 3……. 아무렇게나 막 적어놓은 것 같지만 모든 지수에는 객관적 근거가 있다. 외모지수는 눈썹, 눈, 코, 입, 귀의 이상적인 비율과 눈꼬리의 각도, 주름의 개수, 콧날의 각도 등을 기준으로 한 것이며 대인관계지수는 1분당 상대방에게 말한 단어의 개수, 상대방의 이야기를 들을 때의 표정 변화, 발신전화와 수신전화의 통화시간 비교, 발신전화 횟수와 수신전화 횟수의 비교분석, 수신전화 거부 횟수 등의 과학적인 자료를 토대로 한 것이며 소설 쓰는 능력은 한 쪽당 쓰인 부사와 형용사의 개수를 확인한 다음…… 워워, 그만하자.

이렇게 다각적인 분석 자료로 점수를 매긴다면 10점 만점에 10점을 받는다는 것은 불가능한 일이며, 박진영씨도 그걸 알았는지 오직 외모만을 평가하여 〈10점 만점에 10점〉이라는 노래를 작사하게 된 것이다. 이렇게 인간을 측정하다보면 〈씨네21〉의 20자평처럼 별점을 매길 수도 있을 것 같다. 말 나온 김에 김연수의 별점을 한번 매겨보자.

〈인간 김연수〉

김중혁 술자리에서 잠드는 후반부만 빼면 유쾌하다. 사십대가 더욱 기대되는 인간

★★★★

주위 사람들에게 인간 김연수의 별점을 매겨달라는 부탁을 할까 하다가 별점이 적게 나오면 흥행에 성공하는 인간이 될 거라는 착각을 할지도 몰라서 (혹은 별 다섯 개가 많이 나오면 내가 샘낼지도 모르니까) 관두기로 했다.

인간을 숫자로 파악하려는 시도는 아주 오래전부터 있어오긴 했다. 점수를 매기는 건 아니지만 이슬람교 수피파 신비주의자들은 에니어그램이라는 이론을 통해 인간을 9가지 유형(참고로 저는 4번 유형)으로 나누었다. 에니어그램을 신봉하지는 않지만 에니어그램 책

을 읽다보면 주변의 인간을 이해하는 게 좀더 쉬워지며 때로는 나
자신을 이해하는 계기가 되기도 한다. 인간이란 게 아무리 복잡해
보여도 고작 9가지 유형이라는 사실에, 나는 묘한 쾌감을 느꼈다.
한때는 사람을 만날 때마다 속으로 '아, 저 사람은 5번, 저 사람은 7
번 유형' 이러면서 인간을 분류하기도 했다. 스스로의 사람 보는 눈
에 감탄하기도 했다. 어릴 때 얘기다. 지금은 안 그런다. 살아가면
서, 사는 게 그렇게 단순하지 않음을 점점 깨닫고 있다. 인간이란
게 역시, 힘든 텍스트구나, 새삼 느끼고 있다.

　인간을 지나치게 단순화시키지만 않았더라면 〈킹콩을 들다〉는
재미있는 영화일 수 있었다. 유니폼에서 학교 이름을 떼어내고 선
생님 이름인 '이지봉'을 적어 넣는 장면에서는 손발이 오그라들었고
(난 자꾸만 '이거봉으로 잘못 쓰면 어쩌지'라는 생각이 들어 혼자 몰래 웃었다)
상여를 메고 가다가 번쩍 들어올리는 장면에서는 낯뜨거워 눈을 감
고 말았지만 괜찮은 코미디가 의외의 장소에 매복해 있었고 연출의
호흡과 배우의 연기는 부드러워 자연스러웠다.

　문제는 모든 등장인물이 너무 단순하다는 것이었다. 마치 등번호
를 배정하듯 각 인물들에게 성격 하나씩을 부여한 다음 다른 성격
으로의 이전은 불가능하도록 만들어두었으며 폭력교사는 폭력교사
로서만 존재하고, 착한 교사는 착한 교사로만 존재하여 (아, 교장은

좀 웃겼다. 박준금의 놀라운 연기!) 사람은 절대 바뀔 수 없다는 진리를 알려주려는 듯했다. 한번 폭력을 행사한 사람은 영원히 폭력에서 벗어날 수 없으며, 악은 영원한 악으로 남는 것인지도 모른다. 그게 진리인지도 모르겠다. 사람은 쉽게 바뀌지 않으니까, 인간은 9가지 유형으로 나눌 수 있을 정도로 단순한 동물이니까. 과연 그런가. 정말로 그러한가.

올해 본 영화 중 가장 기억에 남는 장면은 〈다우트〉의 마지막 신이다. 인간이란 게 말도 못 하게 단순한 동물이라는 생각이 들 때마다 나는 메릴 스트립의 마지막 대사를 떠올린다. 철의 여인이자 징벌의 힘을 믿는 메릴 스트립이 의자에 앉아 내뱉는 마지막 대사 한마디는 그 어떤 장면보다도 나를 생각하게 만든다. (여러 가지 버전으로 해석이 가능할 테지만) "의심이 들어요." 사람이 만약 바뀔 수 있는 거라면, 마음속에 무수히 많은 '의심'들이 쌓이고 쌓여서 그 의심을 어떤 식으로든 풀지 않으면 안 되는 처지에 놓였을 때에야 가능한 것이리라. 나는 그 의심이야말로 인간을 가장 복잡하게 만드는 것이 아닌가 싶다. 자신을 의심하지 않는다면 인간은 절대 바뀔 수 없다. 김연수가 '세상이란 살면 살수록 힘들어지는 곳이라는 사실을 최근에야 알게 됐다'고 했는데 나는 최근에야 '인간이란 알면 알수록 알기 힘든 동물'이라는 사실을 알게 됐다. 내가 예술가라면

'인간을 알 것 같기도 하고, 모를 것 같기도 해요'라고 말해야겠지만 난 인간을 잘 모르겠다. 김연수가 예술관객이라면, 나는 외계인? 켁.

생지옥 서울을
또 보고 말았어

(사람이 바뀌었거나, 그래서 김중혁이 외계인이거나 말거나) 그래도 한글학
회에서 맞춤법이라는 걸 만들어주셨으니 얼마나 다행이냐. 만약 우
리가 지금도 소리 나는 대로 글을 썼다면, 올해 본 영화 중에서 김
중혁에게 가장 인상적이라는 대사의 뜻은 완전히 달라졌을 것이다.
"의심이 덜어요." 그러니까 〈다우트〉에 나온 메릴 스트립의 대사 말
이다. 중혁이랑 내가 어릴 적에 살던 동네에서는 가능하면 아기에게
은희라거나 승현 같은 이름을 지어주지 않는 게 상식이었다. 엄마
아빠도 제대로 발음하지 못할 이름을 지어서 어떻게 하겠는가? 중
혁의 이름이 증혁이었다고 생각해봐라. 경상도에서는 그런 이름 제

대로 부를 사람이 거의 없기 때문에 따돌림당하기 십상이다.

이건 뭐, 어린 쥐도 아니고 어른 쥐도 아니고, 경상도에서 태어 났다는 이유만으로 지금까지 그냥 체념하고 살았다. 그러다가 최근 들어서 표준어를 연마하기로 결심했다. 세 가지 이유가 있다. 우선 이제 내가 고향에서 산 기간과 고향을 떠나 산 기간이 같아졌다. 앞 으로도 낙향할 생각은 없으니 이제 나는 경상도 출신이라기보다는 경기도 주민에 가깝다. 둘째로, 작년에 여행 다큐멘터리를 찍다가 겪은 수모 때문이다. 몽골에서 나무 안장에 앉아 말을 타고 들판을 달린 뒤에 소감을 밝힌 일이 있었는데, 제작진은 그걸 자막으로 처 리했더라. "생각보다 성취감이 좋았어요." 이 뭥미? 보다가 좀 화끈. 나는 분명히 승차감이 좋았다고 말했건만. 그 일이 있고 나서 내레 이션 녹음할 때, 우리 PD님께서 작가님께 소리쳤다. '으' 발음이 들 어가는 단어는 모두 다른 단어로 바꿔주세요.

결정적으로. 미디어법을 초딩 반장 선거만도 못한 찌질한 불법행 위로 통과시키고 난 뒤에 민주당 의원들이 이미 부의장이 투표 종 결을 선언했다고 항의하자, 단상에서 누군가 외치는 소리를 들었기 때문에. "안 했어!" 사회화가 덜된 일곱 살짜리 외동아들의 억지(쥐 박을까?—사투리 아님)를 연상시키는 그 경상도 억양을 듣는 순간, 나 는 결심했다. 이제부터 경상도 사투리를 꿈에서도 쓰지 않으리. 어려울 것 없다. '적석 떡볶기' 따위는 주문하지 않으면 되는 일이고, '삼성 성리'를 외치며 그 팀을 '영원'하지 않으면 그만이다. 마지막으로 경상도 사람들에게 간곡하게 부탁하고 싶다. 자기 동네에서 생긴 '써레기'는 자기 동네에서 처리하자. 자꾸 서울, 그것도 여의도로 올려 보내지 않았으면 좋겠다. 4시간만 자고 공부하면 미래의 아내 얼굴이 바뀐다는 급훈도 있다던데, 기표소에 들어가서 제대로 찍으면 다음 대통령 얼굴이 바뀐다는 걸 명심하자.

어쨌든 이런 판국이었으니까 〈해운대〉를 보러 갈 때는 산더미 같은 해일이 해운대를 싹쓸이하는, 말 그대로 블록 단위로 버스터하는 영화를 기대했다. 그런데 〈해운대〉는 전혀 그런 영화가 아니었고, 뜻밖에도 사투리가, 그 사투리가, 정치인의 언어로는 절대로 사용하지 못하게 만드는 법안을 직권상정하고픈 그 경상도 사투리가 너무 정겨워서 그만 크하하, 우헤헤 웃어버렸다. 그렇다, 사투리는 무죄였던 것이다. 내가 가장 많이 웃었던 장면은 만식이가 샴푸를 빨아 먹고 '엉급실'로 실려 갈 때. 친구들이 간호사들에게 외친다. (이걸 올해 내가 본 영화 중에서 가장 기억에 남는 장면이라고 말하면 어떨까?) "엄독이에요." 게다가 하지원의 "오빠야"는 내 안에 감춰진 어떤 노스탤지어를 자극하다 못해서 마구 긁어대더라.

〈해운대〉는 정말 사실적인 블록버스터였다. 끊어진 고압선이 물에 닿자, 사람들이 버둥거리며 죽는 장면에서 어린 시절 냇가에서 어른들이 자동차 배터리로 붕어를 잡던 기억이 떠오르더라("그때 뎀 뿌라해서 고기 마이 묵었지."). 게다가 선악의 구조가 명확했다. 서울말을 쓰는 놈들은 나쁜 놈들, 부산말을 쓰는 분들은 좋은 분들. 해저 지진을 연구하는 김휘(박중훈)나 그의 아내 이유진(엄정화)이 결국 죽는 까닭은 아무리 생각해도 그 사람들이 서울말을 썼기 때문이라는 생각이 든다. 여기까지는 전 세계를 강타할 수 있는 블록버스터의 조건을 모두 갖춘 것처럼 여겨졌다.

하지만 어쩔 수 없이 옥에 티가 남았으니, 그건 부산 사투리를 쓰는 구조 요원이 서울말을 쓰는 요트남을 구해주는 장면이었다. 헬기에 매달린 구조 로프는 두 사람의 무게를 이기지 못하고 끊어지기 직전이다. 그런 상황에서 둘 중 한 사람이 죽어야만 한다면 누가 죽는 게 옳은가? 블록버스터라면 마땅히 서울말을 쓰는 요트남을 떨어뜨렸어야지. 실수로 줄을 잘못 끊는 한이 있어도. 하지만 둘 중 한 사람이 죽는다면 그 중 착한 사람이 죽어야만 한다는 사실을 보여줬으므로 이 영화는 너무나 사실적인 영화가 됐다. 그 장면을 보고 나는 미치는 줄 알았다. 둘 중 한 사람이 죽어야만 한다면 착한 사람이 죽어야만 하는 영화는 이제 다시 보고 싶지 않다. 그런 건 올해 너무나 충격적으로 현실에서 목격했기 때문에 영화에서 또 보니까 상처만 깊어진다. 게다가 그 영결식 장면이라니. 이런 점 때문에 〈해운대〉는 외국인들이 이해하기 몹시 어려운 영화가 됐다. 둘 중 하나가 죽어야만 한다면 착한 사람이 죽어야만 한다는 점은 키르케고르의 철학만큼이나 염세적이며, 더 좋은 상가를 마련해주겠다는데 천막에서 장사하는 상인들이 반대하는 장면은 러다이트운동보다도 과격하게 느껴질 테니까.

〈해운대〉에서 가장 부러웠던 장면은 상가번영회 사람들이 바닷가에서 소주를 마시던 모습이었다. 거기가 자신들이 태어났고 또 평생 살아갈 터전이라고 말할 수 있다는 것만으로도 그들은 행복할 것이다. 거기에 비하면 지금 서울은 생지옥으로 변해가는 것 같다. 불법시위를 그렇게 싫어하던 서경석 목사님마저도 도로 점거를 하게 만드는 게 이 메트로서울의 뉴타운 정책이 아니던가?(자본에 무슨 눈깔이 달렸겠습니까, 목사님?) 1960년대에 〈서울은 만원이다〉라는 소설이 나왔다. 개나 소나, 착한 사람이나 나쁜 놈이나 모두 서울로 올라왔으니 만원이라는 얘기다. 그런데 이제 소설을 쓴다면 〈서울은 생지옥이다〉라는 제목이 어울릴 것 같다. 이웃의 불행에 민감한 사람과 둔감한 사람 중에서 둘 중 하나가 서울을 떠나야만 한다면, 민감한 사람들이 떠나야만 한다는 점에서 말이다. 하지만 더욱 안타까운 건 이웃의 불행에 둔감하다고 해서 모두 서울에 남을 수 있

는 건 아니라는 점이다. 무엇보다 돈이 몇십억 정도 있거나, 아무 조
건 없이 그런 돈을 빌려줄 스폰서가 주위에 한 명쯤은 있거나. 영화
하나 보고 별 생각 다 한다. 워워, 그만하자.("근데 이건 유행어냐?")

'소통 불량자'라면
공감 백배

2009.08.20

지금 이 시각에도 불철주야 표준어를 연마할 김연수를 생각하면 웃음이 절로 난다. 새하얀 모나미 볼펜을 가로로 물고 '가갸거겨고 교구규'를 외치고 있을까(오호, 입술 사이로 질질 흐르는 침이 보이는구나), 아니면 표준어 선생님이 회초리를 들고 있다가 김연수가 사투리로 말할 때마다 입술을 내려치는 것은 아닐까(오호, 이미 도톰하게 통통 부은 섹시한 입술이 되어 있으려나), 아무튼 어떤 방식으로든 표준어를 연마하는 것은 꽤 재미있는 구경거리일 텐데 놓치니 아쉽다. 어떤 방식이든 효과가 있다면 나도 한번 도전해보고 싶기도 하다. 나도 사투리를 쓴다. 김연수만큼은 아니지만 대화를 시작한 지 5분

정도 지나면 "고향이 경상도쪽이죠?"라는 말을 들을 정도다(참고로, 김연수는 30초 만에). 놀라운 것은 이런 어정쩡한 발음으로 인터넷 문학 라디오인 '문장의 소리'에서 DJ를 맡고 있다는 것인데(부정확한 경상도 사투리로 방송하는 라디오를 듣고 싶다면 다음 주소로 오세요. http://radio.munjang.or.kr 이상 광고) 방송을 할 때마다 가장 힘든 것은 사람을 만나는 일도 아니고, 방송울렁증 때문도 아니고, 발음할 때마다 '어'와 '으'를 구분해야 하는 것이다. 누군가의 (하나 마나한) 분석에 따르면 경상도 사람들이 '어'와 '으'를 구분하지 못하는 것은 입을 크게 벌려서 발음해야 하는 단어인데도 입을 크게 벌리는 걸 귀찮아할 정도로 성격이 급하기 때문이라는데, 그런 점에서 영화 〈해운대〉의 '엉겁실' 장면에서 간호사가 '엄독'이라고 발음한 것은 입을 크게 벌리기도 힘들 만큼 긴박한 상황임을 보여주기 위한 감독의 의도적인 선택이 아닐까 싶다는 하나 마나한 분석을 나도 해봤다.

김연수는 내가 '증혁'이 아니라 '중혁'이라는 이름을 달게 된 것은 따돌림당하는 처지를 면하게 하려는 부모님의 아들 사랑 때문이라고 결론을 내렸지만, '중혁'이라는 이름이 발음하기 쉬운 건 아니다. 자꾸 중역이 되거나 중력이 되거나 중혁이 되거나 중헉이 된다. 친구 중 몇 명은 내 이름을 부르기 힘들어서 나를 멀리했을지도 모른다. 서울에 와서 놀랐던 것 중 하나는, 사람들이 '중혁'이라는 이름을 참 쉽고 편하게 발음한다는 것이었다. "네, 저는 김중혁이라고 합니다"라는 발음을 40년 가까이 해왔는데 아직도 나는 그 말을 하는 게 참으로 힘들다. 소설 속 주인공에게 최대한 쉬운 이름을 지어주려는 것도 그 때문이다. 내 소설 속 주인공은 대부분 이니셜이나 별명으로 불린다. 단편소설이야 'K'니 'M'이니 하는 이니셜이나 별명으로 해결한다지만 장편을 쓸 때는 이름이 꼭 필요한데, 이름을 지을 때마다 고민이 많다. 이런 이름은 너무 흔하고, 저런 이름은 부르기 힘들고, 그런 이름은 누군가의 이름과 비슷하고, 그렇게 이름을 생각하다 시간을 허비하는 경우가 많다. 한번은 이름 짓기가 몹시 귀찮아서 아무거나 손에 잡히는 책에서 이름을 고르기로 했다. 눈을 감고 집어든 책이 〈꼬마 니콜라〉였다. 하필이면 외국 책이 걸릴 게 뭔가, 싶었지만 의외로 괜찮은 이름이 탄생했다. 책의 저자인 르네 고시니라는 이름을 보자마자 '고신희'라는 한국 이름이 떠올랐다. 부르기 좋은 이름이다. 그림을 그린 장 자크 상페의 이름을 보고는 '장상배'가 떠올랐다. 쓰고 싶었던 소설 주인공의 캐릭터가 딱 맞아떨어지는 절묘한 이름이었다. 장상배와 고신희, 은근 잘 어울리지 않나.

전화 공포가 생긴 것도 내 이름 때문일지 모른다. 나는 전화가 무섭다. 어딜 보고 얘기해야 할지 모르겠다. 나는 아직까지도 수화기

너머의 사람에게 한 번 만에 내 이름을 전달해본 적이 없다. "고객님, 성함을 말씀해주시겠습니까?" "김중혁입니다." "김주혁이요? 김중역이요?" 듣다보면 슬슬 짜증이 난다. "가운데 중이고요(실제로는 무거울 중인데), 혁대할 때 혁입니다." 이렇게까지 얘기해야 넘어간다 (아, 김연수란 얼마나 훌륭한 이름인가!). 한번은 번호를 알기 위해 114에다 전화를 걸고 "조선일보 부탁합니다"라고 했는데, 안내원은 "네, 고객님, 동아일보 말씀이십니까?"라고 응대했다. 도대체 뭐가 문제인 걸까. 내 발음이 그렇게 후진 걸까. 안내원이 딴생각하고 있었던 게 아닐까. 동아일보를 읽고 있었던 게 아닐까. 그렇겠지. 아무튼 나는 지금도 전화 길게 하는 것 싫어하고 전화로 얘기하는 것보다 만나서 얘기하는 게 편하다.

신정원 감독의 괴작 〈차우〉는 나 같은 발음 불량자들과 청각 불량자들이 깊이 공감할 만한 영화다. 〈차우〉는 도무지 뭐라 설명하기 어려울 정도로 괴이한 영화인데, 감독의 전작 〈시실리 2km〉도 재미있게 봤지만 〈차우〉는 〈시실리 2km〉보다 2km 정도 더 막 나간 영화다. 영화를 볼 때는 '이게 뭐야?' '도대체 정체가 뭐지?' '이 간담이 서늘할 정도로 싸늘하고 썰렁한 농담들은 뭐지' 하는 생각이 계속 드는데, 극장을 나선 다음부터 나도 모르게 자꾸만 피식피식 웃게 된다. 그중에서도 생각하면 생각할수록 웃기는 대사가 있는데,

…… 크크크큭……(죄송, 자꾸만 웃음이 나서), …… 크크 …… 이거 스포일러일지도 모르니, 영화 보지 않은 분은, 아무쪼록, 아닌가 스포일러가 아닌가, 아무튼, 크큭…….

생태연구원인 변수련(정유미)은 차우를 쫓는 무리에 어렵게 끼고, 늦은 밤 사람들에게 자신의 꿈을 이야기한다. "혹시 제인 구달 알아요?" 옆에 있던 신 형사(박혁권)는 변수련의 이야기가 몹시 흥미롭다는 듯 몸을 앞으로 기울이며 이렇게 되묻는다. "비달 사순이요?" 변수련은 '비달 사순'이라는 태클에도 동요하지 않고 곧바로 자신의 이야기를 계속한다.

지금 나민 웃고 있는 거 안다. 그렇게까지 웃긴 얘기가 아닌데, 나만 혼자서 자꾸만 크큭거리고 있다. 발음이 부정확하거나 귀가 어두운 사람만이 공감할 만한 유머다. 제인 구달과 비달 사순은 '달'만 같은데 그 '달'이 자꾸 귓가에 맴돈다. 조선일보와 동아일보는 '일보'라도 같지만 제인 구달과 비달 사순을 연결하면 도대체 어쩌란 말인가. 제인 구달과 비달 사순은 얼마나 먼가. 그런데 길을 걷다가 자꾸만 '달'이 생각나고, "비달 사순이요?"라고 묻던 초롱초롱한 신 형사의 눈동자가 떠오른다. 〈차우〉의 코미디는 남의 말 듣지 않고 각자 자신의 말만 열심히 해대는 데서부터 시작한다. 신 형사는 변수련의 이야기를 듣고 있지만 듣지 않는 거고, 변수련도 마찬가지고, 백 포수도 그렇고 등장인물 모두 마찬가지다. 〈차우〉는 소통 부재의 시대인 2009년을 위한 영화였단 말인가. 아무리 설명해도 못 알아먹고, 아무리 주장해도 귀 막고 있는, 2009년의 한국을 위한 영화였단 말인가. 그렇다면 정말 비극적인 결말이군.

이렇게 사실적인
개소리가 있나

2009.08.27

이름 이야기가 나왔으니까 계속하는 말이지만, 2005년에 서울에서 국제문학포럼이 열린 적이 있었다. 프로그램에 실린 방문작가 리스트를 보니까 오에 겐자부로, 오르한 파묵, 게리 스나이더 같은 이름이 보였다. 어릴 때부터 소설만 읽던 사람에게 그건 세계적인 밴드가 총출동하는 록 페스티벌이나 비슷했다. 차이가 있다면, 작가들은 모두 한 사람이라는 점. 옛날에 고은 선생께서 미당 서정주를 두고 하나의 공화국이라고 한 적이 있는데, 정말 작가는 혼자니까 반란이 일어날 일도 없고 그 공화국은 꽤 오래갈 것이다. 그렇게 프로그램을 들여다보다가 옆에 있는 사람에게 물었다. "그런데 이 사람들은 듀엣인가요?" 거기에는 응구기와 시옹고가 발제한다고 적혀 있었다.

이런저런 이름 때문에 생기는 애환은 나날이 깊어간다. 이건 H.O.T. 때부터 생긴 오래된 애환이다. 그래서 가능하면 남들 앞에서 창피를 당하기 전에 확인과정을 거치는데, 그때 큰 도움을 주시는 분이 바로 쫑혀기와 쫑코남이다. 둘이서 커피숍에서 노닥거리다가 마침 텔레비전에 어떤 여성그룹에 관한 뉴스가 나와서 내가 물었다. "투네원은 예쁘냐?" 기가 막히다는 표정으로 쫑혀기와 쫑코남은 나를 바라보더니 얼마나 '쫑코'를 주든지. 놀랍다는 둥 무슨 한의원 얘기하는 줄 알았다는 둥. 아, 진짜……. 기획사들이여, 그룹 이름 좀 그렇게 짓지 마시라. 어쨌거나 이런 지경이니 잔뜩 소심해진 내가 '유피'를 볼 생각이라고 말하자, 쫑혀기와 쫑코남의 표정은 차라리 평온하더라(젠장, 발음대로 읽어도 틀렸고, 알파벳으로 읽어도 틀렸고).

오랜만에 픽사의 새 작품을 봤더니 정말 놀라웠다. 연예기획사들이 '아이 돈 케어' 하는 나 같은 사람은 〈개구리 왕눈이〉 같은 만화영화를 보면서 자랐다. 그 구슬픈 주제곡, 생각나는가? "개구리 소년."(여기까지 읽고 "빰빠밤!"이라고 따라 부른 사람들이 있다면 참 동병상련이다. 안쓰럽겠지만 우리끼리라도 끝까지 투네원이라고 부르자). 그랬던 만화영화가 픽사가 나오면서 천지개벽하는가 싶더니 이제는 그 과장된 얼굴만 나오지 않으면 실사영화와 거의 구별되지 않을 정도의 그래픽을 보여주게 된 것이다. 이게 대략 30년 정도의 시간에 벌어진 일이다. 이 칼럼은 '이 세상은 나아지고 있는가?'라는 제목의 연중기획에 가까워지고 있는데, 〈업〉을 보니까 분명해지더라. 탄압받는 왕눈이가 무지개 연못에서 울던 시대는 진짜 끝났다. 뉴스에 나오는 정부 관계자들을 보면 여지없이 개구리 왕눈이가 생각나긴 한다. 하지만 그건 다시 한국이 그런 시대로 돌아간다는 불길한 예감 때문이라기보다는 촌스러워서 그렇다. 촌스러워서 못 살겠다("속아준 거짓말만 해도 수백 번. 무릎 꿇고 잘못을 뉘우쳐. 아님 눈앞에서 당장 꺼져. 아이 돈 케에에에에에").

돌이킬 수 없을 정도로 기술이 진보해지자, 만화영화는 점점 현실에 가까워지게 됐다는 사실은 흥미롭다. 〈업〉에서는 알레고리가 거의 보이지 않는다. 〈개구리 왕눈이〉와 비교하면 분명하게 알게 된다. 칼 프레데릭슨은 실제로 현실에 존재할 만한 그런 인물이다. 생김새가 남기남씨에 가까운 점만 빼면 소년 러셀도 픽사가 있는 캘리포니아에서는 흔히 만날 동양계 미국 소년을 닮아 있다. 더 중요한 것은 여기에 등장하는 개들도 특수장치를 이용해서 말을 한다뿐이지, 실제 지구 물리법칙의 영향을 받는다. 집에서 개를 키우는 입장이었기 때문에 그 개들의 사실적인 동작이 정말 놀라웠다. 특히 개망신 깔때기를 뒤집어쓴 더그의 표정은 인상적이었다. 그 난감하고도 슬픈 표정은 정말 사실적이었다. 그럼 점 때문에 나는 픽사의 제작자들이 목조주택의 무게를 지탱하려면 풍선을 몇 개 매달아야만 할까까지도 계산한 게 아닐까 하는 생각까지 해봤다.

물론 그렇다고 해서 〈업〉이 픽사 사실주의의 시작을 알리는 작품이라고 말할 수는 없다. 먼 미래에는 모르겠지만 당분간은 아무리 많은 풍선을 매단다고 해도 집은 하늘을 날 수 없을 것이며 개들의 목에 번역기를 매단다고 해서 그처럼 멋진 농담을 던지는 개를 만나기는 힘들 것이다. 다만 더 많은 데이터를 사용할 수 있는 대용량의 컴퓨터가 등장하는 등의 기술적인 진보 덕분에 만화영화는 이제 알레고리의 형식이 아니라 직접 현실에 대해서 말하게 됐다는 생각이 든다.

칼과 엘리의 일생은 몇 개의 중요한 순간들을 보여주면서 지나가는데, 그 부분에는 대사가 없었지만 이해하는 데 아무런 어려움이 없었다. 엘리가 아이를 가질 수 없는 여자라는 진단을 받는 장면에서 주위의 어린이들은 왜 저러냐고 물었지만, 어른들은 대부분 그게 무슨 장면인지 아는 듯 보였다. 이건 몇 개의 풍선이면 목조주택이 하늘로 떠오를 수 있을까라는 질문과도 비슷한 얘기다. 그 장면은 〈업〉의 등장인물들은 우리와 같은 현실 속에 있다는 걸 보여준다. 〈개구리 왕눈이〉의 무지개 연못처럼 알레고리화된 리얼리티가 아니라 우리와 같은 리얼리티. 집이 하늘을 날아다니는데도 〈업〉은 사실주의적 규약을 거의 어기지 않았다. 이 영화는 다른 만화영화보다 좀더 감상적인데, 이유가 바로 여기에 있다. 우리가 사는 리얼리티가 그렇게 좀 감상적인 곳이니까.

우리와 같은 리얼리티를 배경으로 만든 만화영화라는 점이 최종적으로는 찰스 먼츠라는 안티히어로를 만들어낸 것으로 보인다. 이 인물은 만화영화에서 좀체 찾아보기 힘든 캐릭터다. 물론 우리가 사는 이 세상에서는 이런 인물을 잘 찾아볼 수 있다. 예를 들어서 (여전히 논란이 분분하던데) 황우석 박사 같은 경우. 나는 아직도 그분이 어떤 사람인지 잘 모르겠지만, 어쨌든 찰스 먼츠처럼 그분 역시 자기 인생의 알리바이를 찾기 위해서 지금까지도 노력을 기울이지 않겠는가. 진지한 소설이나 영화를 보면, 이런 복잡한 캐릭터를 자주 만나볼 수 있다. 이들은 자신의 선택이 결코 틀리지 않았다는 사실을 증명하기 위해 여행을 떠난다. '모험의 정신'이란 비록 자신이 틀렸다는 사실을 확인하게 될 뿐이라고 하더라도 세상에 굴하지 않고 그 길을 가는 사람의 정신일 것이다. 그 중 몇몇은 사기꾼으로 밝혀지고, 몇몇은 명예를 회복할 것이다. 하지만 모든 게 끝난 뒤에

도 우리는 과연 그 사람이 사기꾼이었는지 아니었는지 확신할 수
없게 된다. 이런 인물이 등장했다는 그 사실만으로도 〈업〉은 충분
히 놀랍다.

"까불지 마,
자 이제 까불어,
까불어"

2009.09.03

그래, 내가 이상한 거다. 내일모레 마흔인 나는 어째서 '투네원'(일명 '2NE1')의 멤버 이름을 아는 것은 물론이거니와 〈아이 돈 케어〉를 가사 하나 틀리지 않고 따라 부르는 것이며, 피트니스클럽의 스피커에서 들려오는 최신곡들을 모조리 다 알고 있는 것일까. 얼마 전 KBS 〈남자의 자격—죽기 전에 해야 할 101가지〉에서 '아이돌 따라잡기'라는 걸 한 적이 있는데, 구성원 중 상대적으로 젊어 보이는 코미디언 이윤석마저 '샤이니'라는 그룹명을 듣고는 "빵 이름 아니냐"고 하더라(그건 '샤니'잖아요!). 확실히 내가 이상한 게 맞다. 내가 이상해진 건 궁금한 게 많아서 그렇다. 요샌 어떤 노래가 히트하고 어떤 가수가 인기가 많은지, 그런 게 늘 궁금하다. 궁금하면 찾아보게 되고, 찾다보면 익숙해지고, 익숙하면 즐기게 된다. 그러니 김연수 군이 '2NE1'을 '투네원'이라 발음한다고 해서 쫑코 줄 생각은 전혀 없다. 궁금하지 않은 걸 어쩌겠나.

이름 이야기가 나왔으니 계속 하는 말이지만(그래, 1년 내내 이름 이야기만 해보자), 나 역시 김연수 군에게 쫑코를 먹은 일이 있다. 김연수 군이 일본 작가 '요시다 슈이치'에 대해 한참 이야기하고 있을 때 내가 "그 작가, 여자 아니야?"라고 물었더니 어찌나 깊은 한숨을 쉬며 쫑코를 주던지. 일본어를 전혀 모르는데다 요시다 슈이치의 작품을 하나도 읽지 않아 생긴 오해지만, 그래도 '요시다 슈이치'라니, 이름의 어감만으로는 독특한 외모의 매력적인 여자일 것 같지 않나? 나만 그런가? 하긴 이름의 어감만으로 그 사람을 판단하다보면 심각한 문제가 생길 소지가 많다. 지난주 김연수 군이 언급한 작가만 봐도 오! 예! 겐자부로(오에 겐자부로)는 어쩐지 늘 긍정적이고 명랑할 것 같고, 오래한 파묵(오르한 파묵)은 한 100년 넘게, 너무 오래 글을 써서 폭삭 늙은 사람일 것 같고, 흥국이와 숑고(응구기와 시옹고)는 자꾸만 들이댈 것 같고……, 워워, 별로 안 웃긴 얘긴 그만하자.

아무튼 지난주에 이어 2주 연속 '투네원'을 언급하여 전국 어디에 선가 '투네원'이라는 이름의 한의원을 운영하고 계실 원장 선생님의 명예를 실추시킨 점에 대해서는 심심한 사과 말씀 드린다. 투네원이라는 이름의 한의원이 없다면 이 기회에 하나 개원하면 좋겠다. 이름 괜찮은 것 같다. "눈과 귀와 콧구멍은 각각 둘이요, 팔과 다리를 합하면 넷이며, 몸은 하나이니, 2와 4와 1은 우리 몸의 근원이로다. 투네원! 전화번호 031—XXX—0241"이라는 광고 문구까지 떠오른다. 원장에는 최근 나를 무진장 웃겨주고 있는 KBS의 야구 버라이어티 프로그램 〈천하무적 야구단〉의 캐스터 허준이 딱 좋겠다.

요즘 가장 즐겨보는 프로그램이 〈천하무적 야구단〉이다. 멤버 중에서는 이하늘과 마르코를 제일 좋아하지만, 허준과 김C로 이뤄진 중계방송진이 없다면 지금보다 재미가 훨씬 덜할 것이다. 그 중에서도 김C와 허준의 주고받는 대화가 압권이다. 처음에는 허준의 이야기를 귀기울여 듣지 않았지만 요즘 그의 입담은 송곳보다 날카롭고 모래알보다 반짝인다. 그의 주특기는 상대팀 약올리기다. 연예인 야구팀인 '조마조마'와의 경기에서 허준은 상대방의 약점을 교묘하게 파고들어서 힘을 쭉 빼놓는 역할을 했다. 투수 정보석이 1루에 견제구를 던지자 허준이 중계한다. "아, 정보석 선수 같은 나이면 견제구도 투구수에 들어가요." 정보석이 웃으며 발끈한다. 중요한 기회에 배우 이종원이 타석에 들어서자 다시 허준이 중계한다. "이종원 선수가 41살이죠. 이제는 슬슬 노안이 오기 시작하는 나이거든요." 타석에 들어선 타자도, 보고 있던 선수들도 힘이 쭉 빠지는 농담이다. 허준이 한마디 덧붙인다. "이미지상 돋보기를 쓰고 나올 수도 없는 상황이고요." 모두 키득거린다. 허준의 중계가 어찌나 재미있던지 MBC ESPN에서 중계하는 '연예인 야구리그'를 가끔 시청할 정도다.

김C와 허준의 중계가 재미있는 이유는 한쪽 편을 대놓고 응원하기 때문이다. 공정과 균형? 그런 거 없다. 올림픽이나 월드컵 같은 국가대항전의 중계방송이 재미있는 이유도 그 때문이다. 보는 사람도 중계하는 사람도 다 같이 한국을 응원하니 박진감이 넘치는 거다. 스포츠영화에 나오는 중계장면 역시 영화의 박진감을 좌우하는 중요한 요소다. 스키 점프를 다룬 영화 〈국가대표〉에서도 중계방송이 영화의 큰 축을 이루며 관객에게 중요한 정보를 전달하는 역할을 한다. 요즘 들어 웃긴 장면에 너무 집착하는지는 모르겠지만 〈국가대표〉를 보다 가장 심하게 웃었던 장면 역시 중계방송이었다.

우선 해설자로 나온 배우가 누군지 모르겠다. 아니, 배우가 아니라 진짜 해설자인가? 배우인지 해설자인지 헷갈리지만 명대사를 남겼다. 덜렁대는 성격의 최흥철 선수(김동욱)가 1차 시기에서 미끄러지는 바람에 팀 점수를 깎아먹었고, 2차 시기를 맞았다. 해설자가 격앙된 목소리로 외치기 시작했다. "이 선수, 까불지만 않으면 괜찮아요. 까불지만 않으면 괜찮아요." 최흥철 선수가 점프를 했고, 착지를 앞둔 결정적인 순간 해설자는 엄청나게 큰 목소리로 소리를 질러댔다. "야, 까불지 마, 까불지 마, 까불지 마." 아, 나는 그 어디에서도 '까불지 마'라는 말을 이렇게 처절하게 외치는 것을 본 적이 없다. '까불지 마'라는 말이 이렇게 눈물나는 말인 줄 몰랐다. 완벽하게 착지하고 나자 해설자가 조금 느긋해진 목소리로 외쳤다. "아, 좋아요, 이제 까불어도 돼요. 까불어, 까불어, 까불어." 해설자의 표정과 해설을 듣다가 나는 쓰러지며 웃었다.

〈국가대표〉라는 영화의 미덕이 해설자의 말에 녹아 있다고 생각했다. 까불다가 까불지 않다가 다시 까부는 영화의 리듬이 관객을 즐겁게 했다. 감독은 해설자처럼 정확하게 그 지점을 짚었다. 영화를 보다보면 감독의 목소리가 들리는 것 같다. 마지막 〈애국가〉 부르는 장면이 딱 그렇다. "까불지 마, 까불지 마, 까불지 마, 울지는 말고, 울지 마, 울지 마, 자 이제 까불어, 까불어, 까불어." 〈애국가〉 장면이 신파로 빠지지 않은 건 보기 좋았다. 영화가 신파로 빠지지 않은 것도 보기 좋았다. 〈국가대표〉에 신파가 아주 없는 것은 아니지만 그 정도의 신파는 편안한 마음으로 즐길 만했다.

고향 사람을 대신해
사과하고 싶습니다

2009.09.10

나는 〈그랜 토리노〉의 마지막 장면, 그러니까 타오가 1972년식 그
랜 토리노에 개를 태우고 바닷가 도로를 지나간 뒤, 클린트 이스트
우드의 노랫소리가 나오는 장면을 무척 좋아한다. 그랜 토리노가 지
나간 뒤에 카메라는 바다와 도로를 보여준다. 나뭇잎은 흔들리고
물결은 출렁이고, 도로 위로는 자동차가 지나간다. 그건 마치 죽은
월터 코월스키의 눈으로 보는 이 세상의 풍경 같다. 언젠가 나도 그
런 생각을 한 적이 있었다. 스물일곱 살 무렵이었던 것 같다. 라디
오로 교통상황을 전하는 방송을 듣고 있었는데, 문득 내가 죽은
다음날 아침에도 달래내고개나 군자교는 여전히 정체되리라는 확

신이 들었다. 그 시절에는 우울한 일들이 꽤 많았다. 극중의 클린트 이스트우드처럼 주먹으로 벽을 치는 일도 있었다. 하지만 내가 죽은 뒤에도 여전히 교통이 정체될 달래내고개나 군자교를 생각하면, 그건 정말 부질없는 일처럼 여겨졌다.

어린 시절, 그러니까 1970년대 후반에 이소룡과 함께 클린트 이스트우드는 내 영웅이었다. 그 시절, 김천에서 나처럼 어린 학생이 신작 영화를 보는 일은 거의 없었다. 내 또래의 아이들은 모두 일요일 아침에 싼값에 상영하는 문화교실의 멤버였다. 문화교실에는 해마다 같은 영화가 반복 상영됐다. 클린트 이스트우드의 영화들도 그 문화교실을 통해서 봤다. 〈황야의 무법자〉 〈석양의 건맨〉 〈석양의 무법자〉. 그 레퍼토리에는 〈장고〉 〈무숙자〉 같은 다른 마카로니 웨스턴과 〈정무문〉 〈사망유희〉 〈용쟁호투〉 같은 이소룡의 영화들도 포함돼 있었다. 내가 처음으로 본 개봉영화는 성룡의 〈취권〉이었다. 〈취권〉을 보기 전까지 우리는 해마다 같은 영화를 보고 또 봤던 셈이다. 그러니 내 유년의 무의식에 클린트 이스트우드의 동작들은 틀림없이 각인돼 있을 것이다.

처음 〈그랜 토리노〉를 봤을 때가 생각난다. 극중의 월터 코월스키가 몽족 갱들을 찾아가서 담배를 입에 물고 불을 달라고 하는 장면에 이르렀다. 그 장면에서 나는 조금의 불안도 느끼지 않았다. 미리 총을 겨누고 마주선 일당들은 물론이거니와 이층에도 총을 든 놈들이 있다는 걸 카메라는 보여줬지만, 마카로니 웨스턴에서 그런 불가능한 대결장면을 보여주는 건 일상적이었으니까. 그리고 그가 주머니에 손을 넣어 라이터(기관총도 아니고!)를 꺼낸 뒤에 일어난 일들을 보는데 갑자기 긴장이 풀리면서 눈에 눈물이 맺혔다. 나의 영웅이 그렇게 맥없이 죽을 줄 몰랐다기보다는 무방비 상태로, 대략 일곱 살 정도의 정신연령으로 뭔가 화려한 복수를 기대하고 있다가 "맞아. 현실은 전혀 그렇지 않지"라는 마흔 살의 늙은이로 귀환할 때의 멀미 같은 게 느껴졌기 때문이었다.

요즘 친구들에게는 고리짝 같은 소리겠지만, 그 시절에는 지방극장에서 정치 행사를 여는 일이 많았다. 김천에는 아카데미극장과 김천극장, 이렇게 두 개의 극장이 있었는데 지구당 창당대회 같은 행사는 김천극장에서 자주 열렸다. 그런 곳에서 야당 행사가 열리면 곧잘 폭력사태가 벌어졌다. 지금도 내 기억에는 대구에서 김영삼 총재가 반대파 행동대원들에게 감금된 일을 두고 어른들이 주고받던 말들이 남아 있다. 그런 일들이 아니면 야당은 신문이나 방송에 나오지 않던 시절이었다. 우리 연배 이상의 사람들이 미디어법에 대해서 알레르기에 가까운 반응을 보이는 까닭은 그 때문일 것이다. 한때 우리는 실제로 언론에 의해 세뇌당한 적이 있었으니까. '야

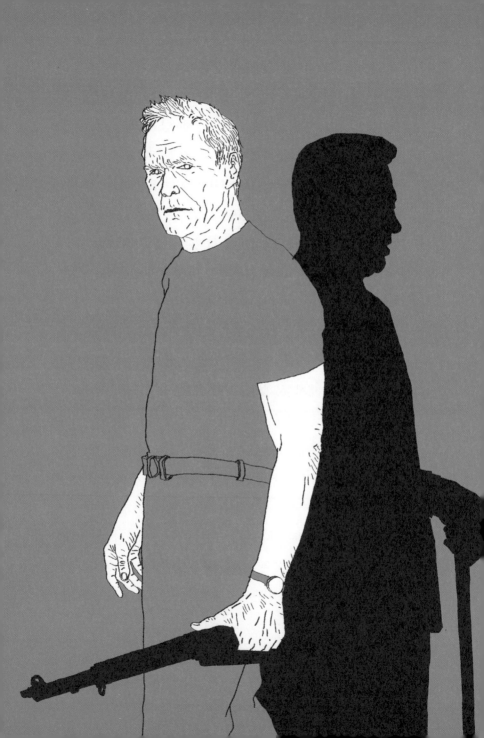

당 행사에는 폭력사태'라는 것도 반복된 주입학습의 결과였다.

그 중에서도 가장 무시무시한 집단은 재야였다. 그리고 그 재야의 핵심에 모란봉 같은 간첩의 암호를 연상시키는 DJ가 있었다. 내 고향 사람들은 실제로 DJ를 증오했다. YS라고 하면 그래도 점잖게 말하던 어른들도 DJ라면 쌍욕을 내뱉었다. DJ가 그들에게 끼친 피해는 전혀 없었다. 아마 경상도 소도시에서 살아가던 그 어른들에게도 승자독식 사회를 살아가는 고통은 존재했을 것이다. 그 어른들은 반칙을 일삼는 사람들이 성공하는 사회를 바로잡기보다는 더 간편한 방법을 택했다. 그들처럼 무조건 돈을 벌어 출세하는 일. 내가 태어난 동네에서 DJ는 빨갱이와 동의어였는데, 그건 그렇게 하지 않아도 우리가 충분히 행복하게 살 수 있다고 그가 그들을 설득했기 때문이었다. 말이 많으면 빨갱이. 양심을 자극하면 빨갱이. 국가폭력으로 간신히 유지되는 승자독식 사회가 아니어도 우리는 충분히 잘살 수 있다고 말하면 빨갱이.

부질없는 일인 줄 알지만, 할 수만 있다면 나는 그 모든 경상도 사람들을 대신해서 김대중 대통령에게 사과하고 싶다. 힘을 합치자고 내민 손을 물어뜯어버린 그 모든 이빨들에 대해서. 무임승차를 하고도 돈을 대신 내준 사람을 걷어찬 그 뻔뻔한 무지에 대해서. 고등학생이 되면서 나는 김대중 대통령을 좋아하기 시작했다.

이유는 간단했다. '그럼에도' 그는 내가 아는 한 가장 멋있는 남자였으니까. 그 당시, 내 주위의 남자들은 모두 〈그랜 토리노〉에서 클린트 이스트우드가 타오에게 말하듯 '기생오래비pussycat' 같았다. 힘센 사람들 앞에서는 슬금슬금 눈치나 보다가 그들을 대신해서 자기와 별반 다를 바 없는 불쌍한 사람들에게 평생 잊을 수 없는 폭력을 가하는 남자들. 아마도 내가 김대중 전 대통령과 노무현 전 대통령을 좋아한 데에는 그 이유가 가장 큰 것 같다. 그들은 진짜 남자였기 때문에. 비겁하지 않았고, 겁쟁이도 아니었기 때문에. 마치 어린 시절, 아카데미극장 문화교실에서 본 클린트 이스트우드와 이소룡처럼.

그런 남자들을 다시 만나기는 힘들 것이다. 1970년대 후반의 어느 날, 이소룡이 이미 죽었다는 사실을 뒤늦게 알았을 때, 나는 이 세계가 얼마나 현실적이고 구체적인지 깨닫게 됐다. 현실은 영화와는 다르다는 걸. 잃어버린 십 년이란 것도 그런 의미일 것 같다. 현실감을 잃어버렸던 지난 십 년. 다시 〈그랜 토리노〉를 보면서 현실에 대해서 생각한다. 평생 꿈을 말하며 살았던 사람이 어느 날 현실적으로 죽는 일에 대해서. 역설적이게도 그 현실적인 죽음은 우리에게 다시 꿈에 대해서 서로 얘기하라고 말한다. 하지만 그렇게 하지 못하고 다만 나는 〈그랜 토리노〉의 마지막 장면만을 하염없이 보는 것이다. 나뭇잎은 흔들리고 물결은 출렁이고. 어떻게든 삶은 계속 이어진다는 게 좀 놀라워서.

흔들려야 혼돈을
이겨낼 수 있으리

2009.09.17

어린 시절부터 그래프를 좋아했다. 수학시간에는 문제 풀러 나갔다
가 칠판 앞에 선 채 면벽수행하는 바람에 선생님에게 자주 얻어터
졌지만(그래, 역시 난 문과), 그래도 그래프 보는 건 좋아했다. x축과 y
축을 만들고 그 사이에다 우아한 곡선을 그려넣는 수학선생님의 뒷
모습을 보노라면 화가를 보는 것 같았다. 나도 빈 공책에다 그래프
를 그려보곤 했다. x와 y축을 만들고 그 속에다 아무 의미없는 선을
그려넣어보곤 했다. 나에게 그래프를 그리는 시간은 수학시간이 아
니라 미술시간이었다(그래, 역시 난 예체능계). 그래프의 선을 보노라
면, 그 굴곡을 보노라면, 뭔가 굉장한 의미가 그 속에 함축돼 있는

것만 같았다.

최근에는 김연수 역시 그래프를 좋아한다는 사실을 알게 됐다. 최근 김연수와 나는 아이포드 터치의 매력에 푹 빠져서(김연수는 2세대, 나는 1세대, 역시 그는 차세대 작가) 만나기만 하면 서로 수집한 각종 어플리케이션의 장단점을 '자랑질'하기에 여념이 없는데 최근 그가 소개해준 프로그램의 핵심 기능이 바로 '그래프'였다. 어느 날 그가 아이포드 터치를 내밀더니 프로그램 하나를 보여주었다. 소설과 에세이와 기타 기고문 등 하루에 쓴 원고량을 매일 입력하면 한 달에 쓴 총원고량과 1일 평균 원고량을 보여주는 프로그램이었다. 김연수의 부지런함이 일목요연하게 그래프로 보였다. 아, 그는 정말 부지런하였다. 그래프는 거짓말을 하지 않았다. 나도 김연수를 따라 한달 총원고량과 1일 평균 원고량을 계산해내고 싶은 마음이 굴뚝같았으나 아니 땐 굴뚝에 연기가 나지 않듯 아니 쓴 원고로는 총원고량을 계산해낼 수 없다는 난관에 봉착하고 말았다. 평균을 내기에도 그래프로 나타내기에도 원고량이 너무 적었던 것이다. 문과였던 나와 달리 그래프의 원리를 통달했을 법한 이과 출신 김연수는 역시 달랐다. 그래프를 수학적으로 이용하고 있었다. 이런 걸 두고 체계적인 글쓰기라고 해야 하나(하하하).

언젠가 영화잡지에 칼럼을 기고하게 되면 꼭 해보고 싶었던 것이

'그래프로 보는 영화'였다. 영화의 개봉관 수에다 관객 수를 곱한 뒤에 출연자 수 더하기 스탭 수를 나누어서 카메라 대수를 뺀 다음 그 결과물을 그래프로 나타내…… (뭐 하냐?) …… 는 수학적인 방식이 아니라 영화 전체의 흐름을 한눈에 알아볼 수 있게 하는 방식으로 그래프를 그리는 것이다. 자, 그럼 첫 번째 그래프.

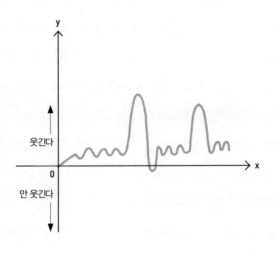

x축은 영화 상영시간, y축은 영화의 웃기는 정도다. 딱 봐도 뭔가 불균질한 영화라는 걸 알 수 있을 것이다. 전체적으로 웃기긴 하지만 들쭉날쭉해 완성도가 고르지 못하고, 두 군데의 높이 솟아오른 봉우리는 관객의 배꼽을 빼는 곳이다. 독특한 그래프의 주인공은

바로 코미디영화 〈차우〉다. 봉우리 중 하나는 아마도 '제인구달'과 '비달사순'의 환상조합 때문이 아닐까 싶다. 다음은 두 번째 그래프.

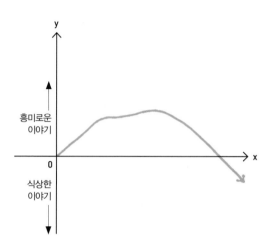

두 번째는 가장 흔한 그래프다. 시작은 흥미롭지만 시간이 갈수록 동력을 잃고 끝내 식상한 이야기로 전락하고 마는 형태다. 최근에 본 마이클 만의 영화 〈퍼블릭 에너미〉를 보고 그린 그래프다. 영화가 진행될수록 존 딜린저(조니 뎁)의 캐릭터가 이해되어야 하는데 그렇지 못했다.

하지만 이야기가 전부는 아니다. 흥미로운 이야기인가 아닌가를 생각했을 때는 이런 그래프가 나오겠지만 액션이나 촬영을 생각하면 그래프가 달라진다. 깜깜한 밤 숲속에서 벌어졌던 총격장면이나 존 딜린저가 죽는 장면에서는 그래프가 가파른 상승 곡선을 그릴 것이다.

소설가이자 그래프계의 거장이신 커트 보네거트 선생님은 그의 저서 〈나라 없는 사람〉에서 모든 이야기를 그래프로 설명한 적이 있다. 그의 y축은 단순하다. 좋은 소식인가, 나쁜 소식인가. 대부분의 동화는 좋은 소식에서 시작해 나쁜 소식을 거쳐 좋은 소식에서 끝을 맺는다. 카프카와 같은 소설가들의 작품은 나쁜 소식에서 시작해 나쁜 소식으로 끝을 맺는다. 그는 위대한 작품일수록 좋은 소식과 나쁜 소식을 구분하기 힘들다면서 〈햄릿〉을 예로 들었다. 죽기 직전 우리의 평생을 커트 보네거트 스타일의 그래프로 만든다고 했을 때, 과연 어떤 게 좋은 소식이었고 어떤 게 나쁜 소식이었는지 명확히 구별할 수 있을까. 지금 어떤 일이 닥쳤을 때 그 일이 어느 정도로 좋은 소식인지 어느 정도로 나쁜 소식인지 삶의 그래프 속에다 정확한 좌표를 찍을 수 있을까.

안토니오 루이지 그리말디의 〈조용한 혼돈〉의 그래프는 제목과 닮았다. 아내의 갑작스런 죽음을 맞은 피에트로는 회사 출근도 하지 않고 딸의 학교 앞 공원에서 하루 종일 시간을 보낸다. 거기서

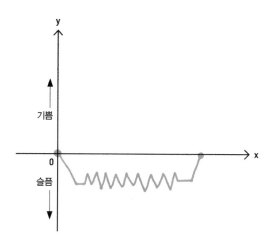

밥도 먹고 사람들도 만나고 회사 일도 한다. 그래프는 아래로 떨어진 뒤 수면 위로 올라올 생각을 하지 않는다. 한 사람의 죽음은 주위에 어떤 파문을 일으키는가, 사람들은 어떻게 조용한 혼돈을 이겨내는가, 그래프는 조용히 진동한다. 사람들은 조용히 진동하면서 혼돈을 이겨낸다. 흔들려야 혼돈을 이겨낼 수 있다.

DJ가 자신의 그래프를 끝내고 좌표 바깥으로 사라졌을 때 나 역시 〈그랜 토리노〉의 마지막 장면을 보는 듯한 기분이었다. 문득문득 그가 그립다. 무질서한 혼돈 속에서도 나뭇잎은 조용히 흔들리고, 물결은 조용히 흔들린다.

'좋았다가 무덤덤,
나빴다가 무덤덤'의
무한반복

2009.10.01

재주 많은 친구를 둔 덕분이겠지만, 어쨌든 지난번에 김군이 그린
것처럼 내 인생의 그래프를 그린다면 노예들이 벽돌을 짊어지고 올
라가는 바벨탑의 길과 비슷한 모양이 될 것 같다(김군처럼 직접 그려
주는 상냥함을 발휘하면 좋겠으나, 난 원래 말로 떠들어대는 걸 더 선호한다).
예를 들면 한 바퀴를 돌고 나면 같은 자리로 돌아오지만, 그 자리
는 예전에 내가 서 있던 자리보다는 조금 더 위쪽에 있게 되는 그런
길 말이다. 김군이 (아마도 원고 분량을 줄일 속셈으로, 게다가 엉성하게)
그린 그래프의 선들처럼 인생이라는 게 한 방향으로 진행된다는 데
에는 나도 동의하지만, 살아보니까 그건 나선형에 가까운 진행이다.

232

말하자면 '좋았다가 무덤덤, 나빴다가 무덤덤'의 무한반복. 그러니까 그래프가 상한선을 치고 고공행진을 계속하거나, 영원히 하한선에서 헤어나오지 못하는 경우는 없다는 뜻이다.

이건 지난 15년 동안 어떻게 하면 소설을 더 잘 쓸 수 있을까를 고민하다가 도달하게 된 결론이기도 하다. 핵심은 '기승전결'에 있다. 그러니까 일단 발단하면 우리 인생사는 스스로 전개되고 절정에 올랐다가 결말에 이른다. 그렇다면 소설도 마찬가지다. 그게 어떤 소설이든 책을 펼치면 적어도 50쪽 안에서는 발단하게 돼 있다. 일단 발단하게 되면 이야기는 '좋았다가 무덤덤, 나빴다가 무덤덤'을 반복하면서 기승전결의 기나긴 길을 밟아가게 되는 것이다. 나는 이 이론이 마음에 드는데, 그건 어떤 이야기든 결말에 이르면 반드시 절정의 순간을 확인하게 된다는 점 때문이다. 그러나 살아 있는 동안 우리는 결말에 이르지 못하므로 이 이론에 따르면 어떤 순간이든 절정이랄 수 있다. 어쩌면 바로 지금이("좋았다가 무덤덤, 나빴다가 무덤덤인데도?" "그렇다").

지나고 보니, '그때 무슨 일이 벌어졌던 것이구나'라고 깨닫게 되는 일은 빈번하다. 〈애자〉를 보다가도 그런 옛일이 떠오르더라. 영화에는 경향일보사에 장편소설을 투고한 애자가 편집장을 만나는 장면이 나온다. 편집장은 투고한 작품으로 애자가 이미 문예장학생으로 대학에 진학했기 때문에 고쳤다고 하더라도 그건 표절이라고 잘라 말한다. 그러면서 자신의 제안을 거부하면 이 바닥에서는 글을 못 쓸 것이라고 단언한다. 그 순간, 나는 '어머머머!' 낯을 붉혔다. 자기 작품을 고쳐 썼는데 어떻게 표절이라는 말을 그토록 단호하게 말할 수 있을까는 생각 이전에 문예장학생으로 뽑힐 때는 단편소설일 테고 상금 1억 원짜리 공모라면 장편소설일 텐데 더더군다나 어찌하여 표절이라는 말이 성립될 수 있을까라는 의문을 넘어서 그 바닥은 어떤 바닥이기에 앞길이 구만리 같은 젊은 학생에게 글을 못 쓸 것이라고 못 박듯이 말할 수 있을까 하는 의구심이 들었기 때문이다.

〈애자〉에는 이런 단정적인 태도가 자주 나와서 꽤 불편하더라. 애자의 어머니가 흥분하다가 쓰러졌을 때, 거기 모인 수의사들은 구급차를 불러달라는 애자의 말에 이미 상태가 위독하여 구급차를 불러도 가망이 없다고 잘라 말한다. 애자가 손수 엄마의 목에 칼을 찌르는 건 바로 그 단정적인 말 때문인데, 나로서는 과연 그럴까라는 의문이 들었다. 누군가 유기견을 보호하지 않는 수의사들에게 흥분해서 소리치다가 쓰러져 의식을 잃었을 때, 그 사람 앞에서 구급차를 불러도 가망이 없다고 말할 수 있을까? 설사 누군가 그렇게 말한다고 하더라도 그 말을 곧이곧대로 믿고 엄마의 목에 칼을 찌르는 딸이 있을까? 내가 애자였다면 구급차가 올 때까지 기다릴 것 같다. 이야기의 결말을 모르는 한에는 그 상황에서 구급차를 기다리거나 기다리지 않거나 상황은 달라지지 않는다. 결말을 안 뒤에야 우리는 그때의 상황이 어떤 것인지 알 수 있으니까.

내게도 애자와 비슷한 순간이 있었다. 어떤 편집장의 권유로 1억 원까지는 아니더라도 상금이 2천만 원 정도는 되는 공모에 장편소설을 투고했다. 방위 시절에 심심해서 쓴 단편소설을 개작한 소설이었다. 그 다음에는 아는 사람을 통해 그 작품이 본심에 올라갔다는 놀라운 이야기를 들었다. 하지만 그 작품이 당선됐다는 소식을 들었을 때보다 놀랍지는 않았다. 당선이 됐으니 출판사로 한번 찾아오라는 전화를 받고 강남까지 찾아갔다. 마땅히 발걸음은 투스텝, 입에서는 흥얼흥얼 노래가 흘러나와야만 옳을 테지만 어쩐지 가기 싫은 곳에 끌려가는 기분이었다. 기분이 상당히 좋지 않았는데, 지금 생각해보면 그건 그 소설이 책으로 출판되면 내 의사와 무관하게 미래가 바뀔 것 같다는 예감 때문이었다. 그러거나 말거나 출판사 건물까지 찾아간 나는 차마 들어갈 용기를 내지 못하고 1층 카페에 앉아서 30분 동안 심각하게 그 상을 받아야만 할지, 받지 말아야만 할지 고민했다. 안 받으면 예측 가능한 삶을 살 수 있지만, 받으면 예측 불가의 삶이 시작될 것이니까.

고민 끝에 나는 그 상을 받기로 했다. 2천만 원 정도라면 불확실한 삶도 감미로울 수 있다는 결론에 도달했기 때문이었다. 불확실한 미래로 가는 4차원의 문이라도 되는 양 비장한 마음으로 출판사 문을 열고 들어가서 차마 소설에 당선된 사람이라고는 말하지 못하고 "아까 위치 물어보느라고 전화 드렸던 사람인데요"라고 말을 꺼내니 문 앞에 서 있던 직원이 환하게 반기며 내게 말했다. "아, 왜 이렇게 늦었어요. 책은 저기 묶어놓았으니까 가져가세요." 그때 나이가 고작 스물다섯 살, 암만 봐도 소설가 선생님이라기보다는 배송 아르바이트 학생에 가까웠기 때문에 책 가지러 온 사람으로 오인됐던 것이다. 내게 불확실했던, 하지만 지금 생각하면 모든 게 예정됐던 것처럼 진행된 소설가로서의 삶은 그렇게 시작됐다.

책이 나온 뒤, 나도 경향일보사까지는 아니더라도 경향신문사에 인터뷰하러 간 일이 있었다. 신문사 편집국에서 인터뷰를 마치고 두리번거리는데 한쪽 칠판에 각종 성인용품을 판매하는 사람들의 연락처가 적혀 있는 게 보였다. 거긴 주간지 기자들이 앉아 있는 곳이었다. 광고 유치 때문에 적어놓은 연락처였다. 때는 이제 막 성인주간지 시장이 바람 빠진 풍선처럼 줄어들던 1994년. 늙은 남자기자들이 만들던 그 주간지가 폐간된 뒤에도 내가 보던 그 칠판의 연락처는 오랫동안 머릿속에 남아 있었다. 그때 내가 어떤 마음으로 그

칠판의 글자들을 바라봤는지 정확하게 알게 된 건 어느 정도 시간이 흐른 뒤의 일이었다. 내가 단정적으로 잘라 말하는 사람들이 많이 나오는 이야기를 불편하게 여기는 건 이런 이유 때문이다. 지금 일어나는 일에 대해서라면 짐작할 수는 있지만, 단정하기란 정말 어렵다.

'모기향' 인생사가
더 아름답다

2009.10.05

지난 회 야심차게 발표했던 '그래프로 보는 영화'에 비난이 폭주했다. 시대를 앞서가는 나의 실험정신을 이해하지 못하고 원고 분량을 줄이려는 얄팍한 속셈이 빚어낸 결과라고 생각하는 분들이 많았는데, 다른 분들이야 뭐 그렇다고 치더라도 함께 연재를 하는 연수 군마저 그런 오해를 한다는 데 심한 모멸감을 느끼는 바다. 그래프 몇 개 넣는다고 원고 분량이 줄어들지 않는다. 게다가 난 늘 지면이 부족하다고 생각하고 있었다. 오해받는 김에 이번에도 그래프나 그려야겠다. 연수 군의 지적을 듣고 나니 예전에 그렸던 그래프가 떠올랐다. 할 일 없던 시절 방바닥에 멍하니 누워서 '인간의 삶을 그래프로 그린다면 어떤 모습일까라는 생각을 하다가 그려본 것이었는데, 내가 붙인 공식 이름은 '人生史 모기향'이다.

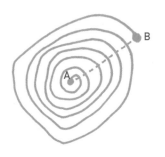

A는 인간이 태어난 지점이다. 연수 군의 지적이 이 그래프에 그대로 드러나 있다. 연수 군은 '한 바퀴를 돌고 나면 같은 자리로 돌아오지만 그 자리는 예전에 내가 서 있던 자리보다는 조금 더 위쪽에 있게 되는 그런 길'이라고 표현했는데, 나는 '같은 자리로 돌아오지만 예전보다 조금 넓어진 곳'이라는 표현을 쓰고 싶다. 우리의 삶은 계속 앞으로 나아가는 것처럼 보이지만 실은 같은 자리를 맴도는 것일 뿐이다. 같은 자리를 맴돌긴 하지만 그 자리는 조금씩 넓어진다. 많이 배우고 익히는 사람은 큰 원을 그릴 것이다. 소극적이고 폐쇄적인 사람은 더 적고 촘촘한 원을 그릴 것이다. 어떤 게 더 좋고 나쁜 건 없다. 넓은 모기향과 좁은 모기향은 삶의 취향일 뿐이다. B는 인간이 죽는 지점이다. A와 B를 잇는 점선은 선택사항이

다. 만약 윤회를 믿는다면 A와 B를 잇는 점선은 실선이 될 것이다. B에서 A로 돌아와 새로운 모기향을 만들어낼 것이다. 혹은 B 지점에서 새로운 모기향이 시작될 것이다. 나는 윤회를 믿지 않는다. 내세도 믿지 않는다. 내가 아는 B는 허공에서 조용히 사라진다. 인간의 소멸. 아, 아등바등 살아봤자 인생사 모기향이다.

연수 군은 지난 15년 동안 어떻게 하면 소설을 잘 쓸 수 있을까 고민하다 그런 심오한 결론에 이르렀다고 하는데, 나는 지난 15년 동안 어떻게 하면 삶의 비밀을 한 장의 그림 혹은 그래프로 표현할 수 있을까 고민하다 이런 결론에 도달하게 됐다. 연수 군은 그렇게 오랫동안 소설에 대해 고민하면서 수많은 소설책을 출간했지만 나는 15년 동안 연구해서 얻은 게 고작 모기향 모양의 그래프뿐이니, 파릇파릇하고 단단하던 녹색의 모기향은 어느덧 하얗게 부서지는 재로 변하였고, 내 나이 어느덧 마흔이니, 아, 정말 인생사 모기향이로다.

평생 한 가지 일에 매달리다 보면 깨달음을 얻는다는 말이 있는데, 나는 그 말을 믿는 편이다. 사람의 흔적이 거의 없는 첩첩산중의 마을에서 평생 바깥 구경을 하지 않고 농사를 지은 사람이 죽기 직전에 얻은 깨달음이나 서울의 도시 한복판에서 누군가에게 속고, 때로는 누군가를 속이고, 부자가 되었다가 다시 전 재산을 날렸다가 다섯 번쯤 자살을 시도한 다음 결국 성공하고야 만 사람이 죽기 직전에 얻은 깨달음이 크게 다르지 않다고 나는 생각한다. 나 역시 이 모기향 그림을 더욱 발전시켜 죽기 직전까지 그리다보면 깨달음까지는 아니더라도 모기에게 더 이상 물리지 않는 기적이 일어나는 것은 아닐까. 그랬으면 좋겠다. 아직까지 세상의 쓴맛을 제대로 보지 못하여 내 피는 너무 달다.

셰인 액커의 영화 〈9: 나인〉(《이하 〈9〉》)에도 평생 하나의 그림을 계속 그려대는 인물이 등장한다. 아니, 인물은 아니다. 한 과학자가 만들어낸 생명체다. 생명체의 수는 (제목에서 알 수 있듯) 모두 아홉이며 그 중 미친 듯 그림을 그려대는 것은 '6'인데, '6'이 그리는 그림의 정체는 세계를 파멸하는 도구이기도 하고 세계를 구원하는 도구이기도 하다. 역시 한 가지 일에 집중하다보면 이렇게 세계의 미래까지 예측하는 능력을 얻게 되는 모양이다. 영화 속 생명체들은 운동선수들처럼 등번호를 달고 다니는데, 영화가 끝날 때쯤 숫자의 비밀을 (내 맘대로) 깨닫고 말았다. 영화 속 생명체들의 숫자는 인간을 9가지 유형으로 구분했던 에니어그램의 숫자였다. 각 유형의 특징이 9명의 생명체들에게 고스란히 반영돼 있다.

1번은 매사에 완벽을 기하는 사람이어서 영화 속에서도 섣부른 모험은 하지 않는다. 2번은 남을 돕고자 하는 사람이어서 9번을 도

와주러 나가며, 3번은 성취하는 사람이고 4번은 호기심이 많아서 영화에서 함께 쌍둥이 학자로 등장한다. 5번은 사려 깊고 관찰력이 뛰어나 경비를 서거나 9번의 파트너가 되며, 6번은 공동체에 헌신하기 때문에 세계를 구원하는 그림을 계속 그리고 있다. 7번은 밝고 명랑하여 세상을 떠돌아다니며, 8번은 강한 자이기 때문에 공동체를 지키는 역할을 맡고, 9번은 평화를 만드는 사람이므로 세계를 구원하기 위해 애쓴다(이렇게 1번부터 9번까지 쭉 써놓은 것을 두고 또 연수 군은 원고 분량을 줄일 속셈이라고 할지 모르겠다). 아무리 봐도 에니어그램의 유형별 특징과 캐릭터의 성격이 똑같다. 이 영화는 장편 이전에 단편으로 만들어졌는데 9명의 생명체가 원을 이루며 서 있는 모습은 에니어그램의 그림과 완벽하게 똑같다. 〈9〉의 한계가 딱 거기까지다.

매력적인 이야기란 균열에서 시작하는 것이다. 1번부터 9번까지의 인물이 둥그런 원을 그리고 평형상태를 이루고 있을 때가 아니라 번호와 번호 사이 어딘가에 흠집이 나고 구멍이 뚫리고 뭔가 줄줄 새고 있을 때 매력적인 이야기가 생겨날 수 있다. 영화 〈9〉은 모범생 같은 영화다. 영화 〈9〉은 동그라미 같은 영화다. 15년 동안 삶의 비밀을 연구하다보니 닫힌 동그라미보다는 불완전하지만 바깥으로 뻗어나가는 모기향 같은 형태에 훨씬 큰 매력을 느끼게 된다.

모두가
다른 나날들

2009.10.22

이번 추석에는 (무려!) J군이 손수 운전하는 차의 뒷좌석에 회장님처럼 앉아서 귀향하는 호사를 누렸다. 새벽의 중부고속도로에는 귀향하느라 몰려든 차들보다 먼저 안개들이 부지런하게 나와서 이미 정체되고 있었으나, 덕분에 나는 숙면을 취할 수 있었다. 눈을 감고 잠들기 직전, 내 머릿속으로는 '금의환향'이라기보다는 '결초보은' 같은 사자성어가 떠오르더라. 그간 J군에게 베푼 것이 얼마였던가? J군이 조야한 그림으로 원고를 때울 때도 나는 묵묵히 글을 쓰지 않았던가?

어쨌거나 휴게소에 갔을 때, 나는 주치의의 집중관리를 받는 회장님처럼 아이포드 터치의 한 프로그램에 따라서 담배를 한 대 피웠다. 그 프로그램은 금연 (시도) 인생 십 년 만에 내가 발견한 획기적인 금연, 아니 흡연 처방이었다. 이용 방법은 간단하다. 현재 자신이 하루에 피우는 담배의 개수를 입력하면 이 프로그램은 내가 담배를 피울 시간을 정해준다. 설명에 따르면 피우라는 대로 착하게 피우기만 하면 11월20일에 나는 하루에 담배 두 개비를 피우게 될 것이라고 한다. 계속 흡연할 것인지, 금연할 것인지는 그때 가서 스스로 결정하라는 게 이 놀라운 프로그램을 개발한 사람의 설명이었다.

이미 금연한 지 1년이 넘은 J군은 인간의 다양한 욕망의 삼각함수와 애증의 쌍곡선을 깡그리 무시하는 반응을 보였다. "그냥 끊으면 되는 거 아니야?" 그냥 끊으면 된다는 걸 누가 몰라서 다들 술이 취해서는 헤어진 애인 전화에다 대고 질질 짜고 그런다더냐? 이 피도 눈물도 없는 것. J군도 원래 그런 인간은 아니었다. 사실, 그어떤 사람도 원래 그런 인간은 아니었다. 대학교 1학년 때, 늦은 밤 담배 한 갑을 산 J군이 자취방에서 담배를 피우다가 성냥이 떨어졌다는 사실을 깨닫고는 마치 종갓집 며느리처럼 그 불씨를 지키기 위해 밤새도록 줄담배를 피웠다는 사실을 나는 알고 있으니까. '쏘쿨'하기까지 우리가 지킨 뜨거운 불씨가 그 얼마던가.

고향에 내려간 나는 아버지와 함께 김천역 앞에서 식품점을 운영하는 작은외숙모를 찾아갔다. 어렸을 때, 우리집은 빵집이었다. 이름하여 뉴욕제과점. 작은외숙모의 가게는 그 오른쪽에 붙어 있었다. 그러니까 서울식품점. 뉴욕제과점의 왼쪽은 원래 남경반점 자리였다가 나중에는 밀타운이라는 음식점이 됐다. 비록 뉴욕제과점은 이제 사라졌지만, 건물의 외관은 그대로다. 그런 건물이 아직도 남아 있다니 나는 얼마나 복된 것일까? 그 건물 앞에만 서면 나는 초등학생이 되니까 말이다.

올가을에 새 소설집이 출간되자, 작은외숙모에게서 전화가 왔다. 뜻밖에도 작은외숙모는 요즘 시를 배우고 있다고 했다. 내가 어렸을 때만 해도 작은외숙모가 시를 쓰게 될 줄은 전혀 몰랐으므로 정말 신기했다. 그건 작은외숙모도 마찬가지였던 모양이다. 시를 가르치는 선생님이 내 책을 칭찬했다는 사실을 몇 번이나 일러주면서 ("그러니까 그 선생님한테 꼭 책을 드려야만 한다." "네.") 작은외숙모가 말했다. "뉴욕제과점에 앉아 있을 때만 해도 너가 이렇게 유명해질 줄 누가 알았겠나?" 하긴 그땐 나도 몰랐으니까. 초등학교 시절에 내게 제일 가능한 직업은 제빵기술자였다. 대학에 들어가지 못하면 차라리 제빵기술을 배우는 게 낫다고 아버지는 늘 말씀하셨으니까.

찾아갔더니 작은외숙모가 신문을 보여줬다. 하나는 그 선생님이

〈김천신문〉에 쓰신 서평. 다른 하나는 신문에 실린 작은외숙모의 시였다. 신문에 실린 사진과 이름을 보고 나서야 나는 어린 시절 거의 매일 작은외숙모를 만났지만, 그 분의 이름을 모르고 지냈다는 사실을 깨닫게 됐다. '아, 시를 쓴다는 건 작은외숙모에게 자기 이름을 찾는 일이었구나' 하는 생각이 들었다. 가게로 아버지와 내가 찾아가자, 작은외삼촌은 우리를 밀타운 자리에 새로 생긴 복집으로 이끌었다. 우리 동네에서 맥주를 마시는 관습은 다음과 같다. 짝수로 맥주를 시키다가 일어설 무렵이 되면 "술은 홀수로 마셔야 하니까"라고 말하면서 입가심용으로 한 병을 더 시킨다. 술은 무조건 첨잔이다.

그 술자리에서 나는 작은외숙모가 올해 일흔 살이라는 사실을 알고는 까무라치는 줄 알았다. 막연히 작은외숙모는 사오십대일 것이라고 생각하고 있었으니까. 아아아, 고향이란 그런 곳이었다. 그게 초등학생인 내가 먼 훗날을 생각하면서 꾸는 꿈인지, 마흔 살이 된 내가 옛일들을 생각하며 회한에 잠기는 것인지 구별도 되지 않는다. 나를 현실로 돌아오게 만든 건 그 프로그램이었다. 이제 담배를 피울 시간이 됐다는 것. 하지만 피울 엄두도 내지 않고 있는데, 작은외삼촌이 내게 담배를 건넸다. 내 나이 마흔. 이제는 아버지와 작은외삼촌 앞에서 담배 한 개비 정도는……, 뭔 소리냐? 턱없는 소리다. 내 눈에 작은외숙모가 사오십대로 보인다면, 그분들의 눈에 나는 초등학생으로 보일 게 분명할 테니.

고향에 다녀와서 웨인왕과 폴 오스터가 만든 〈스모크〉를 다시 봤다. 서울식품점 앞에 놓인 화분들을 들여다보는데 그 영화가 생각났다. 아무래도 '뉴욕'제과점에서 자랐기 때문인지 나는 그 영화가 참 좋다. 특히 폴 벤자민이 담뱃가게 주인 오기가 10년 넘게 매일 같은 거리를 찍은 사진을 들여다보는 장면은 언제 봐도 가슴이 뭉클하다. 다 똑같잖아. 아니야. 모두 다른 사진이야. 천천히 봐야 해. 그러다가 죽은 아내를 사진 속에서 발견하고 폴 벤자민이 우는 장면. 나도 매일 그렇게 사진을 찍었다면 어땠을까? 아버지와 작은외삼촌은 여전히 홀수에 맞춰서 맥주를 주문할 것이며, 두 분의 잔은 비는 일이 없을 것이다. 어느 날부터 작은외숙모는 시를 쓰기 시작할 것이다. 마흔 살이 된 나는 새로 나온 소설(그것도 열두 번째 책!)을 들고 서울식품점을 찾아갈 것이다.

아이포드 터치의 프로그램이 시키는 대로 담배를 피우다보면 과연 11월20일에 하루에 내가 피우는 담배의 개수가 두 개비 미만으로 줄어들까? 그건 장담할 수 없으나, 앞으로의 나날도 폴 벤자민이 들여다보던 사진과 같으리라는 것만은 알 수 있겠다. 다 똑같아 보이지만, 모두 다른 나날들. 우린 울고 또 웃겠지만, 모두 다른 순간들이라는 바로 그 이유 때문에 인생은 계속되겠지. '쏘쿨'한 사람이 아니라면 누구나 그러하듯이 〈스모크〉를 다 보고 난 뒤에 나는 담배 한 개비를 피웠다. 영혼의 무게를 재는 일과 비슷하다고 생각하니 참 맛있더라. 당연히 프로그램은 리셋했다. 인생을 리셋할 수는 없으니까.

꿈같은
'좌짜장 우케이크' 시절

2009.10.29

지난주 연수 군은 이 (소중한) 지면에 아이포드 터치용 흡연 처방 프로그램에 대한 소개를 (쓸데없이) 상세하게 적어놓았는데(그러고 나서 소개한 영화가 〈스모크〉라니, 부끄럽지 않은가?), 그 처방이 얼마나 부질없는 짓인가에 대한 고발로 이 글을 시작하려고 한다. 며칠 전 술자리에서 연수 군을 만났는데 그는 구석자리에서 (눈치도 없이) 연신 담배를 피워대고 있었다. 도대체 어떻게 된 일이냐고 (따뜻한 목소리로) 묻자 그는 간결하게 대답했다. "아이포드를 안 가지고 와서……." 그래가지고서야 평생 담배를 줄이지 못한다.

흡연 처방 프로그램을 그대로 따르면 흡연량이 A와 같은 그래프

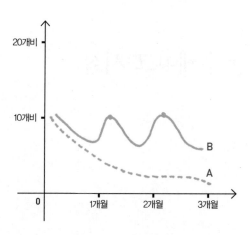

를 그리게 될 것이라고 연수 군은 말하지만, 실제로는 B와 같은 그래프를 그리게 될 것이다. B 그래프의 두 꼭짓점을 예상해보자. 1. 연수 군은 곧 문예지 장편 연재 마감을 해야 한다. 2. 마감이 끝난 뒤 주춤하던 그래프는 연말 술자리가 늘어나면서 다시 급속한 상승곡선을 만들 것이다. 참으로 딱한 일이 아닐 수 없다.

고발하는 김에 하나만 더 하자. 연수 군은 추석 귀성길 내 차 뒷자리에 앉아 호사를 누린 것이 그간 나에게 베풀었던 은혜를 돌려받은 것이라고 말하지만, 그동안 나도 할 만큼 했다, 는 느낌은 어쩔 수 없다. 연수 군의 '뉴욕제과점'만 생각하면 나는 착취당했던 옛시절의 일들이 새록새록 떠오른다.

어린 시절, 명절이나 크리스마스가 다가오면 나는 친구들을 만나기 위해 역으로 향했다. 김천역 근처에는 두 명의 친구가 살고 있었는데 둘 모두 '(먹을 게) 있는 집 자식들'이었다. 한 친구의 집은 역 왼쪽의 중국집 '대영반점'이었고, 또 한 친구(연수 군)의 집은 역 오른쪽의 빵집 '뉴욕제과점'이었다. 그렇다. 좌청룡 우백호보다도 더 좋다는 '좌짜장 우케이크'였던 것이다.

좋아하기로 따지자면 자장면이 최고였지만 친구 아버지가 주인이더라도 매일 자장면을 얻어먹기는 힘들다. 일단 원가가 비쌀뿐더러 아들 친구를 위해 특별히 자장면을 제공해주는 '서비스'는 학기초 한두 번이면 그만이다. 가끔 홀에서 음식을 날라주는 일을 거들고 자장면을 먹기도 했지만, 내가 무슨 아르바이트 학생도 아니고 '(뭐라도) 있는 집 자식'으로서 매일 하기는 힘에 부치는 일이었다. 만만한 게 '뉴욕제과점'이었다. 빵집은 오며가며 슬쩍슬쩍 집어먹을 것도 많고 일명 '기레빠시'라 불리는 카스텔라 귀퉁이의 부스러기도 얻어먹을 수 있지 않을까 싶은 기대가 컸다. 그러나 내게 돌아온 것은 장시간의 노동과 야근이었다.

나는 명절 전날이나 크리스마스 전날이면 연수 군의 옆에 앉아서 이름도 잘 기억나지 않는 빵들을 비닐 포장지에 넣는 단순노동에 시달렸다. '이렇게 바쁜데 뭐라도 거들어라'는 연수 군의 권유를 들고 구름처럼 가벼운 마음으로 일을 시작했던 나는 '아이고, 일을 참 잘하네'라는 연수 군 어머니의 칭찬과(과연 칭찬이었던가요, 어머님) '아무거나 먹고 싶은 거 집어먹어'라고 말해준 연수 군 누나의 다정함에(두 손을 사용해야 하니 먹을 시간이 없잖아요, 누나!) 포획당하여 날이면 날마다 집에도 가지 못하고 야근에 시달렸다.

악덕고용주의 만행에도 나는 어찌나 할 일이 없었는지 매년 명절이면 연수 군의 '뉴욕제과점'에 가서 시간을 보냈다. 비닐 포장지에 빵을 싸고 낄낄거리며 잡담을 하고 빵을 집어먹다가 집으로 돌아왔다. 영화 〈스모크〉처럼 누군가 10년 넘게 매일 '뉴욕제과점' 앞을 사진기로 찍었다면 참으로 이상한 광경을 목격했을 것이다. 명절에만 나타나서 열심히 일만 하고 돌아가는 사내아이. 사진을 찍은 사람은 이렇게 외치겠지. "쟨 도대체 정체가 뭐지?"

명절을 맞아 '뉴욕제과점' 앞에서 연수 군과 함께 노는 건 나의 공식 일정이 됐다. 함께 가게를 보았(다기보다 TV를 보았)고, 손님이 없을 땐 담배를 피우며 놀았고, 책도 읽었고, 수족관의 물고기를 보며 놀았고, 손님이 아예 없을 땐 가게 앞에서 우유팩을 차며 놀았고, 저녁이 되면 빵을 포장하고, 쓸 데 없는 이야기만 하다가 집으로 돌아갔다. 시간이 흘러 그 아이들은 청년이 되었고, 청년은 어른이 되었다. 나는 명절의 '뉴욕제과점'을 생각할 때마다 연수 군과 내가 이렇게 작가가 되어 함께 글을 쓰고 있다는 사실이 신기하기만 하다. 우리집과 '뉴욕제과점'과 '대영반점'과 학교와 김천역 근처가 내가 알던 세계의 전부였던 그 시절을 지나왔다는 사실이 꿈처럼 느껴진다.

추석이 지난 요즘은 높고 넓고 파란 하늘이 너무 아름다워 영화볼 엄두도 내지 못하고 있다. 영화는 무슨, 이런 날엔 하늘이나 실컷 봐야지. 실컷 봐서 파란 하늘을 눈에다 새겨넣어야지. 그래도 원고는 써야겠기에 DVD장에서 오랜만에 〈길버트 그레이프〉를 꺼냈다. 조니 뎁이 사는 동네의 이름은 '엔도라', 마치 어린 시절의 김천 같은 곳이다. 풋풋한 조니 뎁의 연기도, 저런 시절이 있었나 싶은 레오나르도 디카프리오의 연기도, 줄리엣 루이스의 칼칼한 목소리도, 오랜만에 봤더니 모두 새롭다. 다시 보는 영화라도 눈물이 핑 도는 장면은 여전하다. 뚱뚱한 엄마가 죽은 집을 통째로 불태워버리는 장면, 집 앞 벌판에 꺼내놓은 의자에 앉아 불타는 집을 바라보는 장면은, 다시 봐도 슬프다. 내가 그 집 속에 들어 있는 것 같아서 아프다. 꿈처럼 부드러웠던 어린 시절로부터 이렇게 먼 곳까지 달려오니 자꾸만 뒤를 돌아보게 된다.

〈길버트 그레이프〉의 첫 장면과 마지막 장면은 똑같다. 조니 뎁과 디카프리오가 파란 하늘을 배경으로 캠핑카를 기다리는 장면이다.

두 하늘은 똑같아 보이지만 분명 다른 하늘일 것이다. 그 사이 별들도 많이 죽었을 테고 오존층도 옅어졌을 것이다. 많은 게 바뀌었을 것이다. 나는 영화 마지막 장면의 하늘을 보고 첫 장면의 하늘이 다시 보고 싶어졌다. DVD를 리와인드했다. 인생을 리와인드할 수는 없으니까.

〈호우시절〉을 보며
중국 하얼빈의
북방 미녀들을 떠올리다

2009.11.05

중국에서 생활할 때, 광복절과는 아무런 상관도 없이 8월 15일, 학술행사에 참가하려고 옌지에 찾아온 모 문학평론가 형과 함께 하얼빈에 놀러간 적이 있었다. 그 형은 내 중국어 실력을 믿었고, 나는 내 국적을 믿었다. 애니미즘도 아니고 국적을 믿었다니 무슨 귀신 씻나락 까먹는 소리냐고 말할 사람이 없지 않다는 걸 잘 알고 있다. 국적. 그러니까 '한궈런'이라는 것 말이다.

때는 바야흐로 염천시절. 비는커녕 뜨거운 햇살만이 하얼빈 중심가 중앙대가 보도블록에 작열하고 있었다. 호우시절에 소주라면, 염천시절에는 맥주. 거리에는 세계맥주축제가 열려 하얼빈 맥주인

'하피'를 비롯해서 다양한 종류의 외국맥주를 팔고 있었다. 거기가 중앙대가든 인사동 뒷골목이든, 무릇 소설가와 문학평론가가 만나면 비구름이 몰려와 빗방울이 쏟아지듯이 목구멍으로는 술이 넘어가게 마련이다. 우리는 거리를 걸어가며 거리 매대에서 맥주를 파는 북방미녀들과 수작하면서 맥주를 마셨다.

수작이라. 초급중국어 과정을, 그나마 두 달 만에 중퇴한 소설가와 그의 중국어 실력을 믿고 하얼빈까지 따라온 문학평론가의 수작이라. 수작이라는 건 간단하다. "뚸샤오첸?"이라면 북방미녀들이 귀를 쫑긋하고 듣다가 "량콰이"였나, "싼콰이"였나, 암튼 뭐라고 대답한다. 그 말에 일단 마오 주석이 그려진 지폐를 꺼내면 북방미녀들은 웃는 얼굴로 다시 묻는다. "니 써 나궈런?" 당근 "워 써 한궈런"이다. 바야흐로 욘사마가 동북아를 휩쓸던 그 시절, '한궈런'이라는 이유만으로 우리는 북방미녀들과 언어를 초월한 눈빛 수작이 가능했던 것이다. 믿거나 말거나. (하긴 일본에서 낭독회를 할 때는 현지 스탭들이 "기므욘수상모 욘사마데쓰"라고도 말했다니깐.)

문제는 하얼빈에서 돌아오는 기차표를 끊어야만 했을 때, 일어났다. 우리는 장춘에서 옌지로 돌아가는 비행기를 미리 예약했기 때문에 5시 전까지는 장춘에 도착해야만 했다. 하지만 하얼빈까지 버스를 타고 갔기 때문에 하얼빈에서 장춘까지 기차로 얼마나 걸릴지 알 수 없었다. 그러므로 내가 해야 할 실용 중국어는 바로 "5시 전까지 장춘에 도착하면 되니까 하얼빈을 더 많이 구경할 수 있도록 최대한 늦은 표를 끊어주시오"라는 것이었다. 무슨 전쟁이라도 벌어졌다는 듯이 등짐을 짊어진 자들로 발 디딜 틈이 없던 하얼빈 역에서 긴 줄을 기다린 끝에 뭐라 항변할 겨를도 없이 "메이요(없어요)"라는 답을 듣고 줄에서 밀려나니 앞이 캄캄했다.

그러나 다른 방법을 찾아 중앙대가의 한 여행사에 갔을 때, 나는 안도의 한숨을 내쉴 수 있었다. 거기에는 젊은 여직원들이 앉아 있었으니까. 다시 한번 나는 나의 국적을 믿었다. 내가 나의 국적을 이다지도 신봉하게 될 줄이야. 우리는 어떤 의사소통의 어려움 없이 표를 끊었다. 왜냐고? 그들에게 '한궈런' 소설가와 문학평론가는 욘사마처럼 보였기 때문이었다. 내 말은 믿을 수 없을지 몰라도 그 문학평론가(지금은 여엿한 교수님이 됐다)의 증언은 믿어야만 할 것이다. 내가 욘사마처럼 보이는 한, 나는 그 어떤 중국미녀들과도 소통할 수 있다. 사랑에는 국경이 없는 것이다.

〈호우시절〉을 보는데, 중국어와 영어와 한국어가 난무했다. 정신없이 세 가지 언어를 번갈아가며 듣다가보니 갑자기 동하가 두 사람이 사랑한 적이 없었다는 메이의 말에 "왜 카는지 모르겠다"라고 말하는 것이었다. 이게 웬 산통 깨는 사투리인가, 자막을 살펴보니 그건 "하우 캔 유 포겟 댓?"이라는 소리였다. 신기한 일이기도 하지, 그 말이 왜 그 말로 들리는 것일까? 가만히 생각해보니 그건 내가 한 번도 남자를 사랑해본 일이 없기 때문인 것 같았다. 반면에 메이의 영어는, 심지어는 중국어까지, 귀에 쏙쏙 들어오는 것이었다. 같은 중국어라도 지사장이 지진 피해 현장에서 말하던 "밥 먹었냐?"는 역시 "쓰팔놈아"로 들리더라. 역시 내 오랜 지론인, 소통의 핵심은 사랑에 있다는 사실을 다시 한번 확인했다고나 할까.

나는 허진호 감독의 영화가 참 좋다. 그분이 대책 없는 낭만주의자라는 건 소리와 빛으로 확인할 수 있다. 내 일부분도 대책 없는 낭만주의자다. 낭만주의자가 될 때, 나는 일상의 소리와 빛에 민감해진다. 비행기 소리라거나 바람 소리, 혹은 도로로 흘러내리는 빗줄기에 되비치는 거리의 불빛들에 나는 끌린다. 그러므로 낭만주의자는 일상 속으로 여행을 떠나는 사람이라고 생각한다. 비 내리는 청두 거리라면 어쩔 수 없이 우리는 센티멘탈해진다. 하지만 그는 서울에서도 그처럼 센티멘탈해질 수 있는 사람이다. 그가 바라보는 일상은 너무 큰 소리와 아름다운 빛으로 왜곡돼 있다. 그리고 이 왜곡은 의도적이다.

"연수 씨 작품에는 신파가 있어요"라는 말을 지난주에 들었다.(물론 그 문학평론가는 아니다.) 항변이 될지 모르겠지만, 나는 통속을 좋

아하고, 신파를 사랑한다. 내가 사랑하는 통속과 신파는 자신의 고통을 드러내는 자가 아니라 자신의 고통을 감추는 데 실패한 자의 것이다. 〈호우시절〉에서 내가 가장 사랑했던 장면은 물론 판다들이 등장하는 부분이었지만(기다려라, 청두의 판다들이여. 반드시 찾아가서 말을 걸어보고야 말겠다), 가장 가슴이 아팠던 부분은 메이가 남편의 영정 앞에 돼지내장탕면(너도 기다려!)을 바치고 구슬프게 울 때였다. 메이처럼 예쁜 여자가 그렇게 울면 그게 어떤 장면이든 나는 가슴이 아프다.

하지만 엔딩 크레딧이 다 올라가고 나서도 자리를 떠나지 못하고 앉아서, 그 장면에서 메이가 운 건 아무래도 죽은 남편이 그리워서가 아니라 어느 날 갑자기 그 남편의 영정이 웬수처럼 보였기 때문이리라고 짐작하니 더 가슴이 아팠다. 사랑에는 국경이 없을지 모르지만, 여행이 끝난 뒤에도 삶이 계속된다는 사실, 오히려 그렇기 때문에 모든 여행은 사후에 낭만적으로 변형된다고 믿는 나는 동하가 한국으로 떠난 뒤, 다시는 연락하지 않은 채 영화가 끝났어도 좋았겠다고 생각했다. 그리고 보면 정말 동하는 모든 여자에게 잘해주는 것 같다. 결혼하기 쉽지 않겠다.

대통령에게도
요리를 가르쳐주자

2009.11.12

한동안 〈Best Restaurant〉이라는 외식전문 잡지사에서 기자로 일한 적이 있다. 현재 〈씨네21〉에서 '그 요리'라는 멋진 칼럼을 연재중인 요리사 박찬일씨가 편집장이었고, 나는 요리의 '요'자도 모르지만 한국말을 비교적 정확하게 쓸 줄 안다는(게 어디냐며!), 또 나이가 많다는 이유로 수석기자가 되었다. 수석기자와 수습기자는 습자지 한장 차이였다. 나는 선배들이 추천해주는 음식 잡지와 각종 전문서적을 읽으며 (그래요, 저, 요리를 글로 배웠어요) 용어를 익혔고, 사전보다 두꺼운 와인 책을 읽으며 카베르네 소비뇽이니 메를로 같은 외계인의 언어나 다름없는 생소한 단어들을 처음 대했다.

나에게 처음 배당된 기사는 '서울의 유명 추어탕집 전격 해부'라
는 꼭지였는데 이름만 거창했지 실은 '네가 이 바닥에서 굴러먹으려
면 처음부터 한번 된통 당해봐야 하지 않겠느냐, 하하하'라는 음험
한 의도가 밑바닥에 찐득하게 깔려 있는 '사람 잡는' 기획이었다. 일
은, 간단하다면 간단했다. 추어탕을 먹고 맛과 분위기와 서비스를
내 나름의 방식으로 평가해서 기사로 작성하는 것이었다. 취재 허
락을 받지 않았으므로 몰래 맛을 음미하고 몰래 평가하고 몰래 사
진 찍고 돈 내고 나왔다. 점심에 추어탕, 오후에 추어탕, 저녁에 추
어탕(웩!), 하루 세끼 추어탕만 먹고 다녔다. 내 평생 먹어야 할 미꾸
라지를 며칠 동안 다 먹었다. 문제는 맛을 기억할 수 없다는 것이었
다. 하루 세끼를 추어탕만 먹고 다니다보니 3일쯤 되자 그 맛이 그
맛 같고, 이 맛이 저 맛과 다르지 않았다. 나름의 평가표를 작성하
고 (매운맛 4, 구수한 맛 3 같은 식으로) 각 추어탕만의 특징과 식당만
의 장단점을 기록하고자 했지만 시간이 지나자 평가는 무색해졌고
숫자는 의미가 없어졌다. 이전까지는 단 한 번도 맛을 평가해본 적
이 없었고 맛의 차이와 특징에 대해 고민해본 적 없었으니 당연한
결과였다. 타고난 재능도 필요하겠지만 맛은 기억하고자 하는 사람
에게만 기억된다. 머리나 마음의 특정한 부분을 열어놓아야만 혀의
감각도 열리게 되는 것이다. 첫달의 추어탕 꼭지는 추어탕의 맛이

거의 기억나지 않는 관계로 사기에 가까운 날림기사가 되고 말았지만 그 이후 낙지 특집이나 냉면 특집을 할 때에는 제법 맛을 기억하고 한 데 뭉치고 분류할 수 있게 됐다.

〈Best Restaurant〉의 기자로 일하면서 가장 행복했던 것은 요리사들과의 만남이었다. 그들은 보이지 않는 곳에서 뚝딱뚝딱 하나의 새로운 세계를 만들어 접시에다 담아 내주었다. 하나의 요리는 하나의 새로운 세계였다. 나는 새로운 세계에 빠져들어 먹고 또 먹는 바람에 몸이 급속히 불어났다. 누군가 내 뒤에서 펌프로 바람을 주입하는 게 아닐까 싶을 정도였다. 함께 다니던 박찬일 편집장과 나는 고등학교 유도부와 어두운 골목길에서 맞부딪친다 해도 액면만큼은 절대 뒤지지 않는 몸매가 됐고, 하루 세끼는 기본, 야근을 핑계로 한끼를 추가하는 만행을 자주 저질렀다. 이 맛을 체험하고 나면 저 맛이 궁금했고, 새로운 식당이 궁금했고, 새로운 재료가 궁금했다. 한끼를 먹을 때마다 하나씩 배웠다. 나는 요리사들의 접시에서 많은 것을 배웠다. 10개의 재료 중에서 어느 것을 맨 먼저 끌어올리고 어느 것을 나중에 둘 것인지, 어떤 재료가 어떤 재료를 감싸게 할 것인지, 요리사는 그 모든 것을 선택해야 한다. 무게와 부피를 가늠한 다음 시기와 순서를 정하는 것은 간단한 일이 아니다.

집에서 요리를 시작한 게 그즈음이었다. 무게와 부피를 가늠하고 시기와 순서를 정하는 걸 해보고 싶었다. 쉽지 않았다. 무엇인가 조금만 어긋나도 맛은 완전히 달라졌다. 그게 재미있기도 했다. 한순간의 결정이 우리 삶을 송두리째 바꾸는 것처럼 한순간의 잘못이 음식 전체를 망친다. 최근에 읽은 무라카미 하루키의 신작소설 〈1Q84〉의 주인공 텐고는 생각을 정리하고 마음을 차분히 가라앉히고 싶을 때 요리를 한다고 했는데, 그 기분을 이해할 수 있을 것 같다. 재료를 준비하고 물을 끓이고 칼로 썰고 다듬고 프라이팬에 익히고 뒤집고 하는 과정을 거치다보면 어딘가에서 어긋나 있던 마음의 뼈가 차분히 제자리로 들어가는 듯한 '접골원의 체험'을 하게 된다.

장진 감독의 신작 〈굿모닝 프레지던트〉를 설명하기 위해 이렇게 오랫동안 음식 얘기를 하게 될 줄은 몰랐다. 〈굿모닝 프레지던트〉는 대통령의 이야기라기보다 음식의 이야기다. 따로 떨어진 세 개의 에피소드를 하나로 꿰는 주인공은 청와대의 장 조리사다. 세 명의 대통령은 힘든 일이 있을 때마다 장 조리사를 찾아와 힘을 얻어간다. 이순재 대통령은 소주 한잔 하고 가고, 장동건 대통령은 라면 먹고 가고, 고두심 대통령은 멸치를 씹어 먹고 간다. 어쩌면 청와대의 식당은 단순히 밥을 먹는 곳이 아니라 비밀 정부기관인지도 모른다. 장 조리사는 주방에서 일하는 척하지만 실은 국가최고자문기구의 핵심 인물이며, 대한민국의 정통성을 면면히 이어나가는 최고 권력자일지도 모른다. 정권이 바뀌어도 장 조리사는 바뀌지 않으니까.

세 명의 대통령은 훌륭한 대통령들이다. 그들은 진심으로 고민하는 대통령들이다. 머리와 마음의 특정한 부분을 열어놓아야만 혀의 감각이 열린다는 사실을 알고 있는 대통령들이다. 귀를 열고 다른 사람의 말을 받아들일 준비가 되어 있는 대통령들이다. 맛과 인생과 충고는 받아들일 준비가 되어 있는 사람에게만 열린다. 우리가 원하는 대통령은 키 크고 잘생긴 대통령이 아니라(기보다 아휴, 잘생기면 좋긴 하겠지만 그보다) 귀가 열린 대통령이라는 사실을 새삼 깨닫게 된다. 장 조리사 같은 인물을 중심으로 국가위원회를 하나 만들면 좋겠다. 이름은 '대통령 경쟁력 강화 위원회'. 주 업무는 대통령에게 요리를 가르쳐주는 것이다. 하루에 한 시간, 하나의 요리를 만든다. 요리를 하면서, 재료를 썰고 다듬고, 끓이고 졸이고 볶으면서, 차분하게 생각하는 것이다. 지금 이 순간 대한민국에 가장 중요한 게 무엇인지. 장 조리사 같은 사람에게 조언도 들어가면서 말이다. 맛있는 대한민국을 만들려면 그 정도의 경쟁력은 가져야 하는 게 아닐까 싶다.

인간의 종말은
이렇게 시작된다고
생각한다

2009.11.19

지난해 한동안 스쿠터를 타고 다녔다. 하늘색 혼다 투데이. 홍대 앞 스쿠터 가게에서 받아서 난생처음으로 일산까지 타고 왔다. 스쿠터를 처음 타면서 제일 곤란했던 건 바로 헬멧이었다. 그건 보자마자 질문을 던질 줄 아는, 지능형 헬멧이었다. "네 머리는 남들보다 크니?" 헬멧이 물었다. 나는 "아니야, 그렇게 크지 않아"라고 대답했다. 하지만 도저히 내 머리통은 그 헬멧 속으로 들어가지 않을 것 같았다. 내가 망설이자, 가게의 점원은 "충분히 넣을 수 있습니다"라고 내게 말했다. 그 말에 용기를 얻어 나는 시키는 대로 턱 끈을 양손으로 잡아당기며 머리를 헬멧에 밀어넣었는데…… 그게 들어가더라. 그 순간부터 세상이 새롭게 보였다. 내 머리는 정말 남들보다 크지 않았던 것이다(라고 말하지만, 결국 〈잘 알지도 못하면서〉에 나온 내 머리통을 보고는 완전히 좌절하고 말았다).

그 스쿠터를 타고 서울 시내를 뻔질나게 쏘다녔다. 제일 좋았던 길은 충정로에서 서소문을 거쳐서 시청으로 가는 저녁 길이었다. 두 번의 고가도로로 연결되는 길인데, 고가도로 위를 달리노라면 마치 빌딩과 빌딩 사이를 날아가는 듯한 기분이 들었다. 스쿠터를 타고 다니는 동안, 서울 시내에서는 수많은 일들이 벌어졌다. 촛불 시위로 밤이 환했고, 물대포로 길바닥이 젖었다. 웃는 사람도 봤고 우는 사람도 봤다. 노래를 부르는 사람도 있었고, 쓰러져 잠든 사람도 있었다. 언제였을까, 아마도 6월 10일이었던 것 같은데 서소문 고가에서 고가 아래로 지나가는 사람들의 행렬을 한참 내려다봤다. 그 행렬은 끝이 없는 것 같았다. 많은 사람들이 고가 아래로 지나갔다. 그런 시절들이 지나갔다. 스쿠터를 타고 서소문 고가를 지나가며 보던, 나를 스쳐가는 불 밝힌 빌딩들처럼.

그렇게 스쿠터 위에 앉아서 나는 모든 것들이 지나가는 삶에 대해서 생각했다. 좋은 일들도, 나쁜 일들도 지나간다. 좋은 시절은 조금 천천히, 그리고 나쁜 시절은 조금 더 빨리 지나가면 참 좋겠지만, 모든 시절들은 공히 같은 속도로, 아니, 더 정확하게 말하자면 느낌상 좋은 시절쪽이 좀더 빠른 속도로 지나간다. '원래 인생이 뭐, 그 따위'라는 이 사실을 받아들이는 데 38년하고도 몇 달이 더 필요했던 것이다. "모두 그렇게 지나가는 것이라면 좋은 것도 없고 나쁜 것도 없는 거야." 스쿠터 위의 명상은 대개 그런 식의 결론을 낳았다. "지나간다는 게 중요한 거지." 그러자 헬멧은 말한다. "그러니까 네 머리가 남들보다 크다는 거야. 머리 크기를 줄이고 몸 크기를 늘려보는 게 좋겠어. 이제 국가에서 건강을 관리해주는 생애전환기도 맞이했으니까 말이야." 헬멧을 쓰고 있으면 머리 크기는 두 배에 이르는 것처럼 보인다. 뇌가 아니라 뇌를 둘러싼 것들이 생각하는 듯한 느낌도 든다. 요컨대 헬멧을 쓰고 스쿠터 위에 앉아 있으면 생각이 많아진다.

〈파주〉를 보러 갔더니 〈2012〉의 예고편을 보여주더라. 로스앤젤레스일까, 샌프란시스코일까? 지진 같은 게 일어나더니 도시가 완전히 박살나고 있었다. 죽고 싶지 않다면 지금 당장 예매하라고 하던데, 예고편을 보고 있노라니까 뭐랄까, 행복한 마음까지 들더라. 지구가 멸망해서 나도 죽을 운명이라면 나는 한 방울의 눈물도 흘리지 않고 알고 지냈던 사람들에게 일일이 전화해서 그동안 함께 살 수 있어서 참 행복했었다고, 또 당신들을 무척 사랑했으며, 함께 웃고 떠들었던 시간들이 참 즐거웠다고 말할 것이다. 다른 친구들은

모두 멀쩡하게 살아서 술도 마시고 놀러다닐 게 불을 보듯 뻔한데
도 나만 죽을 운명이라면 내가 당장 그 영화표를 예매하겠지만, 예
고편 보니까 다들 죽던데 뭐가 겁이 날까. 아주 행복하지. 그 영화
를 만든 사람들은 도대체 우리가 왜 살아간다고 생각하는 걸까?

정작 무서운 영화는 〈파주〉더라. 영화를 본 사람이 내 소설과 비
슷하다고 해서 '음, 명작영화로구나'라고 생각하고 찾아간 것이었는
데, 다 보고 나니 머리가 복잡하고 기분이 착잡해지더라니. 어쩐지.
그 영화에서 가장 무서운 장면은 물대포를 피해서 서 있는 철거대
책위원장 김중식(형부)에게 최은모(처제)가 "왜 이런 일을 하세요?"
라고 질문할 때였다. 그 물음에 김중식은 쓸쓸한, 말하자면 생애전
환기의 표정을 지으며 이렇게 대답했다. "처음엔 멋져 보여서 시작
했는데, 그 다음에는 갚을 게 많아서였고, 지금은 그냥 할 일이 자
꾸 생기는 것 같네." 이처럼 무서운 대사가 어디 있는가? 멋져 보여
서 시작할 때 그는 선배 부부에게 평생 잊을 수 없는 잘못을 저질
렀고, 갚을 게 많아서 그 일을 계속할 때 그는 아내가 죽는 걸 지켜
봐야만 했고, 그냥 할 일이 자꾸 생길 때는 처제에게 "한 번도 너를
사랑하지 않은 적이 없었다"라고 말했다.

지구의 종말까지는 내가 잘 모르겠지만, 인간의 종말은 이렇게
시작된다고 생각한다. 그게 선의로 시작되든, 악의로 시작되든 뭔

가를 하면 할수록 남들에게 피해를 끼치는 인간이 자신이라는 걸 알게 될 때. 이 지경에 이르면 거기에는 선의도 악의도 없는 것이다. 마흔이 가까워지니까 나 역시 선의도 악의도 없어지더라. 네 진심을 알아주고 싶은 마음이 굴뚝같지만, 그러기에는 내가 받는 상처가 너무 크다. 그래서 "걍, 넌 아무것도 하지 마"라고 말하면, 그게 바로 한 인간의 종말이다. '죽고 싶지 않다면 지금 당장 예매하라'는 카피는 아무래도 〈2012〉보다는 〈파주〉에 어울리는 것 같다. 적어도 생애전환기에 접어든 사람들에게는.

마지막 순간의 안개는 〈파주〉의 모든 서사를 바꿔버린다. 결국 지나가고 나면 그 진실은 남은 흔적으로 따져볼 수밖에 없다. 때로 우린 상처로 지난 일들을 다시 경험한다. 마지막 순간에 인류가 다 같이 멸망한다면, 나는 평생 행복하게 살았다고 말할 것이다. 하지만 혼자 외롭게 죽는다면, 난 '이게 다 뭐였냐?'고 악을 쓸지도 모른다. 마지막 장면에서 은모는 헬멧을 쓰고 스쿠터 뒷좌석에 앉아 카메라를 한참 바라본다. (남은 두 달, 볼 것도 없이) 올해의 마지막 장면으로 꼽는다. 지능형 헬멧의 도움을 받으면 그 모든 일들의 의미를 금방 알 수 있을 것 같겠지만, 그럴 리가. 가면 갈수록 선의와 악의, 행복과 불행이 서로 뒤섞이고 삶의 서사도 안개 속처럼 흐릿해진다. 우리의 머리가 남들보다 크든 크지 않든.

작전 짜야 할 시간에
애들처럼 낄낄거리며
농담만 해왔다

2009.11.26

'말'에 대한 연구결과 중에 이런 게 있다. 남자는 하루에 1만2천 단어 이상을 말하면 급격하게 피곤해지고, 여자는 하루에 2만5천 단어를 말하지 못하면 우울해진다고 한다. 남녀의 차이라기보다는 남성성과 여성성의 차이인 것 같다. 남자 중에는 하루 2만5천 단어 이상을 말하는 사람도 있고(뜨끔, 아휴, 저는 아니고요), 여자 중에는 과묵한 사람도 많다.

인터넷 문학 라디오 〈문장의 소리〉 DJ로 활약할 때 〈씨네21〉 고경태 편집장의 화제의 신간(이자 내 생각으론 글 쓰는 이들의 필독서)인 〈유혹하는 에디터〉의 멋진 부분을 방송 중에 낭독했다가 저기 오른

272

쪽 아래 프로필 난에 '현재 〈문장의 소리〉 DJ로 활약하고 있다'는
문장이 쥐도 새도 (나도) 모르게 추가되어버린 DJ 자격으로 한마디
하면, 말하는 게 얼마나 많은 에너지를 필요로 하는 일인지 새삼
깨닫고 있다(거, 참, 문장이 수다스럽네!). 혼자 떠들고, 초대 손님과 떠
들고……, 그렇게 2시간 동안 녹음을 끝내면 온몸에서 순식간에 힘
이 빠져나가고, 머릿속에는 아무런 문장이 떠오르지 않는 '백지뇌
상태'가 한참 지속되는데, 처음에는 고통스럽게 느껴졌지만 요즘에
는 조금씩 익숙해지고 있다. 여자가 하루에 2만5천 단어를 말하지
못하면 우울해진다는 사실을 조금은 이해할 수 있을 것 같다. 생각
한 것을 말로 내뱉고 나면 힘은 들지만 머릿속이 깔끔하게 정화되
는 듯하다. 결 고운 마른걸레로 뽀득뽀득 소리가 날 정도로 깨끗이
창문을 닦아낸 것 같다.

　동네에 괜찮은 카페가 많이 생기면서 김연수 군과 수다 떠는 일
이 잦아졌다. 김연수 군과 내가 카페에서 만나면 한국 현대사회의
문제점과 한국 현대문학의 중요쟁점에 대해 열띤 토론을 벌일 거라
고 생각하는 분들이 (그래도 꽤) 있던데, 당연히 그런 얘기는 절대 안
하고 각자 새로 산 전자기기 자랑을 하거나 농담 경연대회를 벌이거
나 쓸데없는 계획을 세우면서 시간을 보낸다. 최근에는 이런 얘기
를 나눴다(주의: 상세 대화 내용은 실제와 조금 다를 수 있음).

김연수: (길쭉한 모양의 카페를 둘러보면서) 나이 들어서 이런 데다 소설전문서점 만들면 좋겠다. 다른 책은 없고 오직 소설만 파는 거지. 주말에는 헌책 벼룩시장을 열고, 작가초청 낭독회도 열고.

김중혁: 소설전문서점을 하면 서가 배치를 특이하게 해야겠다.

김연수: 작가나 출판사의 가나다 순으로 정리하면 절대 안되지. 비슷한 계열의 작가들을 묶어놓는 거야. 서가 배치에 내 의도가 드러나야지.

김중혁: (펜과 종이를 꺼내서) 그럼 이렇게 배열하면 되겠다. 이 기준에 맞춰서 작가의 소설을 배치해놓으면 멋지지 않겠냐.

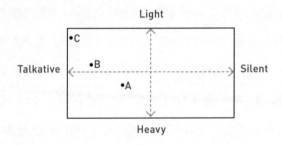

김연수: 내 소설은 어디쯤 있냐?

김중혁: (A지점을 가리키며) 여기쯤 아닐까. (B지점을 가리키며) 내 소설은 여기.

김연수: 아니, 넌 말이 더 많지. 여기야 여기. 이런 식으로 하면 굳이 소설 추천해줄 필요도 없겠다. 좋아하는 작가 근처에 있는 소설을 읽어보면 되니까.

김중혁: (문득 생각났다는 듯) 근데 서점 차릴 돈 있냐?

김연수: (정색하며) 나이 들어서 한다니까.

김중혁: 너 나이 많이 들었어.

그 뒤로 한 시간 동안 김연수 군과 나는 세계 유명작가의 소설을 어디쯤 배치할 것인지 정리했다. 무서우면서도 수다스러운 스티븐 킹, 무덤덤하게 수다스러운 폴 오스터, 쿨하게 밝고 수다스러운 무라카미 하루키, 묵직하고 조용하고 무거운 코맥 매카시 등 수많은 작가가 우리에 의해 분류됐다. 그런 수다를 떨고 있으면 시간 가는 줄 모른다. 쿠엔틴 타란티노의 명작 영화 〈저수지의 개들〉에서 죠가 한 말이 들리는 듯하다.

"애들처럼 낄낄거리고 농담만 할 거야? 학교 운동장의 계집애들처럼 말이야. 농담 하나 해줄까? 다섯놈이 감방에 앉아서 분석을 하고 있었어. 왜 실패했을까, 하고 말이야. 뭘 실수한 거지? 네 탓이다, 아니 네 탓이다. 개수작들을 하고 있었지. 마침내 한 놈이 말했어. 이봐, 잠깐, 우리는 작전을 짜야 할 시간에 농담을 했어. 무슨 말인지 알겠어?"

무슨 말인지 알겠다. 나는 계속 그렇게 살아온 기분이다. 작전 짜야 할 시간에 애들처럼 낄낄거리며 농담만 해왔다. 저 말은 타란티노 자신에게 하는 말이기도 하다. 타란티노 영화의 주인공들은 늘 애들처럼 낄낄거리고 농담만 한다. 학교 운동장의 계집애들처럼 말이다. 말이 참 많다. 그의 신작 〈바스터즈: 거친 녀석들〉도 마찬가지다. 영화를 보는 내내 입안에서 이 말이 맴돌았다. "거 참, 말 많네."

김연수 군과 함께 만든 소설전문서점의 서가 배치도를 영화에 적용한다면 아마 타란티노 감독의 위치는 C 정도가 아닐까. 타란티노 영화의 주인공들은 어디든 앉기만 하면 쉴새없이 떠들어댄다. 카페에서, 술집에서, 차 안에서, 극장에서, 식당에서 계속 떠든다. 마돈나 이야기, 팁을 줘야 하는지 말아야 하는지 이야기, 암스테르담의 마약 이야기, 유럽의 맥도널드 이야기 등. 대화는 대부분 그저 잡담이다. 영화의 주제를 드러내는 의미심장한 대사도 있지만 잡담이 많다.

타란티노 영화의 수다와 잡담은 효과음이거나 배경음악이다. 공포영화에서 소리로 사람들을 긴장시킨다면, 타란티노는 수다와 잡담으로 사람들을 긴장시킨다. 〈바스터즈: 거친 녀석들〉에서는 쥐 이야기와 파이 이야기, 미국의 흑인 운동선수 이야기, 스카치위스키 이야기, 이름 알아맞히기 게임으로 관객을 긴장시킨다. 이야기를 들으면서도 무언가 큰일이 일어날 것 같은 긴장감에 눈을 뗄 수 없다. 2시간30분이 지루하지 않다.

달라진 점도 있다. 예전 영화의 잡담이 문화적 취향의 언급인 데 반해 〈바스터즈: 거친 녀석들〉의 잡담과 수다는 영화와 교묘하게 얽혀 있다. 이제부터 〈바스터즈: 거친 녀석들〉에 등장하는 잡담의 의미를 자세히 살펴보려고 하는데, 글 앞부분에서 잡담을 너무 많이 하는 바람에 지면이 부족하다. 흠, 아쉽지만 여기서 이만.

마음의 불구들이여,
이리로 오라

2009.12.03

얼마 전에 울진 죽변항에 다녀왔다. 밤새 날이 흐리고 눈이 내릴 것
같더니 아침이 되자, 수평선 약간 위쪽을 제외하고는 구름 한 점 없
이 맑은 하늘이었다. 항구에 서서 마도로스처럼 바다를 바라보노
라니, 밤새 조업한 고깃배가 하나둘 회항하고 있었다. 만선을 알리
는 신호는 고깃배 10m 상단쯤에서 떠가는 구름처럼 무리지어 날아
가는 갈매기들이었다. 마침내 고깃배가 들어오자, 어부와 갈매기와
경매사와 중간상인과 동네 개들이 한 데 어우러져 삶의 건강한 풍
경을 연출하더라. 그런 풍경에 비하자면, 지난 몇 호에 걸쳐서 〈씨
네21〉 지면을 달궜던 〈파주〉의 질문, 그러니까 "왜 이런 일을 하세

요?"라는 말은 병자의 질문이 아닐까?

"왜 이런 일을 하세요?"를 그대로 질문한 사람에게 돌려주자면, "왜 아무런 일도 하지 않으세요?"가 될 것이다. 거기 부두에서 시선을 돌리니까 조너선 리빙스턴 시걸이랄까, 어부들이 바다로 던지는 피라미들을 받아먹으려고 수십 마리의 갈매기들이 정신없이 배 위를 날아다니는 걸 부두 지붕에 앉아서 하염없이 바라보는 갈매기가 세 마리. 아무리 봐도 다른 갈매기와 다를 바 없이 멀쩡한데도 먹을 것을 구할 생각도 하지 않고 가만히 앉아 있는, 말하자면 예술가 타입의 조류들이었다. 몸은 멀쩡해 보이는데, 그 갈매기들은 왜 아무런 일도 하지 않는 걸까? 그 눈빛을 보면 금방 알 수 있다. 이심전심 염화미소 교외별전이다. 그 갈매기들, '아마 잘 안 될 거야'라고 생각하니까 아무런 일도 하지 않는 것이겠지. 역시나 마음의 불구들. 하지만 마음의 불구라고 해서 아무런 일도 하지 않는 건 아니다. 마음의 불구들은 노래를 부르고 소설을 쓰고 영화를 만든다.

잠깐! 여기서 마음의 불구 이야기를 하는데, 왜 혁 옵바의 미약한 반공정신이 떠오르는지 모르겠다. 대학 국문과 재학 시절, 혁 옵바는 예쁘장한 여자 후배에게 자신의 감수성을 자랑하기 위해 시에 대해 떠들어댔다고 한다. 황지우가 어쩌고저쩌고, 장정일이 이러쿵저러쿵. 그렇지만 혁 옵바가 가장 사랑하던 시인은 우리 〈정든 유곽에서〉의 이성복. 해서 "이성복이라고 너도 잘 알지?"라고 혁 옵바가 말을 건네면, "당연하죠, 선배. 이성복을 모르는 사람이 어디 있어요"라고 그녀가 다시 돌려주는, 그 맑고도 아름다운 프레시맨 시절의 명징한 대화가 오가게 됐다는 훈훈한 이야기. 그런데 거기서 이야기가 끝났으면 딱 좋았을 텐데, 그만 그녀가 조금 더 나아간 것이다. "공산당이 싫어요, 말이잖아요." 아마 잘 안 될 거야. 혁 옵바의 인생이라면 우선 그런 생각부터 드는데, 역시나. 경상도에서 이성복이라고 말하는데, 신문보도에 따르면 공산당을 무척 싫어했다던 그분을 먼저 떠올리지 못하는 한 우리는 아마 잘 안 될 것이다.

마음의 불구들. 인생 행로의 낙오자들. 만성피로에 시달리는 이 낙오자들을 건강한 삶으로 되돌리는 건 프로스타글린딘이라는 호르몬 물질이다. 내가 방금 서가에 있는 책을 꺼내서 3분 동안 연구 조사한 결과에 따르면, 이 물질은 핏속으로 들어가 ① 혈관 확장 ② 통증 유발 ③ 발열이라는 세 가지 기능을 한다. 이 기능은 순서대로 〈어떤 방문〉의 세 단편영화, 〈코마〉와 〈첩첩산중〉과 〈나비들에겐 기억이 없다〉의 내용과 일치한다는 게 내 생각이다. 요컨대 이 세 편의 영화는 모두 마음의 불구를 치료하는 과정, 즉 이성복이라고 말하면 이승복이라고 알아듣는 건강한 삶으로 돌아가는 과정을 보여준다고나 할까. 따지고 보면, (예술가 타입인 우리 혁 옵바의 삶을 통해서도 알 수 있다시피) 모든 예술이라는 게 마음의 불구를 치료하는 과정에 남는, 하지만 위대한 찌꺼기 같은 것이니까.

① **혈관 확장**: 〈코마〉. 마음의 불구가 깊어질 대로 깊어지면 삶의 어느 순간에 이르러 약간 고양된 상태를 경험하게 된다. 그건 안색, 체온, 어지럼증, 빨라진 심장박동, 울렁거림 등으로 확인할 수 있다. 이 단계에 이르면 낙오자들은 정상인들보다 수다스러워진다. 타란티노의 영화에 등장하는 대부분의 인물들과 혁 옵바가 여기에 해당한다. 〈코마〉에서는 사당 앞에서 부르는, 평소보다 한 옥타브 정도 높은 톤의 노랫소리로 이 단계를 확인할 수 있다. 그러므로 느닷없이 자기 입에서 괴상한 노랫소리가 흘러나오거나 누군가를 뒤쫓아 가서 결국 안고야 말게 되더라도 너무 걱정하지 말기를. 이건 마음의 불구를 치료하기 위한 혈관 확장 과정에서 일어나는 지극히 당연한 증상들이다. 어쨌든 모든 노래들은 이렇게 해서 부르게 된다.

② **통증 유발**: 〈첩첩산중〉. 통증을 완화하기 위해서는 그 원인을 찾아내는 서사가 필요하다. (결국 이 장면 때문에 이 영화를 본 것이나 마찬가지인데) 소설가 은희경 선배가 나오는 장면에서 정유미는 어제 모텔촌에서 선생님과 함께 있는 걸 봤다는 은 선배의 말에 적절한 변

명을 창작하지 못한다. 서사로 통증을 완화한다는 게 무슨 소리인지 이해되지 않는다면, 영화의 끝부분에서 작열하는 문성근의 대사를 보면 쉽게 알 수 있다. 그 대사를 듣노라면, 문성근이라고 왜 통증이 없겠느냐는, 매우 설득력있는 생각이 드니까. 하지만 문성근은 그 통증을 예술혼으로 불태운다고나 할까. 살아남기 위해 정말 열심히 서사를 만든다. 이렇게 해서 소설은 창작된다. 그러고 보면 문성근은 정말 훌륭한 문예창작과 교수인 셈이다.

③ **발열**: 〈나비들에겐 기억이 없다〉. 마지막으로 정신이 몽롱해진다. 열이 나기 때문이다. 이건 신종플루도 아니고 상당히 오래된 플루다. '아마 잘 안 될 거야'라고 생각하던 낙오자들이 뭔가 위대한 꿈을 꾸기 시작한다. 어릴 적 친구를 납치해서 몸값을 받아내는 일을 꾸민다. 각자 권총을 하나씩 꿰차고 가면을 얼굴에 쓴다. 그러곤 수풀을 헤치면서 걸어간다. 마음의 불구들이 빚어내는 그 열의에 탄복해서 과연 납치에 성공할 것인지 기대에 차서 바라보지만, 역시나 잘 안 된다. 그리고 암전. 관객은 모두 "이게 뭐냐?"고 말할 테지만, 그렇게 해서 영화가 한 편 만들어지는 것이다. 혹시 "왜 아무런 일도 하지 않으세요?"라고 처제가 묻는다면, 〈어떤 방문〉을 보여주는 게 제일 좋겠다.

정확히 40도,
반신욕 하기 딱 좋은…

2009.12.10

아직 〈파주〉를 보지 못했다. 지난 몇 주 동안 〈씨네21〉을 열심히 읽었더니 〈파주〉를 본 것 같다. 많은 분이 〈파주〉에 대해 다양한 영화평을 써주셨고, 김연수 군은 본 칼럼에서 2회에 걸쳐 "왜 이런 일을 하세요?"라는 대사를 인용하며 '올해의 대사' 부문의 강력한 후보로 〈파주〉를 추천하였는데, 심지어 지난주에는 "왜 이런 일을 하세요?"라는 질문과 그 질문을 반사시킨 질문인 "왜 아무런 일도 하지 않으세요?"를 연결시키며 지나치게 현학적이며 의학적인데다 밑도 끝도 없는 칼럼을 써서 영화를 보지 않은 나를 괴롭게 하였다. 나도 영화의 대사를 빌리자면, "김연수 군은 왜 이런 글을 쓰세요?" 김연수 군은 나에게 되묻겠지. "왜 아무런 글도 쓰지 않으세요?" 쩝, 그런 식으로 물어오면 할 말이 없다.

나는 오랫동안 김연수 군의 '성실'을 부러워했다. 그는 늘 성실했다. 이십대의 김연수 군을 생각하면 벽을 향해 앉아 컴퓨터 키보드를 두드려대는 뒷모습이 떠오를 정도로 그는 언제나 글을 썼고, 또 썼고, 계속 썼다. 1994년에 등단하여 지금까지 열 권의 소설책과 두 권의 에세이책을 냈으니 거의 1년에 한 권꼴로 책을 펴낸 것이다. 노자의 말 중에 "거거거중지去去去中知, 행행행리각行行行裏覺"이라는 게 있다. 가고 가고 가다보면 알게 되고, 하고 하고 하다보면 깨닫게 된다는 건데, 김연수의 경우에는 아마도 쓰고 쓰고 쓰다보면 손가락에 무리가 오지 않을까. 그렇게 성실한 김연수 군도 이제는 어느덧 마흔을 넘기고 체력이 소진된 것인지, 올해 초 야심차게 시작하여 초반 발랄하고 상큼한 칼럼을 쏟아냈던 〈씨네21〉 연재 원고에 통 신경을 쓰지 못하고 있다. 지난주 칼럼처럼 유머를 잃고 방황하는 모습을 보고 있노라면 내 가슴이 다 아플 지경이다. 오늘 낮 카페에서 김연수 군을 만나 물어보았다. "왜 이런 글을 쓰세요?" 김연수 군은 이렇게 대답했다. "처음엔 멋져 보여서 시작했는데, 그 다음에는 갚을 게 많아서였고, 지금은 그냥 써야 할 글이 자꾸 생기는 것 같네." 질문과 상관없는 대답을 하는 걸 보니, 이제는 '나의 친구 그의 영화도 막을 내릴 때가 된 게 아닌가 싶다.

김연수의 팬은 좋을 것 같다. 어쨌거나 1년에 한 권꼴로 책을 펴내고 있으니, 2주일에 한 번 〈씨네21〉에도 글을 쓰고 있으며, 에 또, 일간지에 시를 소개하는 글도 쓰고 있으니 그의 글을 좋아하는 사람이라면 행복할 것 같다. 나는 불행한 편이다. 나는 〈씨네21〉에 글을 쓰면서 내가 좋아하는 감독들에 대한 전폭적인 지지를 보내는 것으로 나의 사명을 하려 했다. 그러나 올해 내가 좋아하는 감독들의 활동은 아주 미미하였다. 이제 곧 연재도 끝날 텐데 안타깝기 그지없다.

내가 전폭적인 지지를 보내는 감독은 세 명 정도다. 그 중 한 명인 장진 감독은 지난 10월 〈굿모닝 프레지던트〉를 발표하며 나의 빈 마음을 채워주었지만, 한재림 감독은 2년이 넘도록 뭘 하고 있는 것이며, 류승완 감독의 〈야차〉는 도대체 어떻게 되었단 말인가. 한재림 감독과 류승완 감독의 신작 소식이 간간이 들려오지만 영화의 세계는 노자의 생각과 달라서 찍고 찍고 찍다보면 개봉을 할 수 있는 게 아니니 앞으로도 얼마나 더 기다려야 하는지 모르겠다. 류승완 감독의 단편 〈타임리스〉라도 볼 수 있었던 게 그나마 다행이었다.

〈타임리스〉는 휴대전화 업체의 광고로 만들어지긴 했지만(http://

www.motoklassic.com에 가면 무료로 영화를 볼 수 있다) 류승완 감독의 신작이나 마찬가지다. 뛰고 넘어지고 부딪치고 싸우며 온몸을 끝까지 밀어붙이는 류승완표 영화다.

류승완 감독의 영화를 좋아하는 이유는, 다 보고 나면 온몸이 뜨끈뜨끈하게 데워지는 액션과 듣고 있다보면 피식 웃음을 짓게 만드는 유머가 잘 배합돼 있기 때문이다. 온수 밸브와 냉수 밸브를 잘 조절해서 반신욕하기 좋은 40도 정도의 수온을 지속적으로 유지한다는 것은 쉬운 일이 아닌데, 류승완 감독은 언제나 그걸 해낸다. 류승완 감독의 영화를 기억할 때도 늘 뜨거운 장면과 차가운 장면이 동시에 떠오른다.

〈아라한 장풍대작전〉에서 정두홍과 류승범의 액션장면을 기억할 때는 몸이 뜨거워지지만, 류승범이 야쿠르트를 먹다가 던진 "그러니까 그분들이 안에 계시잖아요?" 같은 대사나 "방송실에 계세요?" 같은 대사를 떠올릴 때면(크크, 아, 다시 생각해도 웃기는구나) 온몸의 힘이 다 빠져나간다. 〈짝패〉에서도 그랬고, 〈피도 눈물도 없이〉에서도 그랬다. 내가 류승완 감독의 작품 중 〈주먹이 운다〉를 가장 '덜' 좋아하는 이유 역시 그 때문이다. 〈주먹이 운다〉는 너무 뜨거워서 마음을 식힐 장면이 없다. 〈짝패〉의 온도가 40도라면, 〈아라한 장풍대작전〉은 38도, 〈피도 눈물도 없이〉는 43도, 〈죽거나 혹은 나쁘

거나〉는 45도, 〈다찌마와 리: 악인이여 지옥행 급행열차를 타라!〉
는 36도, 〈주먹이 운다〉는 50도다. 너무 뜨거워서 살이 발갛게 익
는다.

류승완 감독의 신작 〈타임리스〉는 다시 40도의 영화다. 액션과
유머와 감정이 넘치지도 모자라지도 않는다. 정두홍과 이경미와 황
병국의 연기에 실없이 웃다가도 온몸을 던지는 케인 코스기의 액션
에 살이 떨린다. 롱테이크로 이어지는 마지막 액션장면을 보고 나
면 어찌나 온몸에 힘을 주었던지 장편영화를 보고 난 것처럼 힘이
빠진다. 정확히 40도의 온도로 영화를 보고 나면, 마치 반신욕을
한 것처럼 땀을 쭉 빼고 나면, 혈액순환이 좋아지고 기분도 좋아진
다. 어린 시절 극장에서 성룡의 영화를 보고 나올 때의 기분과 비
슷하다. 버스터 키튼의 영화를 보고 났을 때의 기분과 비슷하다.

류승완 감독에게 바라는 게 있다면, 전성기 때의 성룡처럼 매년
새로운 영화를 만들어달라는 것이다. 매년 새로운 액션과 새로운
웃음으로 반신욕을 하고 싶다. 그나저나 나도 이런 말 할 처지가 아
니긴 하다. 김중혁의 소설을 좋아하는 사람들이 있다면, 그분들은
도대체 얼마나 불행한 것인가. 10년이 넘도록 딱 두 권의 책을 썼으
니 이것 참 분발해야겠다.

"비이이이즈니스!"를
돌려세운 환영

2009.12.17

내가 입체사진을 얼마나 좋아하는지는 2007년에 발표한 장편소설 〈네가 누구든 얼마나 외롭든〉을 펼쳐 보면 알 것이다. 이 칼럼의 내용을 이해하려면 그 소설을 꼭 읽어봐야만 할 것이다(라고 쓰지만, 그 책을 다 읽고 나면 이 칼럼을 읽고 싶은 생각이 나지 않을지도 모르겠다). 어렸을 때, 우리 집에는 설악산 입체사진첩이 있었다. 부착된 두 개의 렌즈를 들여다보면 거기 흔들바위나 백담사 계곡 같은 게 생생하게 보였다. 그건 내가 최초로 매혹된 이미지였다. 이 매혹은 내게는 더없이 중요했다.

입체사진을 영어로 스테레오스코피라고 부른다. '스테레오'는 '입

288

체\|solid'라는 뜻의 그리스어다. 입체사진은 두 장의 사진 사이의 차이에 의해서 입체로 보인다. 스테레오 사운드 역시 이런 원리로 만들어졌다. 들어보면 알겠지만, 양쪽 스피커에서 나오는 소리는 차이가 난다. 이 차이는 이 세상에 없는 공간을 만들어낸다. 중학 1학년 때, 나는 워크맨으로 처음 스테레오 사운드를 들었다. 광활한 들판에 나 혼자 서서 음악을 듣는 느낌이랄까. 그건 이 세상에 없는 공간이랄까. 감각할 수 없으면 존재하지 않는다고 말할 수 있다면, 스테레오가 만들어내는 그 공간은 실재한다고 말할 수 있을까?

좀더 어렸을 때, 그러니까 텔레비전은 흑백화면이었고 모든 음악소리는 모노였던 시절인 1970년대 후반에 내가 본 만화 〈걸리버 여행기〉에는 소인 악단이 직접 들어가서 연주하는 라디오가 나오기도 했다. 아이들 중에는 라디오 속에 진짜 그런 소인 악단이 있는게 아닌가고 뜯어보는 친구도 있었다. 그 정도는 아니지만, 나 역시 KBS 김천중계소에서 틀어주는 노래를 듣다가 혜은이가 그 중계소까지 찾아와서 부르는 줄 알고 흥분한 적이 있었다. 여름이면 수영하러 가면서 늘 지나갔던 중계소니 노래가 끝나기 전까지는 달려갈 수 있을 것 같았다. 물론 내 말에 어른들은 꽤 웃었다.

그러니 이제쯤은 어린 시절 나를 매혹시킨 건 현실에 육박하는 환영, 즉 스테레오라고 말할 수 있을 것 같다. 나는 지금도 라디오에 모노 사인이 뜨면 견디지 못하고 안테나를 이리저리 돌려보는 사람이다. 나는 민주주의마저도 스테레오의 관점으로 이해한다. 서로의 차이를 통해 만드는 입체적인 사회가 내가 상상하는 민주주의 사회다. '난 생각이 좀 달라'라고 말하지 못하는 사회는 모노 사인이 뜬 라디오보다 더 견디기 힘들다. 그래서 나는 국민통합 같은 말이 제일 싫다. 그건 경제가 어려우니 흑백TV를 보자고 말하는 것처럼 느껴진다. 그렇게는 못하겠다.

〈크리스마스 캐롤〉이 입체영화라는 소식을 듣고 가슴이 뛸 정도였다. 크리스마스에나 개봉할 줄 알고 방심하다가 이미 개봉했다는 소식을 듣고 곧바로 보러 갈 정도였다. 그런데 웬걸, 들어갈 때 입체 안경을 나눠주는 직원이 서 있어야 할 텐데, 보이지 않는 것이었다(광고는 맨눈으로 볼 수 있도록 나중에 나눠주려는 모양이구나'). 실내등이 꺼지고 나서도 안경을 나눠주는 직원은 없었다('이건 맨눈으로 볼 수 있는, 새로운 형태의 입체영화인가?'). 하지만 카메라가 눈 내리는 런던의 거리를 날아다니는 도입부가 시작됐는데도 안경은 없었다. 꼭 그저 나는 생각이 좀 다르다는 걸 피력한 것뿐인데도 반대를 위한 반대를 한다고 구박받는 걸로도 모자라 경찰에 끌려가는 것으로 국민통합에 이바지하는 기분이랄까. 좀 억울했다. 알고 봤더니 입체영화는 지정된 극장에서만 하는 것이었다.

급한 마음에 확인하지도 않고 달려간 게 실수였다고나 할까. 엄청나게 실망했다고 이 칼럼에 쓰게 되리라…… 생각했지만 뜻밖에도 평범한 화면으로 보는 〈크리스마스 캐롤〉도 충분히 놀라웠다. 이 영화에는 단순한 입체영상을 넘어서는 뭔가가 있었다. 입체영상이 아니었기에 오히려 실사영화와 구별되지 않는 환영을 봤다고나 할까. 말했다시피 감각할 수 없다면 존재하지 않는 것이다. 적어도 사물들은 그렇다. 그렇다면 이토록 감각적으로 사실적인 영상이라면 이걸 환영이라고 불러도 될까? 이걸 환영이라고 부른다면 실사영화도 환영이라고 부르지 않을 이유가 어디 있겠는가? 이제는 적어도 실사와 CG의 차이가 현실과 스크린의 벽만큼 크지 않은 것 같다.

그런데 뜻밖에도 이 실사와 CG의 경계가 모호해진 상황이 이야기의 핍진성(흐흐흐, 소설 창작 강사 시절, 학생들을 괴롭힐 때 쓰던 단어로구나)에 기여했다. 〈크리스마스 캐롤〉의 주제란 무엇일까? 젊어서 안해본 일이 없을 정도로 가난하게 성장한 탓에 돈밖에 몰라, 툭하면 경제를 살리겠다는 등 직원에게도 값싸고 질 좋게 일하기 싫으면 나가라는 등 귀신도 따라하다가 턱이 빠질 정도로 "비이이이즈니스!"라고 떠들어대던 한 늙은 인간이 어느 크리스마스이브에 유령이 보여주는 환영을 보고 개과천선한다는 이야기 아닌가. 그러므로 이

이야기의 성패는 노회할 대로 노회한 그 늙은 인간마저도 현실과 오해할 정도로 사실적인 환영을 보여줄 수 있느냐 없느냐에 달려 있다.

관용을 베풀지 않은 부자들이 죽고 나서 어떤 처지가 될지 보여주는 이런 이야기가 나온 지도 벌써 150년이 넘었다. 그런데도 여전히 가난한 사람들은 게을러서 가난하며, 그들에게 자비를 베푸느니 차라리 감옥에 보내버리는 게 낫다고 생각하는 부자들이 많은 건 아마도 그간 이 이야기에 핍진성이 부족했다는 뜻이리라. 하지만 로버트 저메키스가 만든 〈크리스마스 캐롤〉을 보니까 인류가 환영을 다루는 능력은 이제 결정적인 지점에 도달한 것으로 보인다. 내가 스크루지였다면 이 영화를 보면서 마음을 고쳐먹었을 것 같다. 특히 꼬맹이 팀이 죽은 뒤에 계단을 올라가던 환영 속의 밥이 스크루지를 빤히 쳐다보는 장면에서는 내 손발이 다 오그라들더라.

그렇다면 이제 남은 건 개인맞춤 환영을 만드는 일이겠다. 환영을 만들어내는 능력이 이렇게 일취월장한다면 조만간 각자가 주인공이 되는 〈크리스마스 캐롤〉도 만들 것이다. 자신의 과거와 미래가 그처럼 사실처럼 보인다면, 어느 누가 "비이이이즈니스!"라고만 떠들어대겠는가. 갈 곳이 없어서 망루에 올라간 사람들이 불에 타죽어도, 죽고 나서는 차가운 냉동고 안에 누워 있어도 눈 하나 깜빡하지 않는 못된 사람들을 환영으로 뉘우치게 하는 일은 유령들이 했으면 좋겠으나, 유령들은 다 죽었는지 뭐 하는지.

군대 의무병 시절
'첫 실습'의 기억

2009.12.24

요리영화 한 편을 보고 난 듯하다. "자, 고기를 썰 때는 이렇게 사선으로 단번에 잘라야 해요, 보세요, 이렇게 썰린 단면이 깔끔해야죠. 망설임 없이 자르세요. 자, 깔끔하게 자르려면 뭐가 필요하겠어요? 그렇죠. 숫돌에다 칼을 잘 갈아두어야겠죠." 영화 〈닌자 어쌔신〉에서 어찌나 피와 고기와 살과 칼과 뼈를 많이 보았던지 극장문을 나설 때는 사람이 사람으로 보이지 않고 푸줏간에 걸린 고깃덩어리로 보이더라. 〈닌자 어쌔신〉에 대한 평은 요리칼럼니스트 박찬일 씨에게 넘기는 게 나을지도 모르겠다. 박찬일 칼럼니스트라면 아마도 사람 뼈의 강도와 칼날의 각도 같은 걸 치밀하게 계산하고,

흘러나온 피의 양과 잘려나간 단면을 연구하여 맛있는 칼럼을 만들어내겠지만, 내가 알기로 박찬일 칼럼니스트는 이런 영화라면 질색한다. 아마 포스터 근처에도 못 갈 것이다. 나는 이런 영화, 참 좋아하는 편이다. 그런데도 힘들었다. 칼 쓰는 영화 좋아하고, 피 철철 넘쳐흐르는 영화 좋아하지만 영화 시작하자마자 사람 머리 댕강, 허리 댕강 반 토막, 양쪽 팔 댕강댕강 잘려나가는 걸 보고는 나도 모르게 눈을 질끈 감았다.

나도 모르게 '어~~~허~' 하는 감탄사—아저씨들이 사우나에서 자주 내는 바로 그 톤의 감탄사—가 입에서 자주 흘러나왔다. 징그러운 것이나 끔찍한 것을 볼 때면 내 입에서 그런 감탄사가 자동으로 흘러나오는데, 아마도 두려움을 이겨내기 위한 본능적인 행동이 아닌가 싶다. 그토록 처절한 감탄사를 내뱉으면서도 피가 철철 흘러넘치고 뼈가 똑똑 부러지는 영화를 보는 이유는 몸의 정화를 위해서다. 시각적인 극한을 경험하고 나면 이상하게 몸이 차분해진다.

피의 잔치를 보고 나니 군대 시절이 떠올랐다. 내 인생 3대 미스터리 중 첫 번째는 내 의지와 상관없이 어느 날 문득 깨어나보니 의무병이 된 것인데, 친구들은 '줄을 잘 섰네' '누군가 봐주는 사람이 있었나보네'라며 부러워했지만 그곳에도 나름의 고통이 있었다. 몸은 다른 곳보다 편할지 몰라도 매일 아픈 사람을 만나고 매일 피를 보는 것은 생각보다 쉬운 일이 아니었다.

아무것도 모른 채 의무병이 되었기 때문에 나는 잠을 설치며 피나는 훈련과 훈련을 거듭해야 했다. 약 이름을 외우고(뭐가 이리 복잡하단 말이요!) 핏줄을 찾아 링거 투여하는 연습을 하고(저에게 잘못 찔러서 아팠던 분들께 죄송!) 진단서 쓰고 읽는 법을 배웠다. 그나마 가장 재미있었던 훈련은 상처봉합 연습이었다. 사람의 살을 칼로 찢은 다음 그 상처를 봉합하는 게 가장 좋은 방법이겠지만 그럴 수 없으므로 돼지비계를 대체물로 썼다. 고참병의 설명에 의하면 돼지비계는 '사람의 살과 질감이 가장 비슷하며 쉽게 구할 수 있'기 때문에 다른 곳에서도 봉합연습용으로 이용한다고 한다(믿거나 말거나). 고참병은 수술용 칼로 돼지비계에 상처를 냈고 우리는 죽었는데 다시 죽고, 자꾸만 또 죽어가는 돼지비계를 살리기 위해 한땀 한땀 온 정성을 다해 바늘로 꿰맸다.

나는 실력이 꽤 좋았다. 내가 봐도 상처를 꿰맨 실의 간격이 촘촘했고 일정했다. 내가 두각을 나타냈던 부분은 '돼지비계 꿰매기'와 '핏줄 찾아 찌르기'였는데, 타고난 손재주는 어딜 가도 티가 나는 모양이다(하하하!).

스승 밑에서 오랫동안 맞아가며 수련에 수련을 거듭하던 〈닌자 어쌔신〉의 라이조(비)는 사람을 죽이는 '첫 실습'에서 된통 얻어터진 뒤에야 임무를 완수한다. 피를 한 바가지나 흘린 라이조는 빈혈 기 때문인지 적의 피를 너무 많이 봤기 때문인지 자신을 가르친 스승에게 대들고야 마는데, 나도 그렇게 머리가 어질어질했던 적이 있었다. 스승 밑에서 돼지비계를 꿰매며 오랫동안 수련에 수련을 거듭했던 나에게 맡겨진 첫 번째 임무는 잡초를 제거하다 낫으로 제 손을 찌른 이등병의 상처를 꿰매는 것이었다. 그래, 배운 대로만 하면 된다, 배운 대로만 하면 되는데 배운 게 별로 없어서인지 자꾸만 흐르는 피는 어째서 멈추지를 않고, 지혈을 하면 되는 것인데 거즈에는 피가 한가득 배어나고, 피가 겨우 멈춘 상처를 꿰매야 하는데 들어간 실은 잘 보이지 않고, 매듭은 어떻게 하는 것이었더라, 생각이 나질 않고 우여곡절 끝에 다 꿰매고 나니 실밥이 삐뚤삐뚤, 마음 같아서는 다 뽑고 다시 하고 싶었지만, 아, 이것은 돼지비계가 아니다. 사람의 몸이었다. 부대에서 그 이등병을 우연히 마주칠 때마다 나는 늘 미안했다.

한번은 사고로 머리가 깨진 병사가 의무실로 온 적이 있다. 군의관과 고참병들이 병사를 치료했고, 나는 멀찍이 서서 그 광경을 지켜보았는데, 깨진 머리 사이로 뭔가를 본 것 같았다. 그게 뭐지. 뼈? 뇌? 모르겠다. 아무튼 쉽게 볼 수 없는 신체의 한 부분을 나는 보고야 말았다. 의무실 바닥은 피로 흥건했고, 공기에는 비린내가

진동했다. 군의관과 고참병은 식염수 같은 걸로 머리를 소독한 뒤에 큰 병원으로 병사를 후송했다. 지금도 가끔 그 장면이 생각난다. 그 장면을 생각할 때마다 내 입에서는 '어~~~허~' 하는 신음 같은 감탄사가 흘러나왔다. 그 뒤에도 자주 피를 보았고, 나는 조금씩 피에 익숙해졌다. 어지간한 피를 보고는 신음소리도 나지 않았다.

〈닌자 어쌔신〉을 보면서도 곧 피에 익숙해졌다. 피에 익숙해지니 그제야 비의 연기가 눈에 들어오고, 액션장면도 좋아 보였다. 중반 이후에는 더 많은 양의 피가 솟구쳐 올랐지만 무덤덤했다. 다른 관객도 그러는 것 같았다. 여자 관객의 괴성도 눈에 띄게 줄었다. 피가 넘쳐났지만 피로 보이지 않았고, '피'라고 생각되는 붉은색의 '어떤 것'으로 보였다. 비린내는 사라지고 이미지만 남았다. 고통에 적응하고 나면 감각의 문은 닫힌다. 인간은 잊기 위해 스스로 감각의 문을 닫아버린다. 그게 좋은 것인지 나쁜 것인지는 잘 모르겠다. 무감각한 몸이 편안하긴 하겠지만 때로는 고통이 우리를 새로운 세상으로 이끌어주기도 하니까. 때로는 절대 잊지 않아야 할 고통도 있는 법이니까. 라이조가 '첫 실습' 희생자의 시계를 들고 다니는 것역시 그 때문이다. 고통과 피비린내를 잊지 않기 위해서다. 익숙해진다는 것은 편리한 일이지만 무서운 일이기도 하다.

짐승의 경험을 했던 여성지 기자 시절을 떠올리며

2009.12.31

나이가 들어서인지 영화를 보다보면 아는 사람들이 자꾸 나온다. 그게 나이랑 무슨 상관이냐고? 글쎄, 이십대에는 그런 일이 한 번도 일어나지 않았으니까. 군 복무를 마치고 복학한 뒤에 성균관대학교 문과대 석조건물 언저리에서 장준환과 뭔가 얘기를 나눈 적이 있었다. 엉거주춤하게 서서 우리는 각자 영화를 만들고 소설을 쓰자고 다짐했다. 그때 내가 아는 사람들은 다 다짐만 하고 있었다. 몇 년이 지나 준환이는 단편영화를 하나 만들었고 나는 장편소설을 한 권 펴냈다. 하지만 비디오 가게에서 준환이의 단편영화가 실린 테이프를 빌려서 본 사람이나 내 장편소설을 다 읽은 사람은 너무나 드물었다. 모르긴 해도 그 두 개를 모두 보고 읽은 사람은 대한민국에서 나 혼자뿐일 것이라는 확신마저 들더라.

책을 펴낸 뒤, 제일 먼저 한국 출판계에, 그 다음으로 나 자신에게, 그리고 무엇보다도 뭔가를 열심히 해도 아무런 변화가 없는 이십대라는 나이에 실망하게 된 나는 미련없이 절필을 선언하고(그러거나 말거나 누구도 신경 쓰지 않았지만) 잡지사에 취직했다. 〈워킹우먼〉이란 제호의 라이선스 잡지였다. 면접에서 포부를 말해보라는 사장님의 질문에 모든 직장 여성들이 〈워킹우먼〉을 손에 들고 출퇴근하는 그날이 올 때까지 열심히 일하겠다고 또 다짐했지만, 내가 쓴 소설 한 권도 그 손에 쥐여줄 능력이 없다는 건 분명했다.

약간 시큰둥하게, 하지만 자세히 보면 반쯤 얼이 나간 채로 잡지사를 다니기 시작했다. 그렇게 회사를 다니고 몇 달이 흘러 야근을 밥 먹듯이 하던 어느 밤. 시간이 없어서 저녁도 거른 채 택시를 타고 회사로 돌아가다가 나는 내가 짐승에 가까워지고 있다는 심오한 사실을 깨달았다. 겁을 줄 생각이라면 으르렁대는 것만으로도 충분하다. 기습적으로 찔렸다면 전혀 고통스럽지 않다는 듯 웃으며 더 세게 상대방을 찌른다. 숨통을 끊어놓을 작정이라면 급소를 노려라. 하지만 마침내 마감이 끝났다는 소리가 들린다면, 조용히 그 자리에서 빠져나와 달리자. 뒤돌아보지 말고 달리자. 잠적은 이럴 때 하자, 우리. 일단 한번 짐승의 경험을 하게 되면, 그 다음부터 잡지사 기자 일은 좀 중독되는 측면이 있다.

〈여배우들〉을 보는데 여성지 기자로 일하던 그 시절의 일들이 떠올랐다. 피처 담당이었던 나는 주로 성공한 여성 CEO들을 만나고 다녔다. 그들이 하는 말을 노트에 받아 적으면서 나는 좀 찔렸다. 그들은 한결같이 모든 직장 여성들이 〈워킹우먼〉을 손에 들고 출퇴근하는 그날이 올 때까지 열심히 일하겠다고 다짐하는 것 같았다. 거기에 비하면 모델들이 화보를 촬영하는 지하 스튜디오는 아프리카 들판처럼 보였다. 짐승이라면 마땅히 그런 들판에서 뛰어놀아야만 할 것 같았다. 해서 나는 패션 담당이 되고 싶었다. 다짐한 뒤에 진지하게 편집장에게 분야를 바꿔달라고 말했다. 편집장은 좋은 생각이라고 말했다. 진짜 여성지 기자가 되고 싶다면 패션을 반드시 거쳐야만 해, 라고도 말했다. 그런데 그 머리는 어디서 잘랐냐?

그 시절에 내 옆에는 〈여배우들〉에 나오는 〈보그〉의 김지수 씨가, 그 옆에는 〈럭셔리〉의 김은령 씨가, 내 맞은편에는 〈바자〉의 김경 씨가 앉아 있었다. 그 사람들과 같이 일했다는 사실이 지금도 자랑스럽다. 그들은 정말 잡지사 기자들 같았으니까. 그러니까 짐승이되는 게 잡지사 기자의 일이라면 말이다. 물면 웃는 표정으로 똑같이 물고, 뭐 그런 거 말이다. 그런 사람들 사이에서도 나는 꿋꿋하게 장충동 소재 동네 이발소에서 머리를 깎았으니까, 내가 패션 기자가 된다는 건 모든 직장여성들이 내 소설을 읽으며 출퇴근하게 되는 일보다 더 어려웠다.

내 인생에 한 30분 정도, 여성지의 편집장이 된 내 모습을 상상한 적이 있었다. 그렇게 된다면 아마 지금의 내 나이쯤? 그런데 내게는 중대한 결격사유가 있었다. 그때 내게는 리틀프린시즘이 있었다고나 할까. 편집장이 된 어린왕자(내가 그렇다는 게 아니고)를 상상해보라. 이렇게 말하겠지. "보이는 건 중요하지 않아. 중요한 건 눈에 보이지 않는 것이야." 패션이란 중요한 걸 눈에 보이게 하는 일이니까, 이런 식의 태도로는 곤란하다. 영혼이 중요하다면, 패션 디자이너는 그걸 눈에 보이게 만들 것이다. 패션 에디터의 태도도 이와 크게 다르지 않다. 패션 디자이너, 패션 에디터, 패션 모델……. 그들에게도 내면은 존재하겠지만, 그건 중요하지 않다.

반면에 배우란 어쩔 수 없이 내면이 자기 연민으로 가득 찬 사람이라고 생각한다. 분장실의 거울에 비친 자신의 얼굴을 바라보는 사람이라는 이미지. 스스로 자기를 지켜보는 사람. 그들의 내면이 분열되는 건 피할 수 없다. 그런 점에서 〈여배우들〉의 배경이 〈보그〉의 표지사진 촬영현장이라는 건 의미심장하다. 패션업계는 패션모델의 내면을 사용하지 않지만(그러므로 그들에게는 사생활이라는 게 존재한다) 스타산업은 배우의 내면까지도 모두 계약조건에 넣어버린다. 그런데 '여배우들'에서 여배우들은 배우라기보다는 패션모델에 더 가까운 것처럼 느껴진다. 그들은 그 연기 이면에는 아무것도 없다는 듯 각자 자신을 연기한다. 그렇지만 이 영화에서 보이지 않는 그 뭔가는 없는 게 아니라 아직 도착하지 않은 것처럼 느껴진다. 끝내 촬영장에 도착하지 않은 보석처럼.

최근에 나는 칸트의 〈순수이성비판〉을 읽다가 이런 문장에 줄을 그었다. "진리란 인식과 그 대상의 합치." 아아아, 나의 공교육 12년과 대학교육 6년은 모두 이 문장 하나를 이해하지 못해서 다녀야만 했던 것이다. 〈여배우들〉의 진리 역시 영화가 인식하는 그들과 실제의 그들이 얼마나 합치하느냐에 달려 있을 것이다. 이 점에서 이 영화는 정말 아슬아슬한데, 이 아슬아슬함이 창작자에게는 참 매력적으로 느껴진다. 크레딧의 공동각본 명단에 여배우들의 이름이 올라가 있는 것을 보면 더욱 그렇다. 이거 사실일까? 그럼 〈무한도전〉이나 〈해피선데이—1박2일〉 같은 리얼리티를 표방하는 프로그램은? 용산에서 울던 정운찬 총리는? 거기에도 무슨 내면이라는 게 있나? 아니면 허수아비 껍데기일 뿐인가? 아무튼 여배우들이라니까 기자 시절, 전도연 씨와의 에피소드에 대해 좀 써보려고 했는데 분량이 다 차버렸네, 그만.

카메론의 시간은
거꾸로 가나

2010.01.08

연수 군이 〈워킹우먼〉이라는 제호의 라이선스 잡지에서 워킹하는
우먼들을 만나고 있을 때, 나는 도대체 무엇을 했나 곰곰이 생각해
보니, 그즈음 나는 센스 있는 우먼들의 필독 잡지 〈우먼센스〉에서
좋은 말로 하면 프리랜서, 심한 말로 비하하면 '대타'를 하고 있었다
(연수 군과 내가 센스 있는 우먼들의 워킹하는 모습을 담은 통합본 〈워킹우먼
센스〉를 함께 만들면 좋았을 것을⋯⋯). 당시 〈우먼센스〉에는 피치 못할
사정이 있어 기자들이 기사를 쓸 수 없게 됐고, 이를 대신할 용병
이 필요했는데 하필이면 내가 그 자리에 들어가게 됐다. 나에게 주
어진 임무는 최대한 많은 양의 기사를 가장 빠른 시간에 만들어내

는 것이었다. 장르 불문 전공 불문 무작정 글을 썼다. 마이클 조던에 대한 기사도 썼고, 이문열 작가에 대한 기사도 썼고, 가장 유명한 노점상을 찾아나서는 기사도 썼고, 가족 창업에 성공한 사람들의 기사도 썼고, 르포르타주 비슷한 글도 썼던 것 같다. 그 달 내가 쓴 원고를 모아보니 원고지 300장. 열흘 정도 만에 취재도 하고 자료도 수집하며 쓴 것을 감안하면 참으로 열심히 살았던 때가 아닌가 싶다(나는야 센스 있는 워킹맨!). 요즘도 가끔 '초심'이 필요하다고 생각될 때(라기보다 나의 초심은 어땠나 궁금할 때) 스크랩해둔 그때의 글을 다시 읽어보곤 하는데, 모든 문장이 어찌나 촌스럽고 투박한지 '이때에 비하면 요즘은 글을 참 잘 쓰는구나' 싶은 자만감이 들 정도다. 실제로 글쓰는 실력이 좀 나아진 것인지, 아니면 기교만 잔뜩 늘어서 멋지게 보이는 방법만 터득한 것인지 아직도 헷갈리는 걸 보면 여전히 갈 길이 멀다는 생각이 들긴 하지만 말이다.

나는 시간감각이 좀 둔한 편인 것 같다(어쩌면 숫자감각이 둔한 것인지도 모르겠지만). 어떤 사건을 떠올릴 때 그게 몇 년 전의 일인지 도무지 분간할 수 없다. 10년 전인지 20년 전인지 생각이 나질 않는다. 한번 지나간 시간은 다시 돌아올 수 없으므로 흘러가는 즉시 잊어버리는 '쏘쿨'한 나의 성격 때문이기도 하겠지만 세상의 모든 일들이 너무 빨리 바뀌기 때문인지도 모르겠다. '10년이면 강산도 변한다'는 옛말은 그저 옛말일 뿐, '10년이면 강산은 (4대강 사업 때문에라도) 진작에 바뀌었고, 바다와 우주도 변한다'는 말로 교체되어야 할지도 모르겠다. 특히 컴퓨터와 관련된 것들은 그 속도를 도저히 따라잡을 수 없다. 전화선을 모뎀에 연결시켜 밤새 'PC통신'의 세계에 빠져들었던 때가(어머님, 죄송합니다) 100년도 더 된 것 같은데 겨우 10년 전쯤의 일이며, 프리챌에서 '아바타'를 만들던 시절은 마치 전생의 일 같은데 아직 10년밖에 지나지 않았다. 앞으로 10년 뒤 도대체 어떤 일이 벌어질 것이며, 나는 어떤 환경 속에서 살아가게 될지 아무리 상상해 보아도 답이 나오질 않는다. 아마도 화성에서 외계인들과 바둑을 두다가 3연패 당한 내가 지구의 고수에게 화상전화로 족집게 과외 수업을 받은 뒤 멋지게 넉 집 차이로 승리를 거둔 뒤 목성까지 승리기념 여행을 다녀오는 일이 생기는 것은 아닐까(이게 뭔 소리래). 아무튼 내일 일 나도 모르겠다.

　제임스 카메론의 〈아바타〉를 보면서 생각이 많았다. 워낙 상영시간이 긴 영화라 이것저것 생각할 시간이 많았다. 안경을 끼고 있으니 콧등이 너무 아팠고, 앞에 앉은 남자의 머리는 어찌나 큰지(이런 얘기 들을까봐 나는 맨 뒷자리!) 3D 영상 사이에서도 머리가 입체적으로 돌출됐고, 영화에 몰두하지 못하고 안경을 썼다 벗었다 하며 3D로 볼 때와 일반 영상으로 볼 때의 차이를 자꾸만 비교하는 나는 촌놈인가, 아니지, 그건 아니지, 이야기는 영화 시작하자마자 눈 감고도 다 알아맞힐 수 있는 방향으로 흘러가고 있으니 입체효과나 즐기면서 롤러코스터 탄 기분으로다가, 흠, 저 식물들의 입체효과는 꽤 뛰어난걸, 마치 눈앞으로 이파리들이 뻗어나오는 것 같잖아, 그래서, 그럼에도 불구하고, 뭐 어떻단 말인가, 라는 생각이 자꾸만 들어서 나도 모르게 그만, 이파리들이 화면 밖으로 튀어나오듯 나도 영화관 밖으로 입체적으로다가 뛰어나가고 싶은 심정까지 들었으나, 그런데, 그러면 안경은 어떻게 반납해야 하는 것인가, 방법을 알지 못해 끝까지 앉아 있었다. 끝까지 앉아서 나는 엔딩 크레딧도 보았다. 수많은 사람들의 이름이 지나갔다. 저 많은 사람들이 이 영화를 만들기 위해 그토록 애를 썼다는 사실이 놀라웠다. 그래, 그럴 수도 있지, 라는 생각이 들면서도, 꼭 그래야 할 필요가 있었을까, 그렇게 많은 돈을 들이면서까지 이런 영화를 만들 필요가 있었을까, 라는 의문이 드는 것은 어쩔 수 없다.

〈아바타〉는 마치 야광영화 같았다. 어린 시절 어디에선가 야광 팔찌를 구해 온 친구 녀석이 집으로 초대해 이불을 뒤집어쓴 다음 "이거 어둠 속에서 반짝반짝 빛이 나. 진짜 신기하지?"라고 자꾸만 묻는 것 같아서 "응, 신기하긴 하네, 번쩍번쩍하네"라는 말밖에는 할 게 없던 나는 뒤집어쓴 이불이 갑갑하게 느껴지고, 그래서 나가

고 싶긴 한데 그러면 친구 녀석이 삐칠까봐 노심초사, 전전긍긍, 의리냐 탈출이냐를 놓고 한참 고민하던 시절의 내가 떠올랐다.

신기하긴 하지만 신기한 건 금방 사라진다. 10년도 못 가서 사라질 것이다. 아니 이대로라면 5년도 못 가서 신기한 건 구닥다리가 되고 새로운 게 그 자리를 대신할 것이다. 10년도 못 가서 새로운 사람이 새로운 기술을 만들어낸 다음 "하하하, 〈아바타〉요? 그런 건 애들 장난이죠, 제 영화에는 실제 배우들이 홀로그램으로 등장해서 영화관 안을 헤집고 다닌다니까요"라고 할지도 모를 일이다. 나도 신기한 게 좋지만 신기한 걸 보면 입을 떡 벌리고 정신을 잃지만 금방 싫증난다. 신기新奇한 것이 신기神奇하게 느껴지려면 그 사이에 절묘한 이야기가 있어야 하는데 제임스 카메론은 그걸 너무 많이 생략한 것 같다. 어쩌면 제임스 카메론은 점점 어려지는 것은 아닐까. 신기한 것을 점점 좋아하게 된 것은 아닐까.

.

셜록 홈스를
성룡으로 만들다니…

2010.01.14

이건 뭐, 고담시티에 간 성룡이라고나 할까? 바이올린을 들고 제멋
대로 그 현을 뜯고 있는 걸 보면 유진 박 같기도 하고. 국회의원들
을 한 데 몰아넣고 자기 편 안 들면 독가스로 다 죽여버리겠다고 말
하는 장면에서는 요즘 예산안 때문에 시달린다는 그분이 생각나기
도 하고. 그러니까 영화 〈셜록 홈즈〉 말이다. 아무리 생각해도 이
영화는 고등학교 시절, 추석이면 공자님께서 그렇게 하라고 〈예기〉
에 적어놓았다는 듯이 늘 찾아가서 보던 성룡 영화의 21세기 버전
같았다. 영화를 본 소감이라면 그게 다. 왜냐하면 셜록 홈스는
내가 태어나서 처음으로 사랑한 캐릭터이므로.

영화 〈셜록 홈즈〉에 나오는 셜록 홈스(라고 쓰지만 아무리 봐도 성룡이라고 읽는다) 캐릭터는 시리즈의 첫 책인 〈주홍색 연구〉에 등장하는 셜록 홈스의 특징을 과장한 것이다. 알다시피 셜록 홈스 시리즈를 들려주는 사람은 대부분의 경우 아프가니스탄 마이완드 대전에 참전했다가 부상당한 군의관 출신 존 H. 왓슨이다. 이 사람은 런던 경시청의 레스트레이드와 함께 겉으로 보이는 것에 잘 속아넘어가기로 유명하다. 이 왓슨과 홈스가 처음 만나는 장면은 다음과 같다.

"천장이 높은 실험실 방에는 수많은 병들이 즐비하게 늘어서 있었다. 이곳저곳의 넓고 야트막한 탁자에는 증류기와 시험관, 푸른 불꽃이 날름거리는 작은 분젠 가스 램프들이 빽빽이 놓여 있었다. 실험실엔 오직 한 사람이 저만치 떨어진 탁자 앞에서 몸을 굽히고 뭔가를 하고 있었다. 그는 발자국 소리에 흘끗 뒤돌아보더니 환호성을 올리며 허리를 폈다. '드디어 발견했소! 내가 말이오!'"

지금 막 셜록 홈스는 혈액 속의 헤모글로빈에 의해서만 침전되는 시약을 발견한 참이었다. 이 시약이 있으면 얼룩이 혈흔인지 아닌지 그 자리에서 분석할 수 있어서 사악한 범죄자들을 체포하는 시간을 절약할 수 있다는 게 홈스의 설명이다. 이런 홈스를 두고 왓슨은 '마치 새 장난감을 보고 기뻐하는 아이' 같다고 설명한다. 〈주홍색 연구〉의 첫 부분은 이렇게 홈스를 괴짜 천재로 소개하는 데 열을 올린다. 이 부분만 보면 가이 리치의 영화에 나오는 성룡풍의 셜록 홈스와 유사하게 느껴진다. 하지만 이건 처음 만났을 때 왓슨의 눈에 비친 셜록 홈스라는 사실을 잊어서는 안된다. 왓슨은 스컬리만큼이나 회의적이고 고지식한 사람이다. 나 정도의 변덕이라고 해도 그의 눈에는 대단히 천재적인 소설가의 기행으로 비칠 수 있다.

이런 식의 과장은 대중문화에서는 너무나 익숙한 것이다. 셜록 홈스를 입체적인 19세기 인물, 예를 들어 과학 너머에는 그 무엇도 없다는 사실을 신봉하는 새로운 사제로서의 인텔리 지식인으로 그리는 것보다는 간단하게 제국의 수도에서 교육받은 쿵후스타 성룡으로 묘사하는 게 장사에는 더 도움이 된다. 그 사실을 가이 리치는 너무나 잘 알고 있는 것이다. 하지만 내가 아는 한 셜록 홈스는 절대로 성룡이 될 수 없고, 또 되어서도 안 된다. 물론 책을 펼치면 왓슨이 적어놓은 노트, 예컨대 "목검술, 펜싱, 권투 실력은 프로급"이라는 구절이 있을 것이다. 그렇다고 셜록 홈스가 K1에 나갈 수 있을 정도라고 생각해서는 안 된다. 지금 왓슨은 자기가 쓴 책을 팔기 위해서 술수를 부리고 있다.

왓슨이 사실을 왜곡하고 홈스를 비현실적인 천재로 그리는 것에 가장 반대한 사람은 다름 아닌 셜록 홈스다. 왓슨이 쓴 〈주홍색 연구〉를 읽은 홈스의 소감은 다음과 같았다. "그 책은 나도 대충 훑어봤네. 솔직히 말해 난 자네를 축하해줄 수 없어. 모름지기 수사란 정밀한 과학이기 때문에 냉정하고 감정이 드러나지 않는 방식으로 대해야 하네. 그런데 자네는 거기다 낭만적인 물을 들여놓았네. 그건 유클리드의 제5공리에 연애담이나 남녀상열지사를 뒤섞은 것과 같은 것일세. 어떤 사실은 밝히지 말았어야 했네. 아니면 적어도 여러 사실을 취급할 때 공정한 균형감각을 발휘해야 했지."

이런 홈스의 말에 왓슨의 반응은 대충 이런 식이다. "자신을 기쁘게 해주려고 애써서 한 일에 대해 이런 식으로 혹평하는 걸 듣고 나는 화가 치밀었다. 또 내가 쓴 문장 하나하나가 오로지 자신의 활약상을 기리는 데 비쳐져야 한다는 식의 자기중심적 사고가 짜증스럽기도 했다. 나는 베이커가에서 내 친구와 함께 생활하는 동안 남을 가르치려 드는 그의 점잔 빼는 태도 뒤에 일말의 허영이 숨어 있는 것을 수차례 목격한 적이 있었다." 이게 왓슨의 본심이다. 홈스가 점잔 빼면서 추리를 설명할 때, 왓슨은 그걸 허영심이라고 생각하고 그를 위한답시고 마구 과장해서 써댄다. 사태가 이렇다보니 결국에는 왓슨이 '그렇게 잘났으면 당신이 직접 써보슈!'라고 버티게 되는데, 그렇게 해서 홈스가 직접 쓴 소설이 바로 〈탈색된 병사〉다.

이 소설에서 홈스가 설명하려는 사건이 벌어진 건 1903년 1월이었다. 이때 영화에서와 마찬가지로 왓슨이 아내를 맞아 베이커가를 떠나 있었다. 홈스 자신이 사건을 설명하는 건 그 때문이다. 이 소설에서 홈스는 왜 왓슨을 사건마다 데리고 다녔는지 이렇게 설명한다. "그것은 왓슨의 주목할 만한 특성 때문이었는데, 성품이 겸손한 친구는 나의 활동에 대해서는 과대평가하면서도 정작 자신의 장점은 대수롭지 않게 여겼다." 이 소설에서 홈스는 왓슨이 묘사한 것과 달리 말수가 적다. 어떻게 보면 홈스는 정신분석의처럼 의뢰인이 들려주는 이야기에 귀를 기울인다. 물론 홈스가 하는 일은 그 이야기의 모순점을 찾아내는 일이다. 그리고 문제를 해결하면서 홈스는 이렇게 고백한다.

"나는 이 대목에서 왓슨이 아쉬워진다. 왓슨이라면 교묘한 질문과 탄성으로, 상식의 집합체에 지나지 않은 나의 단순한 방법을 천재적인 것으로 격상했을 것이다. 하지만 내가 내 이야기를 하려니 그런 도움은 바랄 수 없다." 해서 결론적으로 "나는 이 셜록 홈스는 반대일세"다.

가이 리치는 왓슨이 되고 싶었나보다. 흥행에 성공하려고 셜록 홈스를 과장하는 데 급급했다. 왓슨이 어벙벙하게 자기 모습을 그린 건 그래야만 책이 잘 팔리기 때문이었다. 먹고살자고 자기 비하까지 하는 왓슨은 귀여웠지만, 홈스를 애 취급하는 가이 리치의 왓슨은 끔찍했다. 그는 셜록 홈스를 흉내내려는 왓슨 같았다. 홈

스의 오랜 팬이라면 이게 얼마나 치명적인 결함인지 이해할 수 있
을 것이다.

쓰다 만
지난 다이어리에서
발견한 행복한 순간

2010.01.21

1월1일은, 지긋지긋하게 운이 없어서 모든 것을 새롭게 시작하고픈 누군가가 절박한 심정으로 만들어 낸 발명품이라고 굳게 믿는 나지만, 워낙 문구류를 좋아하다보니 새로운 해가 시작되면 자석에 이끌리듯 문방구로 빨려들어가 새 다이어리를 사고야 만다. 문제는 한 해가 열두 달이나 된다는 것이고(심지어 365일!), 내 끈기는 그리 강하지 못하다는 점인데, 새롭게 품은 마음은, 3개월을 넘기지 못한다. 책꽂이 한구석에는 쓰다 만 노트와 다이어리들이 가득 쌓여 있고 대부분 앞쪽만 빼곡하게 메모가 되어 있다. 쓰다 만 노트야 두고두고 쓸 수 있다지만 날짜가 박힌 다이어리는 한번 타이밍을 놓치면 회복이 불가능하다. 2009년에는 아예 다이어리를 사지도 않았고, 연수 군이 추천해준 아이포드 터치의 어플리케이션 '데일리 트래커'에다 모든 영화감상을 적어두었는데, 망할, 10월 즈음에 프로그램이 리셋되는 바람에 그 모든 메모를 날려버렸다. 영화를 볼 때마다 별점을 매기고 20자 정도의 평을 써두었기 때문에 연말이 되면 이걸 다 모아서 한 회분 칼럼으로 써먹으려 했는데(아, 제가 칼럼을 너무 쉽게 생각했나요?) 모든 계획이 물거품이 되고 말았다. 끈기가 없으면 기억력이라도 좋아야 하는데 기억하려는 끈기도 전혀 없어서 무슨 영화를 보고 어떤 감정을 느꼈는지 하나도 기억나지 않는다. 아무리 디지털이 편리하다지만 이런 식으로 몇 번 뒤통수를 맞다보면 다시 종이와 연필을 찾게 된다.

다행히 2008년의 다이어리는 남아 있다, 고는 하지만 정기이용권을 끊지 않고 샘플을 이용하는 바람에 1분 미리듣기밖에 하지 못하는 음원감상 사이트 숙명의 비회원처럼 초반 3개월의 메모밖에는 볼 수 없다. 그래도 보고 있으면 기억이 새롭다. 1월은 거의 매일 빼곡하게 메모를 했고, 2월에는 어럽쇼, 조금 나태해지더니, 3월에는, 그래도 이건 너무했다, 4일에서 모든 메모가 멈춰 있다. 2008년 3월이라면 내 두 번째 단편집 〈악기들의 도서관〉이 출간을 앞둔 시기였으니 마지막 원고 확인 작업 때문에 정신이 없었을 게 분명하다.

최후의 날인 3월 4일에는 이런 메모가 있다. "몸살 기운이 있었지만, 운동을 했다." 아, 이 짧은 문장 속에 피곤과 고독이 느껴지지 않는가. 그 뒤로 며칠 심하게 앓았는지도 모른다. 그래서 더 이상 메모를 할 수 없었던 것인지도 모른다. 그러나, 기억이 나지 않는다.

2008년의 1월에는 영화를 꽤 많이 봤다. 첫 영화 〈스트레인저 댄 픽션〉에는 별 네 개를 주면서 감격을 표현했고, 〈MR. 후아유〉를 보고 나서는 정신없는 코미디에 별 세 개를 주며 만족했다. 이어진 〈우리 생애 최고의 순간〉을 보고 나서는 "심심하다, 그러나 중간중간 끊임없이 울었다"며 솔직한 감정을 드러냈다. 별은 세 개 반. 그 다음날은 프랭크 다라본트 감독의 〈미스트〉를 보았는데(《씨네21》 칼럼 연재하던 때도 아닌데, 뭔 영화를 이리 자주 봤단 말인가) 원작과 다른 결말에 대해서 생각할 여지가 있다고 적으면서―지금 다시 생각해보면, 나는 원작의 결말이 더 좋다―별 네 개를 주었다. 〈M〉을 보았고, 〈스위니 토드: 어느 잔혹한 이발사 이야기〉를 보았고, 〈행복〉을 보았고, 〈그때 거기 있었습니까?〉를 보았고, 〈브리치〉를 보았다. 1월에 본 영화만 12편이다. 왜 이렇게 많은 영화를 보았을까. 1월이 되면 내 몸이 영화를 애타게 찾는 것인지, 이상하게 2010년 1월도 그렇다. 오늘이 1월 5일인데, 나는 벌써 세 편의 영화를 봤다.

2008년 2월의 메모 중에 이런 게 있었다. 영화를 보고 나서 적은 게 아니라—프렌치 레스토랑을 무대로 펼쳐지는 이야기인데, 아주 재미있게 보았던 기억이 어렴풋하게 나는—일본 드라마 〈임금님의 레스토랑〉을 보고 적은 것이다.

"화석에 상처를 내지 않고 흙을 털어내는 섬세한 작업이 좋아요. 생선가시도 잘 발라내요, 나."

"귀 후비는 거 잘하겠네?"

"엄청 잘해요."

〈웰컴 미스터 맥도날드〉의 감독이자 뛰어난 코미디 작가인 미타니 고키의 따뜻한 유머. 고고학자의 작업을 생선가시 발라내는 동작과 일치시키고 다시 그 섬세함을 귀 후비는 태도와 연결시키고 싶은 미타니 고키의 마음이 그때도 마음에 들었던 모양이다. 2월의 다이어리 한가운데 이런 메모를 적어놓은 것이 뭔가 의미심장하게 여겨졌다.

나에게 영화보기란 귀를 후비는 것과 비슷하다. 더 잘 듣기 위해 귀에 상처를 내지 않고 조심스럽게 귀지를 긁어내듯, 더 맛있게 먹기 위해 오동통한 생선살을 다치지 않고 가시만 깔끔하게 발라내듯, 나는 내 심장이 잘 뛰게 하기 위해 영화를 보며 핏속의 불순물을 제거해왔다. 내게 영화는 목적이 아니라 수단이었다. 매년 1월이 되면 새로운 각오를 다지면서, 더 좋은 작품을 쓰기 위해, 더 많은 상상을 하기 위해, 영화를 열심히 보려고 했던 것 같다.

흩어지라고 있는 게 마음이고, 마음이란 흩어질 수밖에 없다는 걸 깨닫는 게 각오이므로 3월이 되고 4월이 되고 5월이 되어 문득 1월의 마음을 잃어버린 걸 깨닫게 되는 순간, (《개그콘서트》의 허경환 버전으로) 아~~~, 이래서 12월이 지나면 13월 대신 다시 1월이 오는구나, 생각하며 쓰다 만 다이어리 찾게 되는 순간이 오겠지만, 영화를 보면서 귀를 후비는 이 고요한 1월, 다짐과 계획과 각오의 순간은 결국 모든 것이 물거품이 된다고 해도 그 자체로 얼마나 행복한 순간인지 모른다.

올해에는 파란색 다이어리를 하나 샀다. 결국 3월을 넘기지 못하고 장렬히 전사한다 하더라도, 쓴 곳보다 빈 곳이 더 많더라도, 뭐 어떤가, 인생이 다 그렇지, 흩어지라고 있는 게 마음이고, 비워두라고 있는 게 노트고, 무너지라고 있는 게 다짐이고, 쓰라고 있는 게 돈이고, (이건 아니고) 자랑하려고 사는 게 아이폰이고 (이건 연수 군이고), 어긋나라고 있는 게 계획이 아니겠는가. 하지만 12월29일에 시작된 연수 군의 (아마도 서른한 번째던가) 금연 계획은 꼭 이뤄졌으면 좋겠다. 연수 군의 건강을 걱정해서가 아니라 매번 반복되는 연수 군의 다짐을 들으며 짜증내는 나의 건강을 걱정해서다. 아무튼 이렇게 2010년이 시작됐다.

치졸하게 느껴질 때,
그건 진실일 가능성이 많다

2010.01.28

'10년 다이어리'라는 게 있다. 10년을 하루같이, 매일 같은 날짜 아래에다가 일기를 적는 다이어리다. 백과사전만한 두께일 것 같지만, 뜻밖에도 날씬하다. 그만큼 띄어쓰기 없이 빼곡하게 적어야만 한다는 뜻이며, 동시에 하루만 빼먹어도 이가 빠진 듯 보기가 흉하다는 뜻이다. 이 다이어리의 장점은 한 해 두 해 지나면서 지난해 같은 날 무슨 일을 했는지 확인할 수 있다는 점이다. 인생이 더 나아졌는지, 더 나빠졌는지. 그러자면 어쨌거나 빈칸 없이 매일 써야만 한다는 점. 매일. 그것도 10년 동안 꼬박.

지난해에 나는 충동적으로 그 다이어리를 샀다. 매주 내게 신상

정보를 메일로 보내주는 한 사이트에서 1+1 행사를 하더라. 그러니까 도합 20년 분량. 1+1에 현혹돼 내가 무슨 미친 짓을 했는지 알아차리는 데 걸린 시간은 한 달이 채 못 됐다. 매일 일기를 쓰는 건 별로 힘들지 않았다. 정작 힘든 건 앞으로 20년 동안 매일 일기를 써야만 한다는 점이었다. 나는 20년 뒤를 상상해봤다. 환갑이로구나. 잔칫상 위에 올려놓은 20년치 일기를 보면서 손자가 질문하겠지. 지난 60년 세월을 돌이켜보신다면? 그 중 반은 학교에 다녔다("그렇다고 공부를 좋아했다는 뜻은 아니란다"). 그리고 3분의 1은 꼬박 일기를 썼다("1+1은 절대로 안 된다. 우리 집안에서는 쌍둥이도 안 된다").

실패는 지혜를 낳는다. 살다보면, 그럭저럭 나 같은 사람에게도 지혜가 생기는데, 그것들은 다 내가 행한 미친 짓들에서 얻은 교훈의 결과다. 하지만 멍청한 건 나뿐만이 아닌 것 같다. 〈더 로드〉에 대한 사람들의 평을 읽다가 별 반 개짜리 가혹한 감상평을 발견했다. 대학에 떨어진 뒤, 기분 전환하려고 극장에 갔다가 그만 그 영화를 본 것이다(왜 그랬을까? 1등만 기억하는 이 더러운 세상이 박살나는 걸 보러 갔을 테지). 하지만 영화 속 세상은 이미 박살난 뒤다. 재앙 같은 게 일어났다면 아마도 그 낙방생의 마음속에서 일어나지 않았을까? 그러니 별 반 개를 다는 심정도 이해간다. 그럼에도 교훈은 남는다. 앞으로는 재앙이 일어나기 전부터 시작하는지, 재앙이 다 끝난 뒤의 이야기인지 잘 알아보고 표를 끊자. 역시 실패를 통해 우리의 지혜는 무럭무럭 자란다.

이 평에는 "너도 아비가 되어봐라"라는 답글이 붙었더라. 그 학생의 아버지가 쓴 답글이라면 참 훈훈한 부자애라 하겠지만, 그럴 리가. 대학시험에 떨어진 뒤 모두 다 죽어버리는 영화를 보면서 마음을 달래려고 극장에 갔다가 〈더 로드〉를 보게 된 학생에게 이보다 더 치졸한 답글이 있을까나. 실연해서 징징대는 아가씨한테 "너도 애 낳아봐라! 뭐가 더 아픈가"라고 말하는 것이나 마찬가지. 그렇긴 해도 나는 그 답글에 진실이 있다고 생각한다. 나의 근거는 빈약하다. 그건 치졸하기 때문에 진실되게 들린다. 아비가 되어보니 정말 경험으로 알 것 같다. 치졸하게 느껴질 때, 그건 진실일 가능성이 많다. 예컨대 그간 친구는 하나마나 한 얘기와 갖은 그래프로 이 지면을 채웠는데, 원고의 그런 치졸한 형태 자체가 그 친구의 진실을 보여준다는 얘기다.

그런 점에서는 나는 인생의 진실을 맑고 밝고 아름다운 언어로 말씀해주시는 분들에 대해 상당히 회의적이다. 예를 들어 "열심히 노력하면 우리는 부자가 될 수 있다"고 누군가가 말씀하신다고 치자(에잇, 그냥 그분이라고 치자). 그건 강장동물의 소화기관처럼 투명하고 올곧은 말이다. 구불구불 사하천을 일직선으로 쭉 펴놓은 것과

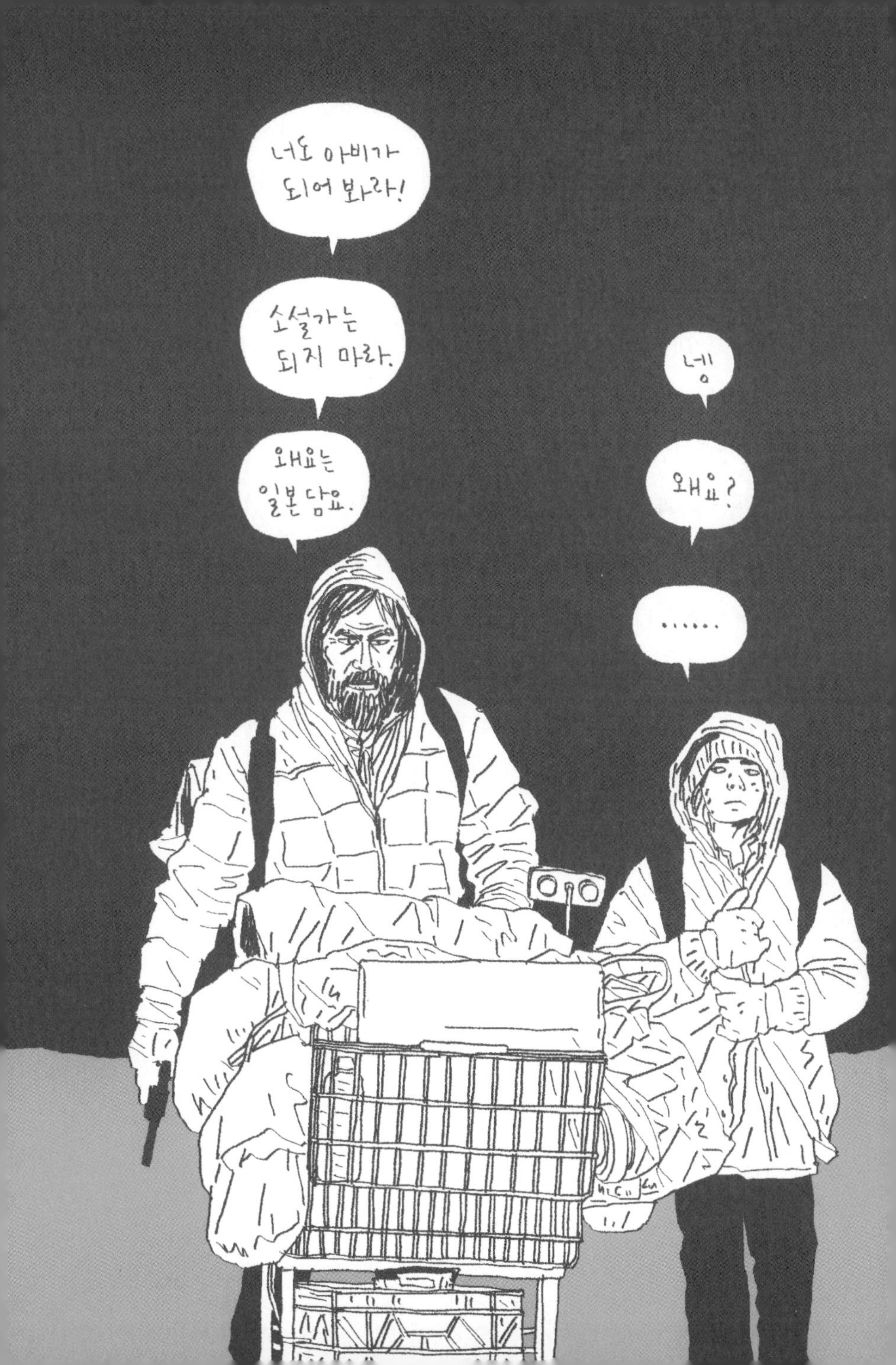

너도 아비가
되어 봐라!
넹
소설가는
되지 마라.
왜요?
왜요는
일본담요.
......

마찬가지란 뜻이다. 하지만 아비가 되어보니 바로 그런 이유 때문에 나는 그런 말들이 의심스럽게 여겨진다. 거기에는 치졸함이 너무 없지 않은가? "열심히 노력한다고 해서 다 부자가 된다면 부자 아닌 사람이 어디 있게?"라는 말에는 좀 구차한 느낌이 든다. 진실에 가까워지고 있다. "너희들이 암만 해봐라. 그때 우리는 꽃놀이하고 있다더냐?"라면 좀 치졸해지기 시작하는 것이다. 셋 중에는 이게 제일 진실에 가까운 것 같다.

오해는 마시라. 나는 지금 아비가 되어보니 알게 되는 것들에 대해서 말하고 있는 것이다. 아이들에게 삶의 지혜를 말해주기 위해서 나는 조금 더 구차해지고 치졸해져야만 하겠다. 곧고 투명하고 아름다우나 허망한 말들은 당장은 대학에 떨어진 학생을 위로해줄 수 있겠지만, 그걸 인생의 지혜라고 말할 수는 없다. 진짜 지혜는 시간이 흐른 뒤에 우리가 직접적으로 알게 되는 것들이다. 우리 앞에 기다리는 건? 예정된 수많은 실패들. 그럼에도 정상적인 남자라면 아비가 되리라는 것. 우리가 대통령은 되지 못한다고 해도 아비는 될 테니까. "너도 대통령이 되어봐라"라는 말은 진실이 될 수 없지만, "너도 아비가 되어봐라"는 진실이 되는 이유가 여기에 있다.

〈더 로드〉에서 아들이 가장 경멸의 눈빛으로 아버지를 바라볼 때는 음식이 든 손수레를 훔쳐간 흑인을 붙잡은 뒤, 그의 옷과 신발까지 다 **빼앗아버릴** 때다. 그때 아버지는 아들에게 자신이 죽고 난 뒤에도 이 세상을 살아갈 수 있는 지혜를 가르치고 있었다. 그런데 이 아들은 그걸 도무지 알아듣지 못한다. "너도 아비가 되어봐라"라는 말이 목구멍까지 넘어오지만 꾹 참고 둘은 흑인이 서 있던 자리로 돌아간다. 돌아가보니, 이건 안 가본 것만 못하다. 벌거벗은 흑인의 모습은 보이지 않는다. 찝찝함과 석연찮음.

이 찝찝함과 석연찮음은 영화의 마지막 장면에서도 느껴진다. 남녀와 아이 둘. 가족이라고 말하면서 소년을 환영한다. 그리고 영화 끝. 내가 대학에 떨어진 사람이었다면, 스크린을 향해서 신발이라도 던졌을 만한 그런 엔딩. 아무튼 찝찝하고 석연찮다. 그 부부는 아이들만 골라서 잡아먹는 사람들일 수도 있고, 도처에 식인무리들이 출몰하는 세상에서 아이를 둘이나 건사하고 다니는 억척부부일 수도 있다. 그들과 같이 남쪽으로 간다고 결심할 때, 아들은 이런 찝찝하고 석연찮은 마음을 안고 가야만 한다. 그 '로드'가 삶에서 살아남기 위해 누구나 걸어야만 하는 길을 은유하는 것이라면, 내가 보기에는 여기까지가 〈더 로드〉가 말하고자 하는 이야기다. 실패한다고 해서 그게 모두 내 잘못은 아니다. 처음부터 성공하기 어려운 경우가 대부분이다. 아비가 되어보니 그렇다. 무엇보다 1+1에 현혹되지 말기를.

대책 없는
해피엔딩을 보면서
지난 1년을 돌아보다

시간이 참 빠르다. 1년이 지났다. 10년 다이어리 없이도 지난해 이 맘때가 눈에 선하다. 1년 동안 거의 매주 영화를 봤고, 격주로 글을 썼다. 이렇게 부지런해도 되나 싶을 정도로 열심히 영화를 봤다. 이렇게 원고를 빨리 줘도 되나 싶을 정도로 마감을 잘 지켰고(그러나 지금은 마감을 넘겼고), 이렇게 빨리 돌아오면 날더러 어쩌란 말이냐 싶을 정도로 순식간에 글 써야 할 순번이 돌아왔다. 그러나 그것도 이번이 마지막이다. 영화를 볼 때마다 '아, 이 영화로 어떤 이야기를 쓸 수 있단 말인가'라는 고민을 하느라 제대로 된 감상이 힘들었는데—어차피 영화 이야기는 길게 쓰지도 않으면서 고민은 무슨 고민! 이라고 생각한다면 오산—행복한 관객의 입장으로 돌아가(원고료가 없어도 행복할 수 있겠지?) 더 재미있게 영화 볼 생각을 하니 벌써부터 마음이 편안하다. 예전에는 극장에서 영화를 보며 절대 조는 일이 없었는데(아마도 1993년에 본 클로드 를르슈 감독의 〈아름다운 이야기〉가 마지막으로 졸았던 영화가 아닌가 싶다). 요즘엔 역시 나이가 들었는지, 조금만 재미없는 장면이 나오면 순식간에, 깜빡, 졸음이 몰려온다. 글을 쓸 걱정이 없으면 마음껏 잠들 수 있을 테니 그 또한 기쁜 일이 아니겠는가. 1993년, 〈아름다운 이야기〉를 보고 잠이 들었다가 엔딩 크레딧과 함께 깨어났을 때, 시간과 공간을 인지하지 못하고 여기가 도대체 어디인지 몰라 한참 동안 멍하니 앉아 있었던 기억이 새삼스럽다. 사람들과 함께 앉아 있다가 나 혼자 다른 영화를 보고 나온 듯한 그 묘한 기분이 나쁘지 않았다. 최근에는 〈엘라의 계곡〉을 보다가 나도 몰래 깜빡깜빡 조는 바람에 전쟁터에서 찍은 휴대전화 영상장면은 영화에서 본 것인지 꿈속에서 본 것인지 혼동될 정도였는데 이것이 또한 영화의 주제와 연결되는 것이 아니었나 싶은 자평을 억지로 해보게 된다.

나는 극장에서 영화를 볼 때면 (잠에 빠졌든 그렇지 않든) 끝까지 앉아서 엔딩 크레딧을 확인하는 편이다. 거의 맨 마지막에 등장하는 영화 삽입곡 리스트를 보기 위해서다. 분명히 아는 노래인데 제목이 생각나지 않을 때가 많으니 사람들이 다 빠져나간 극장에 앉아서 노래와 제목을 훑어본 뒤 "아, 맞아, 그 노래였지"라며 정답을 확인해야—이런 정신으로 문제집을 풀었다면 훨씬 나은 인생을 살고 있었을 거야! 라고 생각한다면 오산—마음이 가뿐하다.

최근에 DVD로 본 〈락앤롤 보트〉를 극장에서 보았더라면 영화 삽입곡 리스트를 보느라 머리가 꺾였을지도 모르겠다. 영화에 들어간 노래가 무려 60곡이다. 로큰롤의 전성기 1966년의 이야기이며, 주인공들이 해적방송의 라디오 DJ들이니 당연한 일 같기도 하지만 많아도 너무 많다. 영화에 노래가 쓰였다기보다 한 편의 긴 뮤직비디오처럼 노래를 들려주기 위해 영상을 찍은 것 같다. 내가 좋아하는 배우들이 단체로 등장하는데도(빌 나이, 필립 세이무어 호프먼, 닉 프로스트에다 에마 톰슨까지) 어쩐지 모든 게 너무 심심하고 단순해서 딱히 영화에 대해서 뭐라고 할 말이 없지만 60곡이나 되는 노래들은 참으로 주옥같다. 내가 좋아하는 킹크스에다 크림, 스몰 페이시스, 더 후, 롤링스톤스의 노래들을 상황에 맞게 갖다붙이는 걸 (듣고) 보고 있으면 DJ가 주인공인 건 확실하구나 싶다.

영화에서 제일 재미있었던 건 모든 상황을 라디오방송으로 중계하는 DJ들의 입담을 보는 것이었다. DJ들은 결혼식도 중계하고, 젊은 남녀의 첫날밤도 (문 밖에서) 중계하고, 자신들의 침몰도 직접 중계한다. 디제이들은 눈으로 보고 말로 전한다. 나 역시 문학전문 라디오방송(흠, 흠) 〈문장의 소리〉 DJ로서 한마디 하자면, 보는 것을 말로 전할 때 어떤 방식으로 설명하는가에 따라 듣는 사람이 얼마나 많은 것을 상상할 수 있는지가 결정된다. 술자리에서 그런 농담을 나눈 적도 있다. 누군가가 말했다. "라디오에서 요가 강좌 하면 재미있을 것 같지 않아요?" 정말 재미있을 것 같다. 보여주는 대신 그 모든 동작을 말로 설명하는 거다. 요가 강좌가 끝나면 전기기타 강좌, 발레 강좌, 화재 진압 강좌를 시리즈로 들려주는 거다. 나중에 꼭 해봐야겠다.

〈락앤롤 보트〉의 디제이들은 모두 어린아이들이다. 철들지 않은 사람들이다. 음악을 너무 좋아하고, 노는 걸 너무 좋아하는 사람들이다. 대책 없는 사람들이다. 여건이 허락한다면 그렇게 살아도 재미있겠지 싶다. 좋아하는 일을 하면서 돈도 벌고, 놀기도 하는 거다. 김연수 군과 나는 이미 그렇게 살고 있는 것 같기도 하다.

대책 없는 사람들의 마지막 장면은 대책 없는 해피엔딩이다. 그래서 피식, 웃음이 난다. 가끔은 대책 없는 해피엔딩을 보는 것도 나쁘지 않다. 주인공들은 마지막에 이렇게 외친다. "로큰롤!" 인생은, 그렇게, 또 계속 흘러가는 거다. 대책 없이 흘러가는 거다. 대책이 없더라도 재미있게 사는 건 중요하다. 나는 1년 동안 재미있었다.

혼자만 그랬나? 혹시, 내가 쓴 글 때문에 기분 나쁜 사람이 있었다면, 허술한 글 때문에 마음 상한 사람이 있었다면, 대책 없는 해피 엔딩으로 나를 용서해주기 바란다.

마지막 글을 쓰다가 잊고 지낸 일이 하나 떠올랐다. 칼럼을 처음 쓰던 1년 전, 김연수 군은 〈쌍화점〉의 스포일러를 터뜨리며 나를 괴롭게 만들었다. 그때 나는 "고분고분 당하고 있지만은 않겠다"고 다짐했는데, 내가 또 성격이 워낙 좋다보니 그걸 잊고 말았다. 칼럼도 끝나는 마당에 복수나 해야겠다. 하하하. 두둥, 〈락앤롤 보트〉에서 칼Carl의 아버지는 바로, …… 새벽의 '밥Bob'이다. …… (침묵) …… 아무도 무슨 이야기인지 모르겠지? 관심이 없겠지. 그러니까, 그게 칼의 아버지가 밥이라는 게, 말하고 나니 또 이상하다. 새벽의 밥이라니, 그렇다면 야식을 말하는 것인가? 푸훗. 자, 이렇게 또 마지막으로 한번 웃어봤고요. 이상으로 저는 물러갑니다.

ps. 여기서 끝내려고 했으나 1년 전 첫 번째 칼럼을 김연수 군과 내가 같이 쓴 것처럼 마지막 칼럼도 그랬으면 좋겠다는 의견이 있어, 그러기로 했다. 같이 영화를 보러 갈까 싶기도 한데, 무슨 영화를 봐야 할지는 모르겠다. 어쨌거나 다음주에 딱 한 번만 더 찾아올 예정이다.

그간 못다 한
이야기를 풀어놓으며
이별 인사

원래 계획은 이랬다. 마지막 회이고 하니 같이 영화를 본다. 나란히 앉아 영화 한 편을 감상한 다음에(그러고 보니 같이 영화 본 지도 꽤 오래됐구나) 근처의 카페에 들러 커피 한잔 마시며 영화에 대해 토론하다가 토론이 깊어지면 술을 마시러 간다. 술자리에서는 주로 한국영화의 미래와 영화 〈아바타〉로 인해 제기된 극장산업의 전망에 대해 이야기를 나눈다. 계획은 그랬다.

만났지만, 함께 볼 영화 고르기가 쉽지 않았다. 우리가 친구 사이이긴 하지만 〈친구사이?〉를 볼 수는 없고, 남녀가 연애하다가 '깨지는' 〈500일의 썸머〉를 보기도 그렇고, 〈전우치〉는 내가 이미 봤고, 〈아바타〉도 내가 이미 봤고, 그렇다면 〈페어러브〉는? 그거 친구의 딸과 사랑에 빠진다는 이야기라던데, 그것도 좀 그렇고, 우리가 나이가 몇인데 주유소를 습격하기도 그렇고, 남는 건 결국 〈파워 레인저 극장판: 엔진포스 VS 와일드 스피릿〉뿐인데……. 그러면 못다 한 이야기나 하지 뭐. DVD의 스페셜 피처 같은 건가? 그렇지, 삭제장면도 들어 있고, 감독과 배우의 코멘터리도 있고, 결말이 전혀 다른 감독판도 부록으로 끼워주는, 뭐, 그런 거. 그래, 그거 좋다. 그렇게 못다 한 이야기를 하기로 했다. (김중혁)

〈스페셜1〉 이제는 말할 수 있다
나는 왜 배우로서의 삶에 대해서 말하지 못했는가?

지난해 이 칼럼을 시작하면서 나는 스페인 말라가의 춥고 외로운 밤들에 대해서 썼다. 하도 외롭고 심심해서 홍상수 감독의 영화를 보고 또 봤다고. 얼마 전 우연히 김상경 씨를 직접 볼 기회가 있었다. 그를 보자마자 말라가 산카탈리나 거리에 위치한 그 빌라의 뒷방이 떠올랐다. 그 방에서 〈극장전〉을 본 것이다. 요즘 국가대표 축구팀이 말라가에 가서 훈련 중인데, 뉴스에서 '스페인의 대표적인 휴

양도시'라고 말라가를 소개할 때마다 적잖이 속이 쓰리다. 내게 말
라가라면 소파에서 담요를 뒤집어쓰고 홍상수 감독의 영화를 보면
서 "야, 삼겹살에 소주 마시면 정말 좋겠다"라거나 "친구들하고 술
취해서 떠들고 놀면 꼭 저런 꼴 나지"라며 혼자 낄낄대던 기억뿐이
니까. 첫 회에서 말라가와 홍상수 감독의 영화 얘기를 꺼낸 것은 고
도의 치밀한 계산의 결과였다. 그러니까 쓸 게 하나도 없는 위기 상
황이 닥치면 〈잘 알지도 못하면서〉에 출연한 일을 쓰면서 한 회를
때울 수 있다는 생각에서 미리 복선을 깐 것이지. 하지만 이 치밀하
고도 완벽한 계획은 〈씨네21〉 강병진 기자의 전화 한 통으로 깨져
버렸다. 호시탐탐 대충 한 회를 때우려는 기회를 노리던 지난해 5
월, 나는 〈잘 알지도 못하면서〉 시사회에 가기 위해 3호선 전철을
탔다. 지축을 지날 즈음, 한참 졸고 있는데 갑자기 휴대폰이 진동하
면서 강병진 기자가 〈잘 알지도 못하면서〉와 관련해서 인터뷰를 하
자고 했다. "하하하, 제가 무슨 배우라도 되나요?" 비몽사몽 내가
대범하게 말했다. "다른 배우들도 다 했어요." 음, 그렇다면……. "그
럼, 하시죠." 첫 번째 질문. "선생님이 영화에서 강간범으로 나오잖
아요……" 잠깐만, 잠깐만. "제가 강간범이라고요?" 큰 소리로 내가
되물었다. 그리고 그때는 이미 늦어버렸다. 지하철에 앉아 있던 모
든 사람들이 내 목소리를 들은 것이다. "아, 영화에 제가 그렇게 나

옵니까?" 그렇게 수습하려고 했으나, 내 얼굴을 본 승객은 "영화라면 에로영화?" 이런 표정이었다. 해서 배우로서의 삶과 관련해서 내가 할 수 있는 말이라고는 단 하나. "다시는 영화에 출연하지 않겠습니다. ㅠ.ㅠ" 그렇게 한 회 분량을 때우려던 내 계획도 무산됐다. (김연수)

〈스페셜2〉 비하인드 스토리

전도연 씨, 좋아합니다!

〈여배우들〉을 보고 난 뒤에 쓴 칼럼에서 여성지 기자 시절 전도연 씨와의 에피소드에 대해서 쓰려고 했다는 말로 글을 끝맺어 많은 사람들의 관심을 모은 바 있다고 혼자 생각한다. 로맨스 같은 걸 생각하는 사람들이 무척 많았으리라고 혼자 추측한다. 미처 말하지 못했던 사연을 여기 공개한다. 그러니까 잡지사 기자 시절, 편집장께서 더위를 먹었는지 한국의 대표적인 배우 20명인지 30명인지를 모두 인터뷰하는, 말하자면 양으로 승부하려는 기획을 내놓으신 것이다. 기자 1인당 4명 정도를 인터뷰해야 할 상황이었는데, 문제는 다들 유명한 배우들인 데 비해 분량은 7매에 불과하다는 점이었다. 섭외하는 것도 힘든데, 7매짜리 인터뷰를 하는 건 더 힘들었다. 하지만 말하지 않았던가, 우리는 그저 상처 입은 짐승들에 불과했다고. 울부짖으며 촬영장에 쫓아가서, 매니저를 졸라서, 인터뷰를 땄다. 전도연 씨도 내가 맡은 배우 중 하나였다. 매니저에게 연락해서 겨우 전화 인터뷰를 잡았다. 마감이 코앞이라 여기저기 키보드 소리만 들리던 어느 밤, 내 책상 전화벨이 울렸다. 전도연 씨가 차량으로 이동 중인데 지금 인터뷰를 할 수 있다고 매니저가 말했다. 그건 무슨 전화였는지, 휴대폰이었는지 시티폰이었는지 카폰이었는지, 아니면 내 쪽의 전화가 잘못됐는지, 차량이동 중이어서 그런지 전도연 씨의 목소리는 화성에서 들려오는 것 같았다. 한쪽 귀를 손으로 막고 나는 필사적으로 그녀에게 질문을 던지고 또 대답을 들으려고 안간힘을 썼다. 7매 분량만 따면 된다는 일념으로. 그리하여 마침내 7매 분량의 이야기를 들었다. 그런데 문제는 전도연 씨가 너무나 열심히 계속 내게 뭔가를 설명한다는 점이었다. 눈치를 보다가 말이 끊어질 때쯤 내가 낮은 목소리로 말했다. "알겠습니다. 잘 들었습니다." 그런데 전도연 씨도 내 목소리가 잘 들리지 않았던 모양이다. 내가 못 알아듣는다고 생각했는지 다시 얘기 시작. 해서 눈치를 보다가 조금 더 크게 얘기했다. "잘 들었다고요. 인터뷰 다 끝났습니다." 전도연 씨가 되물었다. "네, 뭐라고요? 잘 안 들려요." 잘 들릴 수 있도록 내가 큰 목소리로 얘기했다. "이제 그만 얘기하셔도 된다고요! 인터뷰할 거 다 했다고요!" 그렇게 전화가 끊어졌다. 일방적으로 이별통보를 한, 뭐, 그런 느낌과 유사하다고나 할까. 전화를 끊고 나자 따가운 시선들이 느껴졌다. 마감하고 있던 기자들이 다들 나를 쳐다보고 있었다. 멀리서 편집장이 나를 불렀다. "너, 인터뷰를 항상 그렇게 하냐?" 그럴 리가, 없지 않겠습니까. 지금도 전도연 씨라고 하면 그렇게 열심히 내게 말하던 기억이 떠오른다. (김연수)

〈스페셜3〉 작가들의 말

영화를 보면서 보낸 1년

나는 좋아하는 것들에 대해서만 글을 쓴다. 비판하려고 글을 쓰는 건 체질에 맞지 않는다. 정말 멋지다고 생각하는 이야기를 소설로 쓰고, 나만 알았으면 싶은 책이나 음악에 대해서 글을 쓴다. 영화에 대한 글이라고 예외가 있을 수 없다. 〈씨네21〉에 연재하는 동안, 2주일에 한 번씩은 꼭 개봉영화를 봤다. 글을 써야만 했으니까. 나는 그게 어떤 영화든 본 영화로 글을 썼다. 어떨 때는 시작하자마자, 왜 이런 영화를 선택했을까 후회스러울 때도 있었다. 그럴 경우에도 그 영화를 소재로 글을 썼다. 그러자면 그런 영화에도 좋은 점은 있다고 생각해야만 글을 쓸 수 있다. 그래서 영화를 보는 내내 나는 좋은 점을 찾았다. 실패한 경우, 그러니까 아무리 좋아해보려고 해도 좋아질 수 없었던 건 두 번이었다. 그 밖의 경우에는 그럭저럭 좋은 점을 찾아냈다. 심지어 만화영화 〈초코초코 대작전〉에서도. 연재가 끝난 뒤에도 이렇게 영화를 열심히 볼까? 그럴 것 같진 않다. 그럼 나의 영화 인생은 이렇게 끝나는 것인가? To be continued……. (김연수)

　나도 할 말이 많은데, 김연수 군이 이렇게 많은 분량을 써버렸으니, 저, 편집장님, 지면을 조금만 더……, 네, 아무래도, 안 되겠죠, 알겠습니다. 여기서 끝내겠습니다. 그동안 즐거웠습니다. 고맙습니다. 이렇게 끝나는군요. (김중혁)

대책 없이 해피엔딩

©김연수 김중혁 2010

1판 1쇄 발행 2010년 6월 24일
1판 8쇄 발행 2018년 5월 25일

지은이 김연수 김중혁
펴낸이 이상훈
편집인 김수영
책임편집 오혜영 이미아 허유진
마케팅 조재성 천용호 박신영 곽은선 노유리
경영지원 이해돈 정혜진 장혜정 이송이
펴낸곳 한겨레출판(주)
출판등록 2006년 1월 4일 제 313-2006-00003호
주소 121-750 서울시 마포구 효창목길6(공덕동) 한겨레신문사 4층
전화 02-6383-1602-3
팩스 02-6383-1610
전자우편 cine21@hanibook.co.kr
홈페이지 www.hanibook.co.kr

ISBN 978-89-8431-580-8 03810